AF285396

# Die Farben des Lebens

Svenja-Maria Lurk

# Die Farben des Lebens

FSC
www.fsc.org
MIX
Papier aus ver-
antwortungsvollen
Quellen
Paper from
responsible sources
FSC® C105338

Bibliografische Information der Deutschen Nationalbibliothek:
Die Deutsche Nationalbibliothek verzeichnet diese Publika-
tion in der Deutschen Nationalbibliografie; detaillierte bibliografische Daten sind im Internet über http://dnb.dnb.de
abrufbar.

© 2018 **Svenja-Maria Lurk**

Illustration: **Julia Münnich**

Herstellung und Verlag:
BoD – Books on Demand, Norderstedt

ISBN: 978-3-**7528-4053-7**

Let's practice what we preach,
and with the acceptance that we expect from others,
let's stop being so damn judgmental and crucifying
everyone who doesn't fit in to
our boxed-in perception of what is right.

*Gillian Anderson*

# Kapitel 1

Bis zu diesem Tag hätte sie nicht gedacht, dass der Mond ihr Leben verändern würde. Sie hätte auch niemals geglaubt, dass kleine Details, seien sie auch noch so unscheinbar, es wert waren, dass man auf sie achtete. Kleine Momente, Geschehnisse und plötzliche Erlebnisse, die vollkommen unzusammenhängend wirkten. Am Ende entstand daraus ein buntes Kunstwerk. Sie hatte es nie bemerkt - bis jetzt zumindest.

. . .

Das kleine Bistro an der Straßenecke war fast am Überquellen. Es war Mittag, und trotz der klirrenden Kälte, die sich erbarmungslos durch die Häuserschluchten schlängelte, zog es die Menschen hinaus über die Straßen, hinein in Kaffees oder Imbissbuden und Restaurants. Glücklicherweise waren ihre Kollegen und sie früh dran gewesen und hatten noch den letzten Sitzplatz ergattern können.

Sie mochte keine Menschenmassen. Bei Außeneinsätzen achtete sie immer darauf, am Rand stehen zu können. Sie war einer der Menschen, die alles im Auge haben wollten, um im Notfall rennen zu können. Nicht, um weg zu rennen – das war nicht ihre Art. Sie lief auf die Gefahr zu, um sie zu bekämpfen.

Und auch wenn sie es nicht mochte, mit vielen Menschen auf einem Haufen zusammengepfercht zu sein, so liebte Jenna es, diese zu beobachten – ihre Eigenarten zu studieren, sich zu fragen, was wohl ihre Geschichte lauten mochte. Vielleicht kam dieses Interesse durch ihren Beruf, vielleicht war sie aber einfach von Natur aus neugierig. Sie war eine passive Beobachterin, eine Person, die man nicht bemerkte.

Während sie auf ihre Kollegen wartete, ertappte sie sich dabei, wie sie mit den Fingern über die vergoldeten Verzierungen des Anhängers fuhr. Das war eine ihrer Eigenheiten. Sie trug ihre Polizeimarke immer an der langen, dünnen Metallkette – so, wie es viele ihrer männlichen Kollegen taten. Es gab ihr das Gefühl von Sicherheit, und zudem die Gewissheit, dass jeder ihren Status erkennen konnte.

Und dann erregte jemand ganz bestimmtes ihre Aufmerksamkeit. Mit einer Böe kalten Windes – die sogar Jenna spürte, obwohl sie drei Tische vom Eingang weg saß – öffnete sich die Tür und eine Frau kam hineingerauscht.

Sie trug einen bordeauxfarbenen, dunklen Wintertrenchcoat, der gerade so kurz war um Jenna erkennen zu lassen, dass sie eine Strumpfhose unter den schwarzen Stiefeln trug. Sie achtete sehr auf Details. Insbesondere bei Frauen, doppelt bei interessant wirkenden Frauen.

Und diese hier war interessant. Jenna verfolgte sie mit den Augen. Die Fremde ließ sich auf einem der Barhocker nieder – sie tat es um einiges eleganter als Jenna es jemals sein würde. Sie versuchte, deren Alter einzuschätzen - et-

9

was jünger als sie selbst vielleicht, doch das war schwierig zu deuten. Als sie sich die Jacke von den Schultern schob, kamen ein schwarzer Rock und ein figurbetonendes, dunkelblaues Shirt zum Vorschein.

Sie war hübsch. Verdammt hübsch. Fast schon wunderschön. Das lange, schwarzglänzende Haar war zu einem Pferdeschwanz zusammengebunden, an den Schläfen hingen zwei Strähnchen herunter und umrahmten ihr schönes Gesicht mit den großen, dunklen Augen. Sie musste südländische Wurzeln haben, ihre dunklere, gebräunte Haut und die Gesichtszüge ließen darauf schließen, aber Jenna konnte nicht ausmachen, woher genau sie kam.

Glücklicherweise besaß sie das Talent, ihre wahren Gefühle gut verstecken zu können. Für Außenstehende konnte sie dadurch manchmal sogar unnahbar und verschlossen wirken. Somit war sie heilfroh, dass ihr niemand anmerkte, wie sie ein wenig unruhiger wurde. Jenna beobachtete, wie die interessante Unbekannte bei der Bedienung eine Bestellung abgab. Ihr Lächeln war hypnotisierend, ihre Haltung elegant wie die einer Tänzerin, insbesondere, als sie ihr Bein übereinander schlug und sich die Strumpfhose über ihrem Knie in ihrer Farbe aufhellte.

Jennas langsame, aber immer intensiver werdende Beobachtung wurde jäh unterbrochen, als jemand ihr gegenüber in die Sitzbank rutschte.

„Sag mal, hat sich Wellington im Klo heruntergespült oder weshalb braucht er so lange?" Ihr 39-jähriger frankokanadischer Kollege Nicolas grinste sie an. Mit einem sekundenhaften Wimpernschlag riss Jenna sich von dem hinreißenden Bild los und zuckte mit den Schultern, als hätte

10

sie die ganze Zeit nur darauf gewartet. Den manchmal schwarzen Humor ihrer Kollegen war sie gewohnt, doch sie beteiligte sich nicht sonderlich oft daran. Sie war froh, mit diesen Kerlen zusammen zu arbeiten. Sie lockerten viele Situationen auf.

Situationen wie diese hier. Jenna wollte sich nicht ausmalen, was womöglich passiert wäre, wenn Nicolas nicht aufgetaucht wäre. Also entschied sie sich, das Thema zu wechseln und sich auf die Realtität zu konzentrieren.

„Dein wievielter Kaffee ist das heute eigentlich?" Sie zeigte mit dem Finger auf den Pappbecher. Nicolas guckte den Gegenstand an, schien ihn unter die Lupe zu nehmen, als müsse er Fingerabdrücke abnehmen.

Schließlich zuckte er mit den Schultern. „Es ist Winter. Ich mag Winter nicht. Ich brauche was zum Aufwärmen und zum Wachbleiben." Er trank einen Schluck und atmete übertrieben aus. Jenna schüttelte grinsend den Kopf.

„Ich gehe heute Abend trainieren", sagte sie dann. „Wenn du dich beklagst, dass dir zu kalt ist, musst du dich nur ein wenig anstrengen."

„Ohja Nic, sie wird dich ins Schwitzen bringen." Mit dem zweideutigen Grinsen auf den Lippen, welches sich bereits zu seinem Markenzeichen entwickelt hatte, ließ sich Jeff Wellington neben sie fallen.

Jenna warf ihm ein kopfschüttelndes Lächeln zu. „Männer", seufzte sie. „Ihr werdet niemals erwachsen, oder?"

Alles, was sie erntete, war ein zweiköpfiges Grinsen. Sie kannte Jeff und Nic, seit sie als Detective beim Vancouver-Police-Departement begonnen hatte. Beide hatten sich zu sehr guten Freunden ihrerseits entwickelt, soweit man das

**11**

bezüglich ihres eigenen Charakters sagen konnte. Sie war ein zurückgezogen lebender Mensch, und sie hatte nicht viele Kontakte außerhalb der Arbeit. Auch ansonsten war sie nicht der Archetyp von Frau - sie ging Joggen, während andere shoppen gingen, und setzte sich viel lieber alleine in ihrem Appartement vor den Fernseher, im Pyjama und mit einer Tasse Kakao in der Hand. Ihr war es recht so. Sie brauchte keinen Tratsch und wollte ihr Leben nicht durch Streitereien und der Jagd nach Schnäppchen verschwenden. Das Leben war viel zu wertvoll dafür.

Draußen war es eiskalt, aber immerhin trocken. Jenna bibberte, als sie als Erste aus der Türe trat, und zog ihren dunkelvioletten Schal tiefer ins Gesicht. Kanada im Winter konnte erbarmungslos sein, aber sie wollte Vancouver keinesfalls missen. Ihrer Meinung nach hatte sie großes Glück, in dieser Stadt zu leben, davon auch in einem Staat, wo sie nicht durch Brände oder Hochwasser gefährdet waren. Sie war einmal in Saskatchewan gewesen, im Sommer – diese Hitze hatte sie kaum ausgehalten, auch wenn sie kein Wintertyp war.

Sie war mehr als froh, als sie fünf Minuten später – Nicolas hatte einmal die Zeit gestoppt, und wundersamer Weise waren sie im Winter ganze drei Minuten schneller – wieder im Revier ankamen. Jenna bibberte und erntete Blicke von den beiden Männern.

„Nana", sagte Jeff ermahnend. „Lassen Sie sich nicht so durchhängen, Detective Wackefield."

Jenna guckte ihn an. „Halt den Mund", sagte sie liebe-

12

voll und tätschelte ihm den Arm. „Ich mag den Winter genau so wenig wie Nicolas. Und ich bin eine Frau, ich darf auch mal einen auf zerbrechlich machen."

Niemals, aber auch wirklich unter keinen Umständen, hätte sie diesen Satz auch nur annähernd ausgesprochen, wäre ihr jemand anderes Gegenübergestanden außer Wellington und Dupré. Sie gab ihre feministische Ader durchaus zu, aber bei ihren Freunden konnte sie auch einmal eines auch zerbrechlich machen. Eine weitere Ausnahme war Damien Murphy. Er wäre der Letzte, der sich ihr gegenüber irgendetwas zuschulden kommen lassen würde. Sein Charakter und Gemüt waren ausgeglichen und weder übertrieben noch sentimental, Humor und Ernsthaftigkeit hielten sich bei ihm die Waage. Er war ein hervorragender Polizist, und wenn sie anders gepolt wäre, wäre Damien wohl ihr Traumtyp. Doch jeder wusste, dass das niemals passieren würde. Und womöglich war es auch besser so.

Der erste, dem gegenüber sie sich damals geoutet hatte, war ihr kaum älterer Bruder Greg. Sie waren eines der seltenen Geschwisterexemplare, die sich eher mochten anstatt zu hassen. Abgesehen von Jeff, Nic und Damien war er ihr bester Freund und engster Vertrauter. Im Gegensatz dazu mieden manche Frauen sie. Jenna hatte sich einreden wollen, das sei nichts Persönliches. Aber insgeheim wusste sie, dass diese Frauen fürchteten, sie könne irgendwann mehr wollen als eine pure Freundschaft. Also gingen sie lieber den prophylaktischen Weg und nahmen reis aus.

Nun wusste beinahe das ganze Revier, dass sie lesbisch war. Sie hatte es lange selbst nicht glauben wollen, auch wenn sie sich im Nachhinein fragte, weshalb das der Fall gewesen war.

Warum sollte sie sich schämen?

Warum sollte sie sich wie ein Mensch zweiter Klasse fühlen?

Wenn sie es sich schon selbst nicht eingestand, wie konnte sie dann erwarten, von anderen akzeptiert zu werden?

Sie lebte gut damit, seit sie sich selbst gefunden hatte, insbesondere, da ihre Kollegen und Freunde sie respektierten. Jenna fand nichts schöner als diese Männer, mit denen sie zusammenarbeitete und mit denen sie zusammen Menschen beschützte, zu ihren besten Freunden zählen zu können. Ohne, dass sich daran etwas ändern würde.

. . .

Das Schöne am Winter war, dass man sich abends eine heiße Dusche gönnen und dann in ein kuscheliges, warmes Bett schlüpfen konnte. Jenna war kein Badewannen-Typ, aber dafür nutzte sie den Duschkopf im Winter umso länger. Mit einem Blick in den Spiegel stellte sie fest, dass das heute auch dringend nötig war. Das Training nach der Arbeit hatte ihre Haare verwirbelt, sie trug noch immer ihre Sportkleidung, und ein paar Strähnchen klebten ihr an den Schläfen, als hätte sie sie sich mit Gel ins Gesicht geschmiert.

Sie entledigte sich ihrer Klamotten, schmiss diese in den Wäschekorb und kämmte sich die Knoten aus den Haaren. Dabei fiel ihr Blick unwillkürlich auf den schwarzen

14

Schriftzug an ihrem Rippenbogen, der einen starken Kontrast auf ihrer sonst hellen Haut hinterließ. Als Polizistin durfte sie keine sichtbaren Tattoos haben, aber so war es ihr ohnehin lieber. Wie Damien einmal gesagt hatte: „So kannst du sicher sein, dass es nur diejenigen Menschen sehen, die dir wirklich etwas bedeuten." Die Sommerzeit mal ausgenommen.

Damals, mit 29, hatte sie es gewagt und sich einen Satz tätowieren lassen. Den Schmerz durchzustehen hatte sich gelohnt. Zudem war es kein Schlechter gewesen, im Gegenteil. Es hatte sich gut angefühlt. Gut und auch irgendwie seltsam, da diese Körperstelle niemals wieder wie früher aussehen würde. Zu wissen, dass man einen Fremdkörper in der Haut hatte, den man sich mehr oder weniger selbst zugefügt hatte. Aber sie bereute es kein bisschen, keine Sekunde. Jedes Mal, wenn sie in den Spiegel schaute, wurde sie daran erinnert, dass man immer wieder auf die Beine kam. Auch, wenn man glaubte, alles stelle sich gegen einen, waren es doch die schlimmsten Zeiten, die einen selber stärker machten. Zeiten, die einem bewiesen, wer die wahren Freunde waren und auf wen man zählen konnte.

Jenna seufzte genüsslich, als das warme, fast schon heiße Wasser über ihren Körper lief. Sie schloss die Augen und stellte sich für einige Momente darunter, blendete alles andere aus. Sie genoss nur die Wärme, die ihre Verspannungen zu lösen und alle Kälte, die sich den Tag über angesammelt hatte, abzuwaschen schien.

Als das Wasser langsam kalt wurde, drehte sie den Hahn zu, trocknete sich ab und rubbelte sich durch ihre Haare,

15

die in ihrer nassen Form eher braun anstatt wie sonst honigblond wirkten. Mit der flachen Hand wischte sie den beschlagenen Spiegel trocken, damit sie sich sehen konnte, und begann, das Chaos auf ihrem Kopf zu bändigen.

Eine ihrer Eigenarten war es, nach dem Duschen eine Weile vollkommen nackt durch die Wohnung zu laufen. Es war Luxus für sie. Das war ein Pluspunkt, Single zu sein, sie konnte tun und lassen was sie wollte. Und ein Grund, weshalb sie nur zwei Spiegel in ihrer gesamten Wohnung hatte – in ihrem Bad und ein langer, dünner in ihrem Schlafzimmer. Sie könnte es nicht ertragen, sich bei jedem Schritt anzusehen.

Als ihr langsam die Kälte in die Glieder kroch, zog sie ihren Lieblingspyjama aus dem Schrank und ließ sich, zusätzlich in Wollsocken und mit einer Tasse Tee in der Hand, aufs Sofa fallen. Das tat sie immer, wenn sie ihren Gemütlichkeitsmodus anschaltete. Sie zog die Beine an, schaltete den Fernseher an und zappte durch die Kanäle, bis sie etwas Gutes zum Zeitvertrieb gefunden hatte. Auf Sport hatte sie keine Lust, davon hatte sie heute selbst genug gehabt. Sitcoms mochte sie nicht. Aber endlich fand sie nach ein paar wenigen Minuten einen Actionfilm, den sie zwar bereits in und auswendig kannte, der ihr aber immer noch ab und zu einen Lacher entlockte.

Tee machte sie unglaublich schläfrig. Sie durfte niemals tagsüber einen trinken, sonst würde sie womöglich noch an ihrem Schreibtisch einschlafen. Erst die halbe Tasse war leer, und schon spürte sie, wie ihr Körper das Land der Wachen zu verlassen schien und sich gehörig gegen ihren Kopf wehrte, der eigentlich den Film zu Ende sehen wollte.

16

Es war wirklich faszinierend – von Tee schlief sie ein und nur zwei Tassen Kaffee machten sie hibbelig wie einen Hund vor seinem ersten Frisbeewurf. Sie war lange nicht so kühl und langweilig, wie sie auf manche Leute zu wirken schien. Und sie war nicht so kühl und distanziert, wie sie selbst glaubte, zu sein.

# Kapitel 2

Ihr Leben änderte sich nicht sofort. Es änderte sich, als das Schicksal sie auf wundersame Weise zusammen mit einer gewissen Person in einen Raum warf.

Es war früh am Morgen, zwei Tage später. Jenna hatte einen Spaziergang unternommen und für sich, Nicolas und Evie Perot etwas von Tim Hortons geholt. Evie war eine junge Frau mit kastanienroten Haaren, die sie ab und zu mit Snacks während den Arbeitszeiten versorgte und ihnen so schon oft das Leben gerettet hatte. Sie war so viel wie das Mädchen für alles und ab und zu auch Protokollantin. Genau wie Nicolas war sie Frankokanadierin, allerdings war sie erst vor drei Jahren an die Westküste gezogen. Ihr ziemlich starker Akzent machte sie noch sympathischer. Und Tim Hortons war ohnehin eines der besten Dinge, die einem in Kanada passieren konnten. Jenna fand, dass man kein echter Kanadier war, wenn man nicht jede Woche etwas von dort verkostete. Abgesehen von Ahornsirup und Wäldern war diese Schnellrestaurantkette eines der Markenzeichen des Landes.

Jenna hatte keine Ahnung, wie viele TH`s es allein um die University of Vancouver herum gab. Wahrscheinlich waren es so um die 7 im Umkreis von 500 Metern.

18

Sie schaffte es gerade noch, sich durch die gläserne Tür zu quetschen, bevor diese zufiel und war heilfroh, dass sie weder den Kaffee verschüttete noch die zwei Donuts fallen ließ. Es war ziemlich voll im Erdgeschoss, fast als gäbe es etwas umsonst, sodass sie die Frau nicht bemerkte, die ihr auf einmal hinterherlief.

„Entschuldigen Sie!", hörte sie eine Stimme hinter sich. Jenna drückte auf den Knopf des Fahrstuhls und drehte sich herum, während sie sich gleichzeitig fragte, ob überhaupt sie gemeint war.

Würde sie nicht über eine gute Selbstbeherrschung und Kontrolle über ihre Gesichtsmimik verfügen, dann hätte dieser Moment wohl zu einem der peinlichsten in ihrem Leben werden können. Und in ihrer Vergangenheit waren außerordentlich viele peinliche Dinge passiert.

Eine Frau kam auf sie zugelaufen. Obwohl Jenna sie erst einmal gesehen hatte, hätte sie dieses Gesicht überall wiedererkannt.

Sie war es. Die Frau aus dem Café. Die, die sie abgescannt hatte. Die wohl umwerfendste Frau, die ihr jemals unter die Augen getreten war.

„Die Dame am Empfang hat mir geraten, ich solle mich an Sie wenden." Sie kam neben ihr zum Stehen und lächelte. Eher kam es einem Strahlen nach, ein Strahlen wie von tausend Sternen. Jenna verscheuchte den Gedanken, dass sie damit noch umwerfender aussah. Sie erwiderte die freundliche Geste.

„Was kann ich für Sie tun?", fragte sie.

Die Frau warf einen Blick auf den Gegenstand in ihrer Hand. „Ach, eigentlich nichts Großes. Ich soll etwas Über-

19

bringen. An …" Sie drehte den Umschlag herum und laß die Anschrift. „Carter Hines." Sie sah Jenna wieder an, so, als frage sie, ob sie ihn kenne.

Die Polizistin nickte. „Da kann ich Ihnen in der Tat weiterhelfen. Er ist mein Captain." Dann hob sie die Augenbrauen. „Sind Sie der hauseigene Kurierservice ihrer Firma oder weshalb wurde ihnen die gütige Aufgabe übertragen, der Vancouver Polizei einen Besuch abzustatten?"

Sie lachte kurz auf, was in Jennas Innerem ein seltsam angenehmes Gefühl auslöste. Sie ignorierte es.

„Nein, aber ich bin so etwas wie … eine Vertraute." Ein erneutes Lächeln. Jenna bemerkte, wie ihre Augen funkelten, wenn sie das tat. Wie geschmolzene Schokolade. „Und ich hatte gerade nicht viel zutun, also habe ich ihm den Gefallen getan."

„Dann hoffe ich, dass er ein Gentleman ist und sich revanchiert", sagte Jenna und fühlte geradezu, wie sich auf ihren Lippen ein breites Lächeln ausbreitete. Es würde sie nicht wundern, wenn ihr Gegenüber mehr für besagten Chef war als nur eine Vertraute.

Das „Ding" des anhaltenden Fahrstuhls riss sie aus den Gedanken. Er öffnete sich, zwei Officer traten hinaus. Jenna nickte ihnen begrüßend zu, sie erwiderten. Nebeneinander traten sie und ihre Begleitung in den Fahrstuhl und Jenna drückte auf den Knopf ihrer Etage.

Langsam wurde ihr warm, trug sie ja noch immer ihre Jacke, aber sie traute dem Fahrstuhl zu wenig, um die Kaffeebecher auf dem Boden abzustellen. Zudem sah dieser aufgrund des Schneematsches, der bereits von vielen Ein- und Ausgängern zeugte, nicht gerade einladend aus. Und

20

sie hatte wahrlich keine Lust, ihren Kaffee mit einem Schuss Dreck zu genießen.

„Ihr Captain und mein Chef kennen sich", sagte die Frau neben ihr auf einmal. „Wahrscheinlich planen sie irgendeine geheime Fusion." Sie grinste und Jenna konnte einfach nicht anders, als zu erwidern. Allgemein war es, als würde diese Frau sie mit ihrer lebensfrohen Art geradezu anstecken.

Kurz darauf knöpfte sie ihren Trenchcoat auf und hängte ihn sich über den Arm. Jenna beobachtete sie so unauffällig wie möglich.

Ihre dunklen Haare trug sie diesmal zusammengebunden – nicht so streng wie ein Dutt, es sah aus, als hielte eine Haarklammer alles zusammen. Heute trug sie eine weiße Bluse, die im Kontrast zu ihrer gebräunten Haut fast strahlte, dazu eine schwarze Hose und gleichfarbige Stiefel. Um ihren Hals hing eine silberne Kette. Jenna hätte liebend gerne gewusst, was für ein Anhänger daran hing, aber spätestens dann wären ihre Blicke an eine ganz bestimmte, pikante Stelle gerutscht. Es war, als übe sie eine Art unsichtbare Anziehung aus - Jenna konnte sich einfach nicht von ihr losreißen. Sie ließ ihre Augen über die seidig glänzenden Haare wandern, die in dem Licht des Fahrstuhls mit einen farblichen Schimmer von Mahagoni bedeckt wurden. Sie betrachtete ihr Profil, studierte ihr Gesicht. Sie hatte feine und gleichzeitig ausdrucksvolle Züge und lange, dunkle Wimpern, für die Jenna töten würde. Ihre Augen, die in der Tat die Farbe von Schokolade hatten, waren mit genau dem richtigen Maße an Make-Up geschminkt. Goldfarbener Lidschatten blitzte auf, wann immer sie blinzelte.

21

Der Begriff „schön" war untertrieben, um sie zu beschreiben.

Endlich viel ihr etwas ein, wie sie die Stille brechen konnte. „Worüber denken Sie nach?", fragte sie ironischerweise, obwohl sie diejenige war, die gerade jedes Detail ihrer Nachbarin studiert hatte. Diese drehte sich zu ihr und sah sie fragend an.

„Bitte?", fragte sie und klang ehrlich verwirrt. Jenna schmunzelte.

„Sie sehen nachdenklich aus, als beschäftige Sie etwas." Sie hob, Interesse zeigend, die Augenbrauen. „Darf ich fragen, um was es geht?"

Ihre Mitfahrerin seufzte, aber es klang amüsiert. „In der Tat, Sie sind ein Cop." Sie guckte Jenna an. „Ich bin manchmal wirklich wie ein offenes Buch. Viel zu leicht zu lesen, viel zu leicht zu erraten, was ich denke."

„Ich könnte ihnen dabei helfen. Es ist gar nicht so schwer, den kalten Blick zu erlernen." *Es sei denn, sie sehen jeden Menschen so an, wie es auf mich wirkt.*

„Ich habe mich gefragt, was für eine Stellung Sie innehaben", sagte sie da. Jenna konnte sich gerade noch beherrschen, nicht „Unter meinem Schal ist meine Marke, Sie können sie gerne nachsehen" zu sagen. Himmel, ihre Gedanken machten sie wahnsinnig. Aber vielleicht, tröstete sie sich, war sie es auch einfach gewöhnt, da sich jeder auf dem Revier so unterhielt.

„Ich bin Detective", sagte sie endlich und war froh, dass ihre Stimme nicht zitterte. „Aber ab und zu rücken mein Team und ich auch einfach aus, wenn es Veranstaltungen gibt, die größte Sicherheit benötigen." Sie lächelte geheim-

22

nistuerisch und ertappte sich, wie sie zwinkerte. „Wir mischen uns dabei meist unter die Menge und beobachten, ob sich etwas Verdächtiges tut."

Im selben Moment blieb der Fahrstuhl stehen und die Türen öffneten sich. Sie traten heraus und Jenna zeigte den Gang entlang. „Sein Büro ist gleich dort vorne rechts. Sie können es nicht verfehlen, sein Name ist angeschrieben." Im nächsten Moment hielt sie inne und blinzelte einmal. „Wissen Sie was, ich bringe Sie einfach hin."

Sie sprachen auf dem Weg kein Wort, auch wenn Jenna ständig das Gefühl hatte, etwas sagen zu müssen. Sie verspürte eine Mischung aus Erleichterung und Enttäuschung, als sie schließlich vor dem Büro standen – aber natürlich ließ sie sich nichts anmerken.

Als sich die Dunkelhaarige bedanke, winkte Jenna ab. „Keine Ursache. Wir bekommen hier selten freiwilligen Besuch, das ist eine willkommene Abwechslung", sagte sie stattdessen.

Sie streckte die Hand aus und ihr Gegenüber ergriff sie. Sie hatte warme, glatte Hände, und Jenna konnte sich den Gedanken nicht nehmen, zu wetten, dass sie bestimmt ein ganzes Arsenal hochwertiger Kosmetikprodukte bei sich zuhause stehen hatte.

„Ganz meinerseits", lautete die Entgegnung. Die dunklen Augen strahlten, und sie wollte sich wohl gerade abwenden, als sie noch einmal innehielt. „Vielleicht sieht man sich irgendwann wieder."

„Spätestens auf der nächsten Betriebsfeier, sollte ihr Chef Hains und uns als Gefolge einladen", grinste Jenna.

Die noch immer Namenslose lächelte.

„Passen Sie auf sich auf, Detective", sagte sie schließlich, die Türklinke schon in der Hand. Jenna sah sie an und blinzelte dann, nicht genau wissend, was sie darauf antworten sollte. Die plötzlichen Worte rührten sie.

Noch ganz in Gedanken versunken und bereits den Weg in ihr eigenes Büro einschlagend, bemerkte Jenna, dass sie beinahe den Kaffee und den Donut für Evie vergessen hätte. Schnell, in der Hoffnung, niemand hatte ihre peinliche Verwirrung bemerkt, drehte sie sich wieder um und ging den anderen Weg. Insgeheim wünschte sich etwas in ihr, dieser Frau wirklich noch einmal über den Weg zu laufen.

# Kapitel 3

Das Leben tat wirklich seltsame Dinge. Es war manchmal nicht nur verzwickt, es war unvorhersehbar.

Sie bekamen einen Fall rein, einen Raubüberfall mit schwerer Körperverletzung, das Opfer lag noch in der Notaufnahme, aber sein Zustand, hieß es, sei stabil. Doch nicht das war das Verrückte in dieser Woche. Nicht nur, dass das Motiv des Täters zu wünschen übrig ließ und Jenna mal wieder den Glauben an der Intelligenz der Spezies Homo Sapiens verlieren ließ. Irgendwie schien ihr das Schicksal einen Wink mit dem Zaunpfahl zu geben, als sie eines Tages einen Abstecher in dieses Café machte.

Erstaunt und kopfschüttelnd stand sie mit ihrem Kaffeebecher in der Hand vor dem Tisch. „Das ist wirklich verrückt."

Die Frau auf der Bank sah auf. Es dauerte etwa drei Sekunden, bis ihr Gesicht sich aufhellte.

„Aller guten Dinge sind drei", sagte sie mit einem verwunderten Unterton in der Stimme. Erneut das Lächeln. Es war seltsam, dachte Jenna – ihre Mimik war zurückhaltend und verriet kaum etwas, aber ihre dunklen Augen funkelten wie Sterne inmitten eines azurblauen Himmels. Sie hätte

eine Ewigkeit dastehen und sie einfach nur ansehen können. Ohne Zweifel – sie war noch nie einer Person begegnet,
die eine derart magische Anziehungskraft auszuüben
schien. Und sie hatte mit sehr vielen Menschen zu tun gehabt.

Da nickte die Dunkelhaarige auf die Bank vor sich.
„Wollen Sie sich setzen? Da kommt sowieso niemand
mehr."

*Wie kann man nur so blind sein*, fragte sich Jenna in einem
Bruchteil der Sekunde. Das halbe Revier hätte sich wohl
darum geprügelt, sich zu ihr setzen zu dürfen. Aber nun ja,
es waren Cops. Die konnten die kindischsten Leute sein, die
man sich nur vorstellen konnte. Anders könnte man diesen
Beruf auch gar nicht aushalten.

Erst Sekunden danach schienen ihre Worte überhaupt
richtig in Jennas Gehirn anzukommen, und eine altbekannte Nervosität in ihr kehrte zurück. Ein Gefühl, von dem sie
dachte, es bereits verlernt zu haben. Sie war nicht sicher, ob
es ein gutes oder schlechtes Zeichen war. Sie blinzelte langsam und nickte dann.

„Gerne. Ich habe sowieso erst in zehn Minuten wieder
Dienst." Mit diesen Worten ließ sie sich auf die Sitzbank
gleiten.

Smalltalk.

Darin war sie noch nie gut gewesen, und sie hasste peinliche Stille.

Aber in genau demselben Augenblick, in dem ihr dieser
Gedanke kam, brach ihr Gegenüber die Stille: „Ich denke,
spätestens jetzt sollten wir wissen, mit wem wir es eigentlich zu tun haben." Sie streckte die Hand aus, ihr Gesicht

26

war aufrichtig und offen. „Ich bin Neela Kumar."

Jenna lächelte und musste sich darin eher bremsen als bemühen. „Jenna Wackefield." Sie erwiderte den Gruß. „Freut mich, Sie kennenzulernen."

„So langsam wurde das Zeit." Neela schmunzelte. „Wer weiß, wie oft wir uns noch über den Weg laufen."

„Neela. Woher kommt dieser Name?" Diesmal begann Jenna das Gespräch, zumal es sie wirklich interessierte.

„Aus dem Indischen. Original spricht man ihn Nehla aus, dann bedeutet es Mond." Neela zog die Schultern hoch. „Ich frage mich bis heute, weshalb mir dieser Name gegeben wurde."

Ihr Lächeln war ansteckend. Jenna konnte sich nicht erinnern, wann sie das letzte Mal so ungezwungen gewesen war und sich so leicht in der Gegenwart einer fremden Person gefühlt hatte.

„Ich kann es mir schon vorstellen, weshalb. Sie strahlen wie der Mond. Sie haben eine beruhigende und dennoch mystische Aura." Ihre Augen wanderten zu Neelas Händen, die sie nebeneinander verschränkt auf dem Tisch liegen hatte. „Allerdings würde „Sonne" noch besser passen. Sie haben warme Hände."

„Lederhandschuhe." Neela grinste. „Das Beste, das einem im kalten Winter passieren kann."

Jenna nickte zustimmend und legte dann den Kopf schief. „Heißt das, Sie kommen aus Indien?", fragte sie.

Neela schüttelte den Kopf. „Ich bin in Toronto geboren. Meine Eltern kommen von dort, sie sind ausgewandert." Sie lächelte und warf einen kurzen, fast verträumten Blick nach draußen. „Kanada ist mein Zuhause. Ich war für ein paar Monate in Indien, aber ich weiß, ich gehöre hier her."

„Wenn wir gerade davon sprechen." Jenna trank einen weiteren Schluck. „Sollte man Sie dann nicht als Nehla ansprechen? Immerhin ist das doch ihr richtiger Name, oder?" Neelas Augen zuckten für einen Moment unruhig hin und her, und Jenna glaubte zu erkennen, wie sich ihre Finger um ihre Tasse krallten.

„Nein" sagte sie, und ihre Stimme klang irgendwie anders. Angespannt, ja beinahe gehetzt. „Neela ist besser." Sie wirkte, als wollte sie noch etwas sagen, beließ es dann aber dabei. Als hätte sie entschieden, dass es besser wäre, es nicht auszusprechen. Jenna zog die Stirn in Falten. Sie schien hier irgendeinen wunden Punkt getroffen zu haben, da war sie sich sicher.

Aber sie wollte nicht nachhaken, immerhin kannte sie Neela gerade einmal ein paar Minuten lang, und außerdem musste sie ja nicht gleich wieder die Analytikerin heraushängen lassen. Das hier war kein Verhör, sondern eine lockere Unterhaltung.

Nach einer kurzen Pause, während sie nach einem Themawechsel suchte, viel ihr plötzlich etwas auf. „Alle guten Dinge sind drei?", zitierte sie verdutzt und legte Betonung auf die Zahl. Hatte Neela sie etwa auch schon einmal gesehen, bevor sie sich getroffen hatten?

Ihr Gegenüber zuckte mit den Schultern. „Sie sind nicht so unauffällig, wie sie glauben."

Jenna zog verwirrt die Augenbrauen zusammen. „Was meinen Sie damit?", fragte sie verdutzt. Neela guckte sie an, ein verschlagenes Lächeln um ihre Lippen. Ein Lächeln, welches Jennas Inneres in Aufruhr versetzte.

28

„Vor ein paar Tagen. In dem Café in der Nähe Ihres Polizeireviers. Sie waren dort mit zwei Männern und haben mich beobachtet."

Jennas Herzschlag setzte für einen Moment aus. Sie hätte sich verschluckt, wenn sie etwas getrunken hätte.

Verdammt, sie hatte es bemerkt!? Fast zeitgleich spürte sie, wie ihr das Blut in den Kopf schoss. Oh Gott. Wann hatte sie jemand das letzte Mal erröten lassen?

Neelas Augen bohrten sich in ihre, ihr Lächeln wurde amüsiert. Als genieße sie es, Jenna aus dem Konzept zu bringen. Als würde sie das Gespräch auf einmal an sich reißen.

Jenna schluckte den Kloß, der sich in ihrem Hals gebildet hatte, hinunter. „Ich … bin ein sehr aufmerksamer Mensch", beschloss sie zu sagen, um sich recht zu fertigen.

Neela hob die Augenbrauen. Es war klar zu erkennen, dass sie die Ausrede entlarvt hatte und ihr kein Wort glaubte. Nervös spielte Jenna an ihren Fingernägeln herum, hoffend, dass die Konversation nicht noch weiter ins Peinliche ausarten würde.

Um sich vorsichtig vorzutasten, fragte sie schließlich: „Was machen Sie von Beruf? Sind Sie etwa auch so oft mit Menschen und deren Verhaltensweisen konfrontiert, dass Sie mich derart analysieren?"

Neela wiegte den Kopf hin und her. Glücklicherweise schien sie in Jennas Worten keinerlei Angriff interpretiert zu haben. „Wie man es nimmt", begann sie langsam. „Ich bin im Marketing tätig. Eine Versicherungsfirma. Ich habe Wirtschaftsrecht studiert. Hatte keine großen Pläne, wusste nicht, was ich machen sollte, und es klang interessant. Nun muss ich sagen, es war definitiv die richtige Entscheidung, auf mein Bauchgefühl zu hören."

Jenna nickte langsam, froh darüber, dass die Konversation sie langsam wieder auf sicheren Boden zurückführte. „Wirtschaftsrecht." Sie lehnte sich zurück und legte ihrem Arm auf der Lehne ab. Ihr Selbstbewusstsein war zurückgekehrt. „Was hat Sie gereizt. Die Wirtschaft oder das Recht?"

Neela lächelte verhalten. „Das Recht. Das Gesetz. Ich hatte mich sogar für Jura interessiert. Aber Anwältin zu sein wäre nichts für mich. Ich bin eher die Beobachterin, und ich spreche nicht gerne vor vielen Menschen."

*Aber Sie würden bestimmt unglaublich viele Fälle gewinnen, so gut wie sie aussehen,* schoss ein Gedanke durch Jenna hindurch.

*Stopp,* ermahnte sie sich sogleich. Sie musste nun aber wirklich aufhören, sich so etwas vorzustellen. Und warum dachte sie überhaupt erst darüber nach?

Auf einmal stand Neela auf. Jenna guckte sie verwirrt an, war beinahe froh, einmal ein anderes Gesicht zu machen statt immer nur zu lächeln.

„Ich muss mal kurz …" Sie machte eine Kopfbewegung und sagte mit vielsagendem Unterton: „Mein Make-Up auffrischen."

Jenna fing schon wieder an zu grinsen. SO konnte man das natürlich auch ausdrücken.

Als Neela verschwunden war, sah sie nach draußen aus dem Fenster. Es hatte wieder angefangen, zu schneien. Sie beobachtete die Menschen, die draußen umhergingen - manche Arm in Arm, andere sich unterhaltend. Eine Mutter

30

mit ihrem Kind, welches sie festhalten musste, da es sonst auf der Jagd nach Schneeflocken auf die Straße gerannt wäre. Jenna hätte wirklich keine Lust gehabt, ihre Rolle als Cop und ihre Fähikeit zur ersten Hilfe unter Beweis zu stellen.

Als hätte sie mit diesem Gedanken irgendetwas heraufbeschwört, vibrierte in fast demselben Moment ihr Handy. Beinahe genervt, obwohl sie nicht wusste, weshalb, drehte sie es herum, um die Nachricht zu lesen.

Wo bist du?

Die SMS war von Jeff.

P. hat einen Verdächtigen ausfindig gemacht. Haines fragt nach dir, wir brauchen dich, komm sofort!

Shit. Er hätte genauso gut „Beweg deinen Hintern hier her, sonst kriegst du gewaltigen Ärger" schreiben können. Für einige Augenblicke wurde ihr heiß und kalt, und als sie auf die Uhr sah, erschrak sie. Sie war fast zehn Minuten zu spät dran. Und das wurde bei Hains nicht geduldet – er war pingelig wie vom Feinsten.

Aber sie konnte doch jetzt nicht einfach so verschwinden. Genau so wenig konnte sie noch auf Neela warten. Vor allem, was sollte sie sagen? Entschuldige, wir haben uns verplappert, gib mir mal deine Nummer? Niemals.

Und warum um alles in der Welt wollte sie überhaupt Neelas Nummer?

In Jennas Kopf fuhren die Gedanken Achterbahn. Sie tat

und dachte Dinge, die sie nicht verstand. Alles, was ihr klar war, war, dass sie jetzt sofort losmusste.

Kurzerhand entschied sie sich für eine Notlösung. Sie würde ihr einfach ihre eigene Nummer da lassen, also wäre es Neelas Entscheidung, den Kontakt aufrechtzuerhalten oder nicht. Es war immer gut, Verantwortung abzugeben.

Glücklicherweise fand sie einen Kugelschreiber in ihrer Jackentasche. Jenna dachte einen Moment nach, dann leerte sie ihren Cappuccinobecher in einem Zug und kritzelte ihre Nummer darauf – ehe sie es sich irgendwie anders überlegen konnte. Dann sprang sie auf, zog ihre Jacke an, platzierte den Becher sorgsam auf dem Tisch, und machte sich auf den Rückweg.

Nach Luft ringend stand sie im Fahrstuhl, schälte sich aus ihrer Jacke und strich sich die Haare aus dem Gesicht. Niemand, der sie so gesehen hätte, hätte ihr geglaubt, dass sie eigentlich eine trainierte Polizistin war. Hoffentlich, dachte sie, hatte Jeff Hains ein wenig ablenken können.

Ihr Gehirn ließ ihr ganze zehn Sekunden Zeit, um zu atmen und runterzukommen, als ihr ein Gedanke in den Sinn kam. Was, wenn sie den Becher wegwarf? Was, wenn sie total sauer und ihre Nummer überhaupt gar nicht erst …

*Moment,* stoppte ihr Verstand ihr Gehirn. Warum kümmerte sie das eigentlich so sehr? Sie wusste nichts über diese Frau, rein gar nichts, wie konnte ihr das so wichtig sein?

Jenna nahm ein Geräusch war, nur um zu realisieren, dass es ihr eigenes Seufzen war. So langsam schien sie verrückt zu werden.

Aber damals wusste sie noch nicht, dass das alles erst

32

der Anfang war.

. . .

Irgendwie hatte Jeff es hinbekommen, Hains hinzuhalten, oder zumindest, ihr Fernbleiben mit Bravour zu kaschieren. Allerdings warf ihr Kollege ihr einen warnenden Blick zu, und Jenna dankte ihm in Lippensprache.

Die Stunden flogen dahin. Die Detectives waren beschäftigt bis zum Nachmittag, und als sie endlich ein wenig verschnaufen konnten, bemerkte Jenna, wie hungrig sie war. Sie war nicht die Einzige. Auch Jeff knurrte der Magen.

Also machten sie sich auf zur Kantine, auf dem Weg dorthin schlossen sich Damien und Stella Bennet mit an. Die Polizistin in den frühen 50gern war eine der wenigen, die sich mit Jenna unterhielten, ohne ein großes Trara darum zu machen. Sie war froh darum. Einige fürchteten noch immer, Opfer von Jennas unkontrollierter Libido zu werden. Bei diesem Gedanken seufzte sie nur. Sollten sie doch denken, was sie wollten. Sie wusste, dass es nicht wahr war, also brauchte es sie eigentlich auch nicht zu interessieren.

Sie ergatterten einen Tisch an der großen Glasscheibe, die in den Innenhof zeigte. Jenna entschied sich für einen grünen Salat mit Schafskäse mit einer lecker aussehender Soße, einem Brötchen und einer Flasche Wasser. Sie wollte sich gerade genüsslich darüber hermachen, als ihr Handy vibrierte. Wie ein darauf abgerichteter Hund entsperrte sie das Display, das sie und Greg zeigte, und klickte die Nachricht einer unbekannten Nummer an.

Sie sind nicht die Einzige, die auf Details achtet

Das war alles. Jenna begann, wie eine Idiotin zu grinsen und spürte, wie sich in ihr eine wunderbare, vertraute Wärme ausbreitete. Sie wusste sofort, wer das war.

Na, dann habe ich ja Glück.

Ja, Glück, dass ich Augen habe und ihren Abfall nicht einfach stehen ließ oder in den Müll geschmissen habe

Tut mir wirklich leid. Aber Verbrecher warten nicht …

Kein Problem, ich verstehe schon. Machen Sie sich keine Gedanken ;)

Jenna seufzte – offenbar etwas zu laut. Jeff, Damien und Stella sahen sie fragend an.

„Alles okay?", fragte Damien und hielt in seinem Kauen inne.

Jenna guckte die drei an und lächelte scheinheilig. „Alles bestens", sagte sie. Und tatsächlich fühlte sie sich so gut wie schon lange nicht mehr.

# Kapitel 4

Sie fanden heraus, dass sie ungefähr zu denselben Zeiten Mittagspause hatten. Zwar musste Jenna diese ab und zu verschieben, wenn ihr wieder etwas dazwischen kam, aber Neela schien ihr das kein bisschen übel zu nehmen.

Sie trafen sich zwei Tage später auf eine Pizza – sie mussten draußen stehen in der Kälte, weil der Laden rappelvoll war und Keine der beiden Lust auf Gedränge hatte. Also nutzten sie den Vorsprung vor einem alten Schaufenster, auf dessen Scheibe „Zu vermieten" stand, als notbedürftige Sitzmöglichkeit.

Einmal musste Jenna so sehr lachen, dass ihr die Pizza beinahe heruntergefallen wäre, was Neela so sehr zum Nachahmen animierte, sodass sie sich verschluckte und am Ende Tränen in den Augen hatte.

Es war wundervoll, jemanden gefunden zu haben, mit dem sie albern sein und über alberne Dinge lachen konnte – niveauhafte, alberne Dinge, was einen Unterschied zu den Konversationen mit ihren Kollegen darstellte. Sie boten sich kurz darauf das „Du" an.

. . .

35

Ein paar Tage und das Wochenende über sahen sie sich nicht, aber das trieb keinerlei Keil zwischen sie. Sonntagabend telefonierten sie fast ganze zwei Stunden, und Jenna verfiel danach in einen so tiefen Schlaf wie schon lange nicht mehr – und das alles ohne auch nur einen Tropfen Tee. Neela tat ihr gut – sie war wie ein Seelenpflaster, eine Heilung für alles, das sie zuvor als Problem angesehen hatte.

Und da war noch etwas anderes, etwas, das Jenna nicht genau deuten konnte. Sie spürte nur, dass sich etwas veränderte. Und ob dieses Etwas positiver oder negativer Natur war, konnte sie wirklich nicht sagen. Das würde sich schon irgendwann herausstellen. Bis dahin war sie einfach nur zufrieden.

. . .

Mittwochabend brachten sie es endlich einmal fertig, sich zu verabreden. Irgendwie war es sofort klar gewesen, dass sie sich bei Jenna zuhause treffen würden. Neela würde um sechs Uhr kommen, sie hatten sich das Essen aufgeteilt – sie würde Reis und eine spezielle Soße nach indischem Rezept mitbringen, Jenna besorgte verschiedenes Gemüse und Tofu. Neela war Vegetarierin, hatte sie erfahren, und auch sie hatte kein Problem, auf Fleischliches zu verzichten.

Sie duschte ausgiebig und lief danach eine ganze Weile im Bademantel herum, um alles vorzubereiten. Sie ertappte sich dabei, wie sie zum ersten Mal seit langem darüber nachdachte, was sie anziehen sollte. Normalerweise nahm gerade das am wenigsten Anspruch in ihrem Leben ein. Für

36

die Arbeit wählte sie momentan meist normale Shirts, einen Blazer darüber, oder ihre Rollkragenpullover. Jetzt aber war es anders. Jenna versuchte sich einzureden, dass sie ja schon ewig nicht mehr ZUHAUSE Besuch erwartet habe, dass sie deshalb nervös sei, und dass sie sich Gedanken über ihre Kleidung machte, da sie diesmal nichts Warmes brauchte.

Doch ihr wurde klar, dass man sich selbst nicht belügen konnte. Oder sie darin einfach verdammt schlecht war.

Irgendwann – sie hatte keine Ahnung, ob sie so lange benötigt hatte, wie es sich für sie anfühlte – fiel ihre Wahl auf ihre schwarze Jeans und ihr dunkelgrünes Shirt mit dem V-Ausschnitt. Jemand hatte ihr einmal gesagt, dass diese Farbe wunderbar zu dem grün ihrer Augen harmonierte.

Als es klopfte, fuhr sie fast zusammen. *Reiß dich zusammen*, ermahnte sie sich selbst. Sie war einer der besten Detectives ihres Dezernats, und sie erschrak aufgrund etwas so Banalem? Jenna strich sich über die Haare, die sie offen gelassen hatte, und ging zur Tür. Ihr Herz machte einen seltsamen Hüpfer, als sie Neelas strahlendem Lächeln entgegensah. Sie war kleiner als sie, selbst jetzt, wo sie Stiefel und Jenna Socken trug, was ihr irgendwie gefiel.

„Hi", sagte Neela.

„Hi", entgegnete Jenna, irgendwie verwundert über sich selbst, da sie nicht diejenige war, die zuerst sprach. Sie schenkte Neela eine Umarmung, erhaschte den Geruch ihrer dunklen Haare, ehe sie sich wieder los ließen. „Nur herein in die gute Stube."

Sie trat zur Seite und wiederstand dem Drang, ihrem

Gast die Jacke von den Schultern zu nehmen.

Neela sah sich neugierig um, ehe sie den Mantel auszog und zu nicken begann. „Nun werde ich also Zeugin davon, wie eine Vancouver-Polizistin lebt."

Jenna verhinderte gerade noch, ihren Arm zu berühren. Das letzte Mal, als sie das getan hatte, war vor zwei Jahren gewesen – als sie in ihrer letzten Beziehung gewesen war. Schnell verdrängte sie den Gedanken an die brünette Bankangestellte, die sie am Ende nur benutzt hatte. Die so falsch wie schön gewesen war.

„Willst du was trinken?", fragte sie, ein wenig zu schnell, und mahnte sich gleich wieder zur Ruhe.

Neela nickte. „Gerne. Was hast du da?"

Und dann lief der Abend. Alles funktionierte. Es war schon beinahe zu perfekt. Keine peinliche Stille trat auf. Sie bereiteten das Essen in Schweigen zu, sprachen nur ab und zu, Neela erklärte ihr, wie man die Soße zubereiten musste. Es war, als hätten sie sich vieles zu sagen, aber beide wussten, dass sie Zeit hatten. Jenna fühlte sich einfach nur geborgen.

Das Essen war köstlich. Jetzt konnte sie ihre Besucherin noch mehr leiden als ohnehin – sie bewunderte Menschen, die Kochen konnten. Und, die dabei auch noch gut aussahen.

Sie ertappte sich, wie sie Neela über den Rand ihres Glases hinweg beobachtete. Sie hatte eine gewisse Eleganz an sich, irgendwie graziös. Ihre Aura war magisch, ihre Haare glänzten nun fast tiefschwarz. Jenna könnte schwören, dass sie seidig weich waren, und hatte das dringende Bedürfnis, sie zu berühren. Das royalblaue Oberteil schmeichelte ih-

38

rem Körper, und erneut trug sie ihre silberne Kette. Jenna kniff die Augen zusammen, konnte aber nur erkennen, dass es etwas filigranes, sehr fein Gearbeitetes war.

„Was ist das für ein Anhänger?", fragte sie also. Neela sah auf. Ihre Lippen verzogen sich zu einem Lächeln, was niedlich aussah, weil sie noch kaute.

„Der hier?" Sie tippte sich auf die Kette. Jenna nickte. „Eine Lotusblüte." Neela legte ihr Besteck ab, verschränkte die Arme im Nacken und löste den Verschluss. Sie reichte Jenna die Kette über den Tisch. Das Silber lag warm und angenehm in ihren Händen, ihre Haut schien zu pulsieren. Sie betrachtete den Anhänger, der im Licht funkelte. „Die Lotusblüte ist ein heiliges Symbol im Hinduismus mit vielen Bedeutungen."

Jenna nickte langsam. „Sie ist wunderschön." Sie sah auf und lächelte. „Sie passt zu dir."

Ein Mikroausdruck trat in Neelas Augen, und da wurde Jenna bewusst, was sie gesagt hatte. Oder besser, was ihre Worte bedeuteten. Schnell senkte sie den Kopf, hoffend, dass sie nicht rot wurde, und gab Neela die Kette wieder zurück. „Wofür steht er?", fragte sie etwas zu hastig für ihre Verhältnisse und versuchte, so ein anderes Thema einzulenken. Als würde es sie vor etwas schützen, schob sie sich schnell eine Gabel Reis in den Mund.

Glücklicherweise ging Neela sofort auf ihre Frage ein. Entweder, sie hatte Jennas Reaktion nicht bemerkt, oder sie war ebenfalls froh über den Themawechsel. „Der Lotus steht für Reinheit, die Schöpfung und auch die Welt. Die Blütenblätter stellen dabei die vier Himmelsrichtungen dar. Er fungiert sozusagen als … Wegführung zum inneren

Frieden. Und als ein Zeichen für Neubeginne und Wiedergeburt."

Jenna überlegte für ein paar Momente, ob sie Neela von ihrem Tattoo erzählen sollte. Jetzt, da sie schon bei bedeutungsvollen Dingen waren. Aber aus irgendeinem Grund entschied sie sich dagegen.

Das Abendessen genüsslich verspeist, machten sie sich ans Aufräumen. Neela gähnte. Jenna grinste, und Neela hielt sich schnell die Hand vor den Mund und schlug die Augen nieder.

„Verzeihung", sagte sie und klang doch tatsächlich beschämt. „Ich wollte dir nicht das Gefühl geben, gelangweilt zu sein."

„Gähnen kann auch von Sauerstoffmangel kommen." Ihr Grinsen wurde breiter. „Ich bin außerdem Detective. Ich errate deine Körpersprache."

Das war gelogen. Bezogen auf Neela schienen ihre Beobachtungsgaben Urlaub zu machen.

„Na, das ist ja beruhigend", sagte Neela, aber sie lächelte dabei. Jenna warf einen Blick nach draußen.

„Apropos Sauerstoffmangel", fing sie an. „Sollen wir eine Runde spazieren gehen?" Sie drehte sich herum.

Neela verzog den Mund. „Ehrlich gesagt finde ich Vancouver bei Nacht und klirrender Kälte nicht sonderlich sexy", sagte sie also.

Jenna lächelte. „Wir sind also beide keine Wintertypen", kombinierte sie, während sie ihr Glas erneut mit Wasser füllte. Neela strich sich eine Haarsträhne hinters Ohr und lachte nervös. Auch sie trug sie heute offen, was sie selten tat, hatte Jenna bemerkt.

„Naja. Was willst du von einer Hinduistin auch anderes erwarten?" Jenna guckte in die Leere, genauer gesagt, auf ihren Herd, vor dem sie stand.

Und dann fiel ihr etwas ein. „Haben es Hindus gerne gemütlich?" Sie guckte Neela an. Diese sah zurück und zuckte die Schultern.

„Die Sorte Neela Kumar jedenfalls liebt Gemütlichkeit." Sie bedachte Jenna mit einem fragenden Blick, aber diese stand nur auf und nickte aus dem Wohnzimmer hinaus. Neela folgte ihr.

Ein seltsames Gefühl beschlich Jenna, als sie die Türe ihres Schlafzimmers öffnete und Neela hinter ihr eintrat. Sie wusste nicht, was es war. Aber es fühlte sich an, als würde sie ihrer neuen Freundin etwas offenbaren, von dem sie selbst nicht wusste, was es eigentlich war.

„Auf der Skala Eins bis Zehn erhält Detective Wackefields Schlafzimmer eine Acht."

Neela stand ziemlich dicht hinter ihr, Jenna konnte beinahe ihren Atem auf ihrem Hals fühlen. Sie war froh, ihre Haare vorhin zusammengebunden zu haben.

Im selben Moment wurde ihr heiß und kalt. Schon wieder so ein Gedanke, bei dem sie nicht wusste, wie sie ihn interpretieren und in welche Kategorie sie ihn stecken sollte.

Gespielt gekränkt drehte sie sich zu Neela um. „Acht? Warum nur acht?"

Neela sah sich um, als müsse sie das komplette Zimmer inspizieren. „Zehn ist nicht möglich. Und Neun gebe ich dir nicht, weil ich mehr der Orange-Rot-Typ bin."

Jenna sah sich selbst um, als wäre es nicht ihr Schlafzimmer, in welchem sie seit gefühlten Jahrzehnten wohnte. Es stimmte – sie nutzte bevorzugt kalte Farben, viele Grün und Grautöne. Bis heute war ihr das noch nie richtig aufgefallen.

Da Neela der Meinung war, Kissen erhöhten den Gemütlichkeitsgrad, suchten sie jedes auch nur annähernd so aussehende Stück Gegenstand, das weich war, zusammen, und pflanzten sich damit auf Jennas Bett.

Und dann waren sie still. Es war eine wunderbare, angenehme Stille. Ein Gefühl, von dem Jenna schon gar nicht mehr gewusst hatte, dass es überhaupt existierte.

„Wieso Polizistin?" Neela drehte sich zu ihr, sodass sie auf der Seite lag, sich aufstütze und sie ansehen konnte. „Wieso ein Beruf, bei dem du mit Kriminellen zutun hast und dein Leben riskieren musst?"

Jenna wollte sich von ihr abwenden und zugleich auch nicht. Diese Frau schien nicht zu bemerken, welche Wirkung sie auf sie hatte. Sie mahnte sich zur Ruhe, befahl den Schmetterlingen in ihrem Bauch, endlich zu verschwinden, und beantwortete die Frage. „Ich hatte schon immer einen ausgeprägten Gerechtigkeitssinn und wollte Menschen helfen. In der Grundschule wollte ich Krankenschwester werden, bis mir jemand gesagt hat, ich sei zu bockig und dickköpfig. Polizisten fand ich immer schon faszinierend, seit meiner frühen Kindheit. Meine Mutter hat mir einmal erzählt, ich sei immer ausgeflippt, wenn ich welche gesehen habe. Eine andere Idee, die sich ziemlich lange gehalten hatte, war Ärztin." Sie machte eine Pause, warum wusste

42

sie selbst nicht, und sah Neela überlegend nicken. Sie fuhr fort: „Ich absolvierte ein Praktikum beim General Hospital, durfte sogar bei einigen OPs dabei sein. Anscheinend stellte ich mich ziemlich gut an. Die Ärzte und Schwestern, mit denen ich zusammenarbeitete, boten mir an, mich sofort aufzunehmen. Aber" Jenna seufzte. „Meine Noten waren nicht gut genug, also konnte ich es erst gar nicht in Erwägung ziehen, mich weiter darauf vorzubereiten. Und dann kam mir wieder in den Sinn, dass ich ja ein sportlicher Typ war. Dass ich draufgängerisch und nicht gerade zimperlich war." Sie lächelte. „Wahrscheinlich wäre ich als Ärztin sowieso nicht glücklich geworden."

„Du brauchtest was, bei dem du Dampf ablassen kannst", sagte Neela lächelnd.

Jenna nickte. „Ja, das denke ich auch. Ich hatte mir in den Kopf gesetzt, ins Fitnessstudio zu gehen. Also schrieb ich mich ein, trainierte ich für den Eignungstest, und ..." Sie breitete die Arme aus. „Jetzt bin ich hier. Im Dienste des Gesetzes."

Neela lächelte sie eine ganze Weile lang an. So lange, dass Jennas Gehirn sich doch tatsächlich die Fantasie erlaubte, dass sie sie jeden Moment küssen würde.

„Jetzt habe ich meine persönliche Hüterin von Recht und Ordnung." Neela drehte sich auf den Rücken, winkelte den Arm an und warf ihr einen Blick zu. „Holst du mich raus, wenn ich jemals auf die schiefe Bahn geraten sollte?"

Jenna strahlte sie an und widerstand dem Drang, sie zu umarmen. „Ich verspreche es." Dann hob sie überlegend die Augenbrauen. „Auch wenn ich mir nicht vorstellen kann, dass dir das jemals passiert."

43

„Hach, unterschätz mich besser nicht. Ich habe gewisse Seiten, die ich gekonnt kaschiere."

Jennas Inneres machte schon wieder einen Sprung. In ihr stritten gemischte Gefühle – eine Seite wollte es wissen, die andere nicht. Wenn sie es tun würde, so glaubte sie, würde sie Neela wahrscheinlich noch anziehender finden als ohnehin.

Auf einmal fuhr etwas durch Jennas Arm, und sie schaffte es gerade noch, nicht zusammen zu zucken. Neela hatte ihre Hand daraufgelegt und sah sie an. „Sieh es so. Dein Schicksal wollte, dass du das hier tust." Ihre ruhige Stimme drang durch die Stille.

Mit einem Mal allerdings brachte Jenna es nicht fertig, sie anzusehen. „Du bist, wo du sein musst, und das ist das einzig Wichtige." Ihr Lächeln wurde zu einem Grinsen. „Wer weiß, vielleicht hätten wir uns nie getroffen. Vielleicht wärst du ganz woanders. Aber du wärst nicht hier."

Endlich sah Jenna sie wieder an. Sie ließ Neelas Worte durch ihr Inneres wandern, reflektierte die Botschaft dahinter. Beinahe unbewusst lächelte sie. Noch nie hatte sie sich in jemandes Nähe so geborgen und akzeptiert gefühlt.

Sie sprachen noch eine Weile über Belangloses – Neelas Arbeitszeiten, Patzer auf der Arbeit, einer Betriebsfeier, und weiteren Dummheiten, die ihnen passiert waren. Jedes Mal, wenn Neela lachte, glaubte Jenna, das Chaos in ihrem Inneren füge sich mehr und mehr zu einem kompletten Puzzle zusammen. Es waren Teile, von denen sie nicht einmal gewusst hatte, dass sie existierten. Neela erzählte von ihrem ersten, großen Auftrag, welches Lampenfieber sie hatte, und dass sie sich zum ersten Mal seit langem wieder wertgeschätzt gefühlt hatte, als ihr Boss sie gelobt hatte.

Um elf bewegten sie sich von Jennas Bett zur Tür. Sie hatten nicht gemerkt, wie die Zeit vergangen war, aber müde war keine. Ihre Vernunft und Rationalität waren es, die sie dazu zwangen, sich gute Nacht zu sagen.

Als Jenna ihre Freundin zum Abschied umarmte, atmete sie deren Geruch ein – es war kein Parfüm, es waren ihre Haare, die ganz leicht nach Mango dufteten. Sie tastete sich heran, was das für ein Gefühl war, das in ihr brannte - ein Teil in ihr, den sie verschlossen hatte, der Teil, zu dem nur wenige Menschen Zugriff hatten. Neela hatte es geschafft, innerhalb von wenigen Tagen diese komplette Leere in ihr zu füllen.

Aber als die Tür ins Schloss fiel, veränderte sich das Gefühl. Es wurde erdrückend. Es fühlte sich an, als würde es ihr gleich wieder herausgerissen werden. Wie eine Medaille, die man gewonnen hatte, und die einem im nächsten Moment wieder weggenommen wurde.

Und da durchfuhr es Jenna wie ein Blitz. Mit einem Schrecken wurde ihr klar, was dieses Gefühl wirklich war.

Neela war nicht einfach nur eine gute Freundin für sie, mit der sie lachen und über alles sprechen konnte. Es war weitaus komplizierter.

Sie war ihre beste Freundin. Eine beste Freundin, wie sie sie niemals gehabt hatte.

Aber das war nicht alles.

Sie hatte sich in sie verliebt.

# Kapitel 5

Das Erste, das sie am nächsten Morgen tat, war, sich einen Kaffee zu machen. Noch bevor sie ins Bad ging, noch bevor sie die Augen richtig aufhatte. Sie gönnte sich ein Frühstück – eine Scheibe Brot mit Butter und Marmelade im Stehen, den Kaffee runterleerend.

Heute brauchte sie um einiges länger als üblich im Bad. Gewöhnlich taten ihre Augen ihr den Gefallen, sich nicht sonderlich schminken zu müssen. Sie hatte eine außergewöhnliche Augenfarbe – es war eine Art Mischung aus hellem Oliv- und Lindgrün, abgegrenzt durch einen dunkleren Kreis. Diesmal sträubte sich ihr Aussehen völlig ihrem Willen. Ihr Kajal fand Gebrauch, und sie benutzte sogar den Liedschatten, der sonst nur für sehr seltene Angelegenheiten Verwendung fand. Sie fühlte sich beinahe overdressed, zugekleistert, als würde sie auf eine Party gehen.

Im Revier angekommen machte sie sich gleich erneut auf den Weg zur Kaffeemaschine und ließ sich einen doppelten Espresso raus. Sie hatte gefühlt die ganze Nacht kein Auge zugetan, benahm sich wie ein Teenager mit Liebeskummer. Dabei wusste sie nicht einmal, ob dieser Begriff passend war.

Sie war einfach … verwirrt. Sie wusste nicht, was sie tun

46

sollte. Sie konnte Neela nicht die Wahrheit sagen. Aber wie sollte sie weitermachen? Jedenfalls konnte sie nicht so tun, als sei nichts gewesen.

Anscheinend sprach ihr Blick Bände. Jeff musterte sie, als sie das Büro betrat. „Was ist los?", lautete seine Begrüßung.

Jenna zuckte mit den Schultern und steuerte auf ihrem Schreibtisch zu. Sie hatte keine Lust, zu reden und sich zu erklären. Vor allem würde sie Jeff niemals den wahren Grund nennen. Ihr Beziehungsleben – oder besser, ihr nicht vorhandenes – ging ihn nun wirklich nichts an.

„War wohl eine kurze Nacht." Jeff grinste. „Ist jemand verantwortlich dafür?"

Jenna warf ihm einen Mörderblick zu.

Das wirkte. So direkt und nervig Jeff manchmal war – er konnte von einem Moment auf den anderen umschalten und respektierte es vollkommen, wenn sie etwas nicht sagen sollte. Er war ein Ganz-oder-gar-nicht-Mensch. Sein Grinsen wurde zu einem zurückhaltenden Lächeln, er nickte und wandte sich wieder seinem Schreibtisch zu.

Das Problem war, dass er Recht hatte. Nicht im körperlichen Sinne, aber psychisch war Jenna woanders als im Land der Träume gewesen. Neela ging ihr verdammt nochmal nicht mehr aus dem Kopf. Sie war froh, dass heute entweder ein Tag mit Akten auf dem Schreibtisch oder ein Ausflug mit den Officers auf dem Programm standen. Die Einbruch – mit – Körperverletzung - Sache war abgeschlossen, aber es war nur eine Frage der Zeit, bis es etwas Neues geben würde.

Jenna hatte sich gerade durch Aktenordner Nummer Eins gewühlt, als es an der Glastür klopfte. Beide, sie und Jeff, sahen auf. Ein Lächeln entstand auf Jennas Lippen, als sie dem gutaussehenden, schwarzhaarigen Mann entgegensah, der in der Tür lehnte. Der Grund seines Auftauchens aber war von weitaus weniger schöner Natur.

„Ich muss euch wohl oder übel von eurem gemütlichen Schreibtischkram wegreißen. Es gab eine Schießerei in der South Side, zwei Verletzte, anscheinend waren die Täter zu dritt."

Jenna seufzte, Jeff verdrehte die Augen. „Keine langweilige Schreibtischarbeit, yeeha!", sagte er sarkastisch und erhob sich. Jenna tat es ihm nach – zunächst ging es zum Captain, sie würden sich von ihm Anweisungen holen, was als nächstes zutun war.

„Ach, Jenna."

Sie hielt inne, als Damien in der Tür stehen blieb. „Jordan hat Leah die Woche über. Hast du Lust, zu mir zu kommen? Wir könnten unser seit Ewigkeiten im Raum stehendes Abendmahl zubereiten."

Fast musste Jenna lachen, wie er „Abendmahl" sagte. Er konnte so wunderbar das Thema wechseln. Und Ablenkung war jetzt genau das Richtige für sie.

Mit einem Lächeln nickte sie. „Eine sehr gute Idee."

Sie verabredeten sich für den nächsten Abend, Freitag auf Samstag. Dann konnten sie beide in Ruhe etwas trinken und mussten sich keine Gedanken über den morgigen Tag machen.

Nun rief allerdings die Arbeit. Und als sie mit Jeff gemeinsam die Richtung zum Büro des Caps einschlugen, war sie immerhin etwas besser gelaunt als zuvor.

Bessere Laune bedeutete jedoch nicht ganz, dass es ihr auch besser ging – trotz der vielen Arbeit gab es immer wieder Momente, in denen sie Ruhe hatte.

Beziehungsweise gehabt hätte. Es war, als lägen die Neela-Gedanken immerzu auf der Lauer und schlichen sich in ihren Kopf, sobald sich ein Moment ergab, in dem sie nicht an den Fall dachte. Sie kreisten um sie herum wie Wespen um einen Pflaumenkuchen. Jenna hasste Wespen, sie hatte vor wenig Angst, aber diese Viecher gehörten dazu. Nicht nur, weil sie sie tierisch wahnsinnig machten, sondern auch, da sie allergisch war. Aber Wespen konnte man erschlagen, Gedanken nicht.

Bevor sie sich auf den Weg machten, spritze sie sich auf der Toilette kaltes Wasser ins Gesicht, stützte sich mit den Händen am Waschbecken ab und versuchte, runterzukommen. Sie warf einen Blick in den Spiegel. Die Reflexion, die ihr entgegensah, schien sie nicht zu erkennen.

Es war nicht die taffe Detective Jenna Wackefield, die sich durch nichts aus der Ruhe bringen ließ.

Das war eine liebeskranke, verzweifelte Frau, die keine Ahnung hatte, wie sie ihr aus den Fugen geratenes Leben wieder ins Lot bringen könnte.

. . .

Tote hatte es zum Glück nicht gegeben. Dennoch mussten sie anrücken und den ganzen Tatort unter die Lupe nehmen. Jenna war froh um die Ablenkung. Als sie die Handschuhe überstreifte und sich daran machte, die ihr zugeteilte Hallenseite nach Hinweisen auf die Täter abzusuchen, vergaß sie endlich für einige Minuten, was sie die ganze Nacht über hatte wach bleiben lassen. Alles andere wäre mehr als unprofessionell gewesen, und sie würde niemals zulassen, dass sie irgendetwas dazu bringen würde, schlampig zu arbeiten.

Bewaffnet mit Taschenlampe, ein paar Plastikbeuteln und einer Pinzette machte sie sich ans Werk. Normalerweise war den Tatortspezialisten diese Aufgabe vergönnt, aber Hains fand es hilfreich, wenn sich seine Detectives ebenfalls an der Fieselarbeit beteiligten. Manchmal fragte sich Jenna, ob er sie damit irgendwie bestrafen wollte. Heute jedenfalls war sie dankbar für diese Aufgabe.

Nach wenigen Stunden hatten sie die Lagerhalle durchkämmt und auf den Kopf gestellt. Außer ein paar Blutflecken, verrottetem Müll und leeren Blechdosen hatte sie jedoch nichts Aufregendes gefunden. Jeff und Stella waren erfolgreicher gewesen – zu ihren Funden zählten Fingerabdrücke und ein Pullover, der in der Nähe des Tatorts gelegen hatte. Bepackt mit Indizien machten sie sich auf den Rückweg.

Die Beweise gingen ans Labor. Und dort würden diese eine Weile auf Eis liegen, das wusste jeder, auch wenn dies totgeschwiegen wurde. Jenna verstand das nicht – die Menschheit machte jeden Tag Fortschritte in der Technik, konnte Lebewesen klonen, Roboter programmieren, sodass sie sprachen wie Menschen, und noch viele andere kranke Dinge mehr, über die sie gar nicht nachdenken wollte. Aber trotzdem beanspruchte es Stunden, bis man aus einem Blutstrophen oder einem Haar DNA-Spuren und so die Identität des Verdächtigen herausfiltern konnte.

Für den Rest des Tages bestand ihre Aufgabe also einmal wieder darin, sich dem Schreibkram und den Protokollen zu widmen. Sie fand eine Akte auf ihrem Schreibtisch, auf dessen Cover ein Post-It klebte.

*Mit besten Grüßen aus der Vergangenheit*
*Viel Spaß beim Graben*

Jenna verdrehte die Augen. Ein alter Fall - den Witzbold, der ihr diesen hingelegt hatte, erkannte sie. An seinem Humor, der keiner war, und an seiner krakeligen Schrift.

In einer anderen Stimmung wäre sie möglicherweise zurückmarschiert und hätte Walmsley die Akte um die Ohren gepfeffert, aber heute war sie um jegliche Ablenkungen froh.

Aber gerade heute schien ihre Produktivität auf Hochtouren zu laufen. Es war, als würde Unruhe ihre Konzentration steigern – auch, wenn sie davon damals auf der Polizeiakademie nichts gemerkt hatte. Sie war mit allem in Windeseile fertig.

Sie überlegte, als sie um etwa 5 Uhr auf den Knopf des Fahrstuhls drückte, ob sie sich betrinken und so richtig ausknocken sollte. Das hatte sie schon lange nicht mehr getan, vielleicht wäre es eine willkommene Abwechslung. Aber die nächste Bar lag – bei diesen Wetterverhältnissen und der Anzahl der Menschen – mindestens 15 Gehminu-

51

ten von ihrer Wohnung entfernt, und sie wusste schließlich nicht, in welchem Zustand sie nach ein paar Drinks wäre. Alkohol hatte sie noch nie sonderlich gut vertragen, zwei kleine Gläser Sekt und sie kippte fast weg.

Also entschied sie sich für eine andere, wesentlich sinnvollere und ihrer Persönlichkeit entsprechendere Methode – sie beschloss, ins Trainingsstudio zu gehen.

Allein um sich umzuziehen fuhr sie nach Hause. Sie wechselte ihre Jeans und die Bluse gegen einen Sport-BH, schwarze Sporttights und ein Top mit Strickjacke darüber und hoffte, dass ihr das ein wenig helfen würde, Abstand zu bekommen. Bepackt mit Proviant machte sie sich erneut auf den Weg. Auspowern half ihr gewöhnlicher Weise immer.

Eine junge Polizistin – Jenna erinnerte sich noch, sie hieß Cassie Miller – hatte die blendende Idee gehabt, doch eine Musikbox anzubringen. Jenna dankte ihr jedes Mal dafür.

Der Beat des ersten Songs, „Do it like a dude" von Jessie J, schien perfekt zu ihrem Gemütszustand zu passen. Sie band sich zum Schutz die Bandagen um die Hände und die Knöchel und lief erst einmal ein paar Runden.

Nachdem sie sich aufgewärmt hatte, beschloss sie, sich dem Krafttraining zu widmen. Ein paar Übungen für Bauchmuskeln, für die Arme, und die Beine. Ihre jeweils trainierten Körperstellen brannten, aber das spornte sie nur noch mehr an. Sie kannte ihre Grenzen, aber sie würde sie nicht übertreten.

Sie machte einmal eine Runde durch den Trainingsparcours, bis sie wieder bei ihrem Freund angelangt war. Jeff

52

und Nicolas hatten den Blauen „Big Blue" genannt, nachdem ein Kollege leicht beschwipst eine Kopfnuss von diesem davongetragen hatte. Sie verstand bis heute nicht, wie dumm man sein konnte, um angetrunken trainieren zu gehen. Aber immerhin hatte es für grinsende Gesichter gesorgt. Und Jenna liebte diese beiden Spinner. Sie konnten aus allem Dämlichen etwas herausziehen und es so überspitzen, dass es irgendwann sogar lustig war.

Heute hätte sie eine solche Portion Humor deutlich gebrauchen können. Was genau es war, als sie den ersten Hieb tat, konnte sie nicht definieren. Es war, als fresse sich etwas durch sie hindurch, und sie würde es erst identifizieren können, wenn es zu spät wäre.

Sie fühlte sich wie eine saure Zitrone, womöglich sah sie auch wie eine aus, dachte sie, als sie sich eine Schweißperle von der Stirn wischte. Ihre Kräfte schienen langsam zu schwinden – immerhin trainierte sie schon seit eineinhalb Stunden ununterbrochen – aber sie konnte und wollte nicht aufhören. Sie wollte Big Blue quälen, dachte sie, als sie erneut auf ihn einprügelte.

Im Hintergrund lief nun „Hurricane" von Thirty Seconds to Mars.

*Do you really want me dead or alive to torture for my sins?*

Jenna prustete. Eine Sünde. War es eine Sünde, dass sie sich verliebt hatte? Sie hatte es schließlich nicht extra getan. Und außerdem war die einzige Person, der sie mit diesen Gefühlen schadete, nur sie selbst. Und Selbstzerstörung – sie wusste, sie übertrieb – würde wohl kaum als Sünde gelten.

„Himmel Jenna, was hat dich denn gebissen?"

Die Stimme riss sie aus den Gedanken, die sie dem Lied geschenkt hatte. Sie pustete sich eine Haarsträne, die sich aus ihrem Haargummi gelöst hatte, aus dem Gesicht.

„Eine Wespe", murmelte sie. Sie verpasste dem Boxsack einen erneuten Schlag. „Eine ganze Horde Wespen." Sie sah, wie Nicolas die Augenbrauen hochzog. „Wespen stechen, sie beißen nicht. Außerdem sind die seit Oktober aus der Welt."

Jenna hielt inne und sah ihn mit ihrem unverwechselbaren Blick und schiefgelegtem Kopf an.

„Ehrlich jetzt?", fragte sie. „Du korrigierst mich aufgrund meines Satzbaus und der Logik der Naturgesetze?"

Nicolas grinste – offenbar bemerkte er ihre absolut schlechte Laune nicht oder er ging einfach nicht darauf ein. Als er nichts mehr sagte, wendete sie sich wieder Big Blue zu.

„Lust auf eine Runde Kampf mit einem gleichwertigen Gegner?"

Sie horchte auf. Nicolas stand noch immer neben ihr, seine Augen funkelten, und er nickte auf die große, eingezäunte Matte in der Mitte des Raumes. Jennas Lippen verzogen sich zu einem Grinsen.

„Gleichwertig?", fragte sie neckend.

Nicolas hob die Arme. „Okay, überredet. Ich werde mich zurückhalten, um dein Ego nicht zu kränken."

Jenna warf ihre Jacke nach ihm, die sie ausgezogen hatte. „Angeber. Dir werd ich's zeigen!"

Wie sich herausstellte, waren Worte nicht gleich Taten. Nic nahm sich weder zurück, noch „zeigte Jenna es ihm". Er

54

bemerkte ziemlich schnell, dass ihre Konzentration nicht mehr aller erste Sahne war, und schien sich kleine Späße daraus zu machen. Doch Jenna war ihm nicht böse – sie hätte genau dasselbe getan.

Und dann war sie einen Moment lang unaufmerksam. Nicolas kickte ihr den Fuß weg. Mit einem dumpfen Aufprall landete sie auf der Matte, und ehe sie sich irgendwie drehen konnte, kniete Nicolas auf ihr.

„Eins zu null für mich", sagte er triumphierend.

Jenna prustete. „Ich bin seit zwei Stunden hier. Mein Körper hat schon mehr hinter sich als deiner."

Nics Augen funkelten und er grinste frech. „Ich will nicht wissen, was dein Körper schon alles erlebt hat."

Jenna verdrehte die Augen. „Idiot", murmelte sie, musste aber einfach grinsen.

Nic sprang auf und hielt ihr die Hand hin. Sie überlegte für ein paar Sekunden, ob sie ihn austricksen sollte und auf die Matte befördern sollte.

„Komm ja nicht auf die Idee", sagte Nicolas im selben Moment. Sie guckte ihn unschuldig an. Er hob die Augenbrauen und zeigte auf sie. „Du hast diesen Blick. Ich weiß genau, was du vorhast." Er trat ein paar Schritte zurück und hob die Hände. „Aber bitte. Da will man einmal nett sein …"

Jenna seufzte laut und sprang dann auf die Füße. Sie ließ die Arme kreisen, während Nic nach seiner Wasserflasche griff, die er in die Ecke des Rings gestellt hatte. Sie stützte sich mit den Händen auf den Oberschenkeln ab und atmete tief ein paar Mal durch.

Sie hatte ihr Ziel erreicht. Sie war vollkommen fertig.

Aber irgendwie fühlte sie sich besser dabei als schon den ganzen Tag.

„Hey ihr zwei."

Jenna sah auf und Nicolas drehte sich herum. Damien stellte gerade seine Sporttasche auf die Bank und zog seine Jacke aus. „Darf ich mich euch anschließen?"

„Du bist ja nicht unattraktiv, aber auf einen Dreier verzichte ich gerne", lautete Nicolas' Antwort.

Jenna stieß ihm in die Rippen und funkelte ihn sprachlos an. „Was hast du heute Morgen genommen?", fragte sie gespielt entsetzt.

Er hielt ihr seine Trinkflasche hin. „Nur Wasser. Hier, überzeug dich selbst."

Sie schüttelte nur den Kopf, nahm ihm die Flasche aus der Hand und trank ein paar Schlucke.

„Okay", kam es von Damien langgezogen. Er sah skeptisch zwischen beiden hin und her. „Habe ich euch bei irgendetwas unterbrochen, oder …"

Beide schüttelten die Köpfe, ein Lachen unterdrücken. Und Damien wandte sich seinen Aufwärmübungen zu.

Jenna bedanke sich bei Nicolas und verkündete, Schluss zu machen. Er, nun wieder ganz der nette Kerl, nickte aufmunternd und umarmte sie. Für einige Momente lag sie an seiner Schulter, mit geschlossenen Augen, und dachte an nichts. Seine Art konnte sich von einen auf den anderen Moment ändern – manchmal waren Jeff und er wie Brüder. Auch, wenn sie so ziemlich gar nichts mit Greg gemeinsam hatten.

Nicolas wusste, dass mit ihr etwas nicht stimmte. Aber genau so war ihm klar, dass er ihr nicht helfen würde, wenn

56

er nachbohrte. Sie war ein schweigsamer Mensch. Wenn sie reden wollte, redete sie. Wenn nicht, und wenn man sie zwang, konnte sie zur Furie werden.

Auf dem Weg nach draußen kam sie an Damien vorbei. Als sie in seine Nähe kam, sah er auf, begegnete ihrem Blick. Er streckte die Hand aus und berührte sie am Arm. Sie lächelte, ein wenig verkrampft, und drückte seine Schulter.

*Wenn die Beiden doch wüssten,* dachte sie sich, und ließ die Tür hinter sich ins Schloss fallen.

# Kapitel 6

Jenna hatte nach dem Abendessen bei Damien übernachtet und war am Samstag noch eine Weile bei ihm geblieben. Sie hatten gemeinsam Tischkicker gespielt, sich ein Baseballspiel im TV angesehen und sich dabei benommen wie sportfanatische Teenager. Später hatten sie mit seiner Tochter Leah einen Spaziergang gemacht und sie nach Hause gebracht.

Am Sonntag war ihre einzige Begleitung ihr Lieblingsbuchcharakter. Sie lungerte die ganzen 24 Stunden über in ihrer Wohnung herum, in Jogginghose und Sweatshirtpullover und genoss es, alles andere als irgendwie gut aussehen zu müssen. Sie hatte noch eine Tüte Erdnussflips gefunden, was ihr den Tag rettete.

Ganz aus ihrem Gedächtnis verschwunden war Neela jedoch nicht. Aber immerhin tat es nicht mehr so sehr weh.

Das hatte Jenna zumindest geglaubt. Bis zum Montagabend lief alles gut. Und dann kam die SMS.

Hey
Kann ich morgen kurz bei dir auf der Arbeit vorbei kommen?

N.

*Nein.*

Jenna starrte auf das Display und spürte, wie ihr Herz so schnell anfing zu schlagen, dass ihr beinahe schwindelig wurde. Das war nun wirklich zu viel. Nicht einmal bei der Arbeit hatte sie noch vor ihr Ruhe. Und gleichzeitig, dachte sich die andere Seite in ihr, wollte sie Neela auf Schritt und Tritt bei sich haben. Shit, was sollte sie bloß tun?

Natürlich

schrieb sie und fragte sich im nächsten Moment, als sie die Nachricht abgeschickt hatte, was sie sich dabei gedacht hatte.

*Jenna Wackefield, du Dummkopf, hast du sie eigentlich noch alle?*
Diesen Gedanken nahm sie mit in den Schlaf. Ein unruhiger Schlaf, sie träumte auch, konnte sich aber am nächsten Morgen nicht daran erinnern.

. . .

Die Streife hatte einen Verdächtigen gefasst: James Madison, 34, wohnhaft am äußersten Rande Vancouvers. Außer ein paar Strafzetteln und einer Pöbelei an einem Open-Air-Konzert von vor drei Jahren war jedoch nichts Auffälliges an ihm dran. Aber das musste nichts bedeuten. Der Teufel steckte ja bekanntlich im Detail.

Sie sah gerade im richtigen Moment auf, als einer der Officers an ihre und Jeffs Bürotüre klopfte und ihnen per Handzeichen signalisierte, dass sie bereit wären. Jeff und sie erhoben sich. Madison stand ein paar Meter weiter da, in

59

ausgeleierten Arbeiterhosen und einem schwarzen, verstaubten Shirt, flankiert von zwei Officern. Jenna wollte nicht wissen, wo er herkam. Eigentlich interessierte sie das auch nicht.

Die Richtung zu ihm und dem Vernehmungsraum einschlagend fragte Jeff sie: „Übernimmst du?"

Jenna nickte – und dann hielt sie inne, als sie eine Person ausmachte, die am Ende des Ganges stand und sie ansah. Ihr Herz machte einen Hüpfer, und sie wusste für ein paar Sekunden sind, ob sie in Panik ausbrechen würde.

Tja. Das hatte sie sich selbst eingebrockt, und da musste sie jetzt durch. Sie atmete tief durch, gab ihren Kollegen kurz ein Zeichen, dass sie gleich wieder da wäre.

Als sie auf Neela zuging, konnte sie die Blicke von Jeff und den Officern im Rücken spüren. Sie glaubte, selbst Madison beobachtete sie. Jenna wünschte sie alle auf den Mars. Überall hin, nur nicht hier, nicht jetzt, nicht, während sie sahen, wie ihre liebeskranke Kollegin auf die Frau zuging, die ihr das alles zufügte.

Neela lächelte, als sie in Hörweite war. „Hey", sagte sie. Jenna hatte keine Ahnung, ob ihr Grinsen gespielt oder echt war.

„Hi", sagte sie. Irrte sie sich, oder zitterte ihre Stimme?

„Du wirkst gestresst", sagte Neela auf einmal, während sie sich auf den Weg in ihr Büro machten. Worauf Jenna nur noch unruhiger wurde.

„Ich muss gleich ins Verhör, du erwischst mich auf dem Sprung."

Neelas Lächeln schwand. „Tut mir furchtbar leid, ich will nicht stören", sagte sie hastig.

60

Und schon hatte Jenna wieder ein schlechtes Gewissen, sie abblitzen zu lassen.

Neela griff in ihre Handtasche. „Hier." Sie hielt ihr ein Päckchen hin. „Es ist mir gestern … in die Hände gefallen. Und ich wollte, dass du es bekommst."

Jenna blinzelte und versuchte, ihre Worte zu verdauen und sich nicht schon wieder von Neelas Augen verwirren zu lassen.

„Wofür ist das?"

Neela lächelte. „Ein kleiner Beweis für unsere Freundschaft, wenn ich es so ausdrücken darf."

Jennas Herz zerbrach in tausend kleine Teile.

*Freundschaft.*

Mit Mühe hielt sie die aufkommenden Tränen zurück. Mit zitternden Händen starrte sie auf das Kästchen, riss sich zusammen. Sie durfte jetzt nicht heulen. Sie durfte nicht zusammenbrechen, nicht jetzt.

„Ist alles okay?"

Neelas Stimme klang so besorgt und sanft, wie Jenna es noch nie von einem Menschen gehört htte. Sie konnte nicht mehr.

Tief ein und wieder ausatmend nickte sie. „Ja. Alles bestens." Sie zwang sich, Neela anzusehen. „Ich bin nur, wie gesagt, auf dem Sprung, und …"

Neela nickte, und Jenna hoffte innständig, dass sie sich den Ausdruck in ihrem Gesicht nur einbildete.

„Natürlich", sagte Neela ein wenig zu schnell für ihre Verhältnisse. Und dann ging sie.

. . .

Als Polizistin Jenna Wackefield eintrat, sah James Madison langsam auf. Er lungerte auf dem Stuhl herum wie ein nasser Sandsack, den rechten Arm lässig über die Lehne gelehnt, und guckte sie mit einem ordentlich seltsamem Blick an. Jenna gab ihren Kollegen ein unmerkbares Zeichen, ehe sie die Akte auf den Tisch legte.

„Sie ist heiß."

Jenna erstarrte inmitten ihrer Bewegung. Einige Moment lang fehlten ihr die Worte, und sie nutzte die Stille, um ihn anzusehen.

„Wie bitte?" Langsam, fast wie in Zeitlupe, setzte sie sich. Ihre Stimme war ruhig – ruhig und bedrohlich.

Er setzte sich gerade hin und sah sie direkt an. „Ich sagte, sie ist heiß." Madison grinste dämlich und wackelte mit den Augenbrauen. „Sie beide sind heiß."

Jenna hob das Kinn und faltete die Hände vor sich auf dem Tisch. „Und? Was wollen Sie damit sagen?", fragte sie und versuchte, gelangweilt zu klingen.

Innerlich jedoch glühte sie.

Sein vorheriges Grinsen wurde zu einem schleimigen Lächeln, und er zeigte mit dem Daumen auf die Tür. „Falls Sie und Ihre Freundin Interesse an einem Dreier hätten …" Er wackelte mit den Augenbrauen. „Ich stehe außerordentlich gerne bereit, Detective."

Die Art und Weise, wie er „Detective" aussprach, ließen Jenna beinahe mehr erschaudern als der Inhalt seiner Worte. Das reichte jetzt endgültig. Sie benötigte ihr volles Maß an Selbstbeherrschung, dass sie nicht etwas tat, was sie später bereuen könnte. Am liebsten hätte sie ihm an den

62

Kopf geworfen, dass das Beamtenbeleidigung war, aber sie war sich sicher, dass ihn das herzlichst kalt lassen würde. Und womöglich würde er sie weiter provozieren.

Ignoranz ist ein Geschenk, kam ihr in den Sinn. Auch Gandhi sagte schon: „Vergiss nicht, dass du am lautesten bist, wenn du nicht schreist."

Also fuhr sie ihre Schutzmauer hoch, verdrängte jegliche persönlichen Gedanken und starrte ihn mit dem durchdringendsten Laserstrahlenblick an, den sie zustande brachte.

Das hier war ihr Job. Und sie würde sich von diesem Kerl nicht so leicht aus dem Konzept bringen lassen. Also straffte sie die Schultern, richtete sich kerzengerade auf und begann, ihm die erste Frage zu stellen.

Kaum war das Verhör zu Ende und kaum hatte sie den Raum verlassen, schwenkten ihre Gedanken zurück. Weg von der professionellen Ebene bezüglich Analysen von Wahrheit oder Lüge, zurück zu Neela. Ihre sofortige Reaktion darauf bestand darin, wütend gegen einen der Pfeiler, die die Decke stützten, zu schlagen. Zwei Officer, die in ihrer Nähe standen, hoben verwirrt die Köpfe. Jenna warf ihnen eine grandios schlechte Grimasse, die ein Lächeln sein sollte, zu, und machte, dass sie wegkam. Sich noch mehr zu blamieren konnte sie sich nun wirklich nicht leisten.

Sie ließ die Tür des Büros hinter sich zufallen, lehnte sich dagegen und schloss für ein paar Momente die Augen. Einatmen, ausatmen, sprach sie sich innerlich vor.

Eine Ewigkeit später schlug sie die Augen wieder auf. Sofort viel ihr Blick auf das Kästchen. Irgendwann musste sie es aufmachen. Und „irgendwann" war jetzt.

Sie war neugierig. Sie war allein. Sie hatte ihre Ruhe.

Es war ein Buch mit einem Ledereinband, das notbedürftig mit einem zerfransten Stofffaden zusammengebunden war. Das Leder sah abgenutzt aus, die Seiten wirkten an einigen Stellen vergilbt, aber für Jenna fühlte es sich an, als hielte sie ein wundervolles und bedeutsames Meisterwerk in den Händen.

Auf dem Buch lag ein zusammengefalteter Zettel. Jenna faltete ihn auf. Darin stand etwas in Handschrift – Neelas Handschrift.

*Niemand sonst weiß von diesem Buch. Ich vertraue es dir an, weil ich weiß, dass du Geheimnisse für dich behalten kannst und sie nicht für etwas Schlechtes nutzen wirst.*
*Ich wollte nur, dass du es weißt ...*
*Neela*

Jenna starrte auf den Zettel. Irgendwann bemerkte sie, wie ihr die Sicht verschwamm. Sie strich sich über die Augen, atmete tief durch und straffte die Schultern. *Das ist nur ein Buch, nichts weiter,* sprach sie sich zu. Aber irgendetwas in ihr schien zu spüren, dass da mehr war. Ihrem Bauchgefühl konnte sie nichts vormachen.

Und was es war, das würde sie nur herausfinden können, wenn sie dieses Buch las. Mit einem Mal wurde sie furchtbar nervös.

Vorsichtig löste sie den Knoten des Fadens und klappte

64

das Buch auf. Es war zu erkennen, dass es noch immer Neelas Schrift war, aber sie sah anders aus. Größer, breiter, weniger filigran.

*Mein Name ist Neela.*

*Alles was hier drin steht, das bin ich. Für manches schäme ich mich. Aber jetzt ist es raus, und das hilft mir ein wenig.*

*Ich weiß nicht, ob ich dieses Buch jemals jemandem zeigen werde. Aber wenn das irgendwann mal passieren sollte, dann bin ich entweder geistig umnachtet, kurz vor dem Sterben oder diese Person ist was ganz Besonderes*

Jennas Kopfhaut begann, zu kribbeln. Ihr Herz klopfte unruhig und ihre Hände zitterten unheimlich, als sie die erste Seite umblätterte und zu lesen begann.

*Edmonton. Scheiß Stadt.*

*Ich hab gegoogelt – fünftgrößte in Kanada.*

*Toll. Ich als Einzelgänger bin da ja genau richtig.*

*Ich weiß, Tagebuch. Ich triefe vor Sarkasmus.*

*~*

*Morgen ist mein erster Schultag. Bin gespannt, ob man mich wieder wie Dreck behandelt. Oder ignoriert. Aber immerhin kann ich dann nicht verletzt werden, wenn*

65

man mich nicht beachtet.

Jenna verspürte einen Stich in ihrem Herzen. Was meinte Neela wohl bloß damit? Was war zu dieser Zeit bloß passiert?

Sie schluckte, las aber weiter. Als wisse sie bereits, dass sie die Antwort auf diesen Seiten finden würde.

Kam dieses blöde Heim denn nicht auf die Idee, dass es vielleicht ungünstig war, mich mitten im Schuljahr in eine neue Klasse zu schicken?

~

Ich würd's so gern jemandem sagen. Diese ganze Geheimnistuerei macht mich fertig. Aber ich kann das nicht. Noch nicht.

~

Sorry Tagebuch. Oder Gedankenbuch. Hab mich schon lange nicht mehr gemeldet.
Wie geht's dir? Ich hoffe du liegst gut unter meiner Matratze. Ich weiß, Sonnenlicht tut gut. Aber ich trau den anderen Kids nicht. Und ich hab wirklich keine Lust, dass dich jemand findet.

~

66

*Warum ist MATHE die erste Arbeit? Super Einstieg.*
*~*

*Wow. A im Spanisch-Vokabeltest. Ich hab also doch was drauf! Naja. Aber vielleicht liegts ja auch an der Lehrerin.*

Was Jenna dazu bewegte, wusste sie selbst nicht. Vielleicht, weil sie auch sonst beim Lesen nicht chronologisch vorging. Sie blätterte ein paar Seiten weiter.

Eigentlich waren es einige.

Und dann hielt sie inne, als ihr etwas auffiel. Die Schrift hatte sich verändert. Das hieß wohl, dass nun einige Jahre vergangen waren.

*Heute hat mich jemand beobachtet. Ich wünschte, ich hätte sie angesprochen.*

*Unglaublich, was das Leben so macht. Ich habe sie wiedergetroffen.*
*Jenna heißt sie. Sie ist ein Cop.*

*Sie ist nett. Und irgendwie süß, wie sie mich ansieht.*

Jenna schnappte nach Luft und klappte das Buch reflexartig zu, als würde ihr sonst etwas entgegenspringen. Ihr Puls

67

raste und sie fühlte, wie ihre Wangen knallrot wurden.

VERDAMMT.

Eher unbewusst klappte sie das Buch wieder auf.

Sie las ein paar Dinge über Neelas Arbeit, was sie irgendwie nicht sonderlich interessant fand.

Und dann blieb ihr Blick auf einem Satz hängen.

*Ich werde alles in meiner Macht stehende daran setzen, dafür zu sorgen, dass nichts und niemand sich zwischen meine Freundschaft zu ihr stellt.*
*Nicht noch einmal.*

Jenna starrte unbeweglich auf diese beiden Sätze. Für einige Momente schienen alle Geräusche der Welt um sie herum verstummt zu sein.

Und dann fing sie an zu weinen.

Verdammt, sie weinte doch tatsächlich. Manchmal war sie ein emotionaler Eisblock, sie konnte ihre Gefühle abstellen wie ein Wasserhahn das Wasser, sie war unnahbar. Jedenfalls meistens.

Aber jetzt konnte sie nicht mehr. Diese Frau trieb sie zum Wahnsinn. Und Schuld daran war nur sie selber, sie, Jenna Wackefield, die Angst hatte vor ihren eigenen Gefühlen.

Auf einmal nahm sie ein Geräusch war wie von einer zufallenden Tür. Jenna schreckte hoch. Damiens Gesicht gefror zu einer entsetzten Maske.

„Meine Güte Jenna", wisperte er. Er trat einen Schritt

68

näher. „Was ist passiert?"

Jenna schüttelte den Kopf, senkte ihn, als ihr weitere Tränen kamen. „Willst du reden?" Seine Stimme klang leise und sanft, so konnte sie ihn sich vorstellen, wenn er mit seiner Tochter sprach. Jenna schniefte und wischte sich über die Augen.

„Damien, das Leben kann so verdammt wehtun." Die Worte kamen erstickt aus ihrer Kehle, fast wie ein Röcheln. Sie atmete tief durch, richtete sich auf und versuchte durch diese Pose, ihr Inneres zu stabilisieren. Doch als ihr Blick erneut auf das Buch fiel, verschwamm ihr erneut alles vor Augen. Sie klappte es zu und schob es zur Seite. Als würde das etwas helfen. Sie machte sich das alles doch nur selbst vor.

Sie sah, wie Damien ihre Bewegung verfolgte, aber er sage nichts. Stattdessen zog er sich den Holzstuhl, der an der Türe stand, her und setzte sich neben sie. Als sie nicht reagierte, legte er den Arm um ihre Schulter. Jenna ließ es geschehen, lehnte sich gegen ihn und atmete tief ein und wieder aus.

„Du warst schon am Freitag und Samstag so seltsam", drang seine Stimme irgendwann durch die Stille. Sein Blick wurde bohrend, war aber noch immer tröstend. „Was ist los, hm?"

Jenna atmete hörbar aus. „Es … gibt da jemanden", brachte sie heraus.

Pause.

„Du hast dich in jemanden verliebt?"

Sie nickte.

„Kenne ich sie?"

Jenna wischte sich über die Augen. „Die Frau vorhin. Als ich ins Verhör sollte."

Sie richtete sich wieder auf.

„Die hübsche Inderin?"

Jetzt starrte sie Damien an. „Das hast du erkannt? Dass sie aus Indien kommt?"

Damien lächelte. „Ich habe ein Auge auf so etwas. Ich bin ein Mann, ich bemerkte attraktive Frauen."

Sie wollte ihm gerade an den Kopf werfen, dass „attraktiv" Neela nicht einmal annähernd beschrieb, entschied sich aber um.

„Spann sie mir nicht aus, klar?", sagte sie und versuchte, zu grinsen.

Damiens Lächeln verschwand. Er strich ihr eine Träne weg und ließ seine Hand auf ihrer Schulter liegen. In seinen Augen stand pures Mitgefühl. „Du bist ein nervliches Frack. Seit Tagen schon."

Jenna gab ein Geräusch von sich, das am besten als Prusten zu interpretieren war. Und dann verstand sie, was Damien eigentlich gesagt hatte.

Sie starrte ihn an. „Man merkt es mir an?"

Damien schenkte ihr einen Blick, der unfehlbar „Ist das dein Ernst?" signalisierte. Jenna seufzte gequält und stützte sich mit der Stirn an ihrer Hand ab. „Scheiße."

Kurze Stille.

„Ich habe diese distanzierte Art wohl doch nicht so gut drauf, wie ich dachte", murmelte sie.

Damiens Hand wanderte zu ihrem Arm. Sein Griff wurde fester. „Jenna, du musst es ihr sagen."

Dieser Satz trieb ihr erneut die Tränen in die Augen.

70

„Ich kann nicht", wisperte sie. Sie sah ihren Kollegen, ihren besten Freund, an. Sie sah sich selbst, wie sie sich in seinen Augen spiegelte. Er war nah genug, dass sie sich küssen konnten, und jeder hätte es wohl geglaubt. Aber Jenna wollte nur eine küssen. Die Eine, die sie nicht küssen KONNTE. „Damien, ich kann nicht." Und dann brach ihre Stimme endgültig.

Damien überzeugte sie doch tatsächlich, zu lügen. Er hatte sie überredet, zu Hains zu gehen und sich krank schreiben zu lassen. Nun, eigentlich war sie das auch, dachte sie sich, als sie im Fahrstuhl stand. Liebeskrank. Und wenn sie nicht bald etwas dagegen tat, drohte diese Krankheit noch, sie umzubringen.

Noch eine gefühlte Ewigkeit hatte sie in Damiens Umarmung verweilt, hatte sich ausgeheult, bis ihr die Tränen ausgegangen waren. Jetzt fühlte sie sich miserabel, psychisch wie auch physisch. Vielleicht ließ Hains sie deshalb auch sofort ohne eine tiefere Entschuldigung gehen.

. . .

Ihre Wohnung fühlte sich leerer und kälter an, als Jenna es jemals für möglich gehalten hätte. Es war, als hätten sie selbst wie auch ihre Wohnung eine Wandlung durchgemacht.

Alles schien sich verändert zu haben. Sogar das Wetter kam ihr trostloser vor, dicke Nebelschwaden zogen sich durch die Häuserschluchten, wurden dichter, als sich die Hochhäuser auflockerten und sie in Richtung Flussufer fuhr.

Als sie sich wenig später aufs Bett fallen ließ – in Klamotten, lediglich ohne Jacke und Schuhe – und lange genug die Decke über sich angestarrt hatte, wurde ihr klar, was genau die Veränderung war. Es war nicht nur das Wetter. Ihr fehlte etwas.

Neela hatte ihr Herz gestohlen. Und Jenna hatte keine Ahnung, wie sie es jemals wieder zurückbekommen sollte.

# Kapitel 7

Sie beschloss, ihre Wohnung zu putzen. Alles war besser, als untätig herumzuliegen und Löcher an die Decke zu starren. Zwar hasste Jenna es, sauber zu machen, aber das war noch immer ein leichteres Los anstelle von schmerzenden Gedanken an jemanden, den man nicht haben konnte.

Sie überlegte, ob sie ihre Wand streichen sollte, vielleicht in einem warmen Ton, ein schönes Orange oder ein helles Gelb, wie ein von der Sonne beleuchtetes Weizenfeld.

Aber nein. Dann würde sie auch das an Neela erinnern.

Nach einer gefühlten Ewigkeit schmiss sie den Lappen ins Waschbecken. Sie lehnte sich dagegen, schloss für ein paar Momente die Augen und lehnte den Kopf zurück. Ihr Gehirn lief auf Hochtouren und ging gerade duzende Möglichkeiten an Tätigkeiten durch, mit denen sie sich ablenken könnte.

Sie dachte daran, auf den Schießstand zu gehen, aber in ihrem jetzigen Zustand wäre das wohl keine so gute Idee. Und wenn sie nicht treffen würde, wäre sie danach vielleicht sogar noch schlechter gelaunt und zudem in ihrem Ego gekränkt.

Also tat sie das Einzige, das ihr auch sonst half, wenn

sie wütend war – sie ging sich auspowern. Irgendwie hatte sich ihre Traurigkeit während des Putzens in Wut umgewandelt, welche ja bekanntlicherweise ein hervorragendes Antriebsmittel für insbesondere sportliche Aktivitäten war. Sie war wütend auf sich selbst, wie sie sich so von ihren Gefühlen einvernehmen lassen konnte. Wütend, dass sie sich selbst bemitleidete.

Also versuchte sie es mit Joggen. Doch als sie etwa nach fünfzehn Minuten Halsschmerzen bekam, da sich die eiskalte Luft in ihrem Hals festsetzte, wurde ihr klar, dass sie sich mit dieser Variante der Ablenkung nur eine Lungenentzündung holen würde.

Jenna hatte bis zu diesem Zeitpunkt nicht gewusst, dass es eine doppelte Steigerungsform des Wütend-seins gab. Sie war jedenfalls die Personifizierung davon.

Zurück in ihrer Wohnung und sich die Fleecejacke abstreifend erlaubte ihr Gehirn sich doch tatsächlich die Idee, sich zu Frustessen hinreißen zu lassen. Sie hatte gefühlt Kalorien für die nächsten Wochen verbraucht, also konnte sie sich das gönnen, rationalisierte der Schweinehund in ihr.

Ihre erste Destination war allerdings die Dusche – sie musste sich schließlich nicht noch miserabler fühlen als unbedingt nötig. Auch wenn sie zugab, als sie einen Blick von sich im Spiegel erhaschte, dass ihr Erscheinungsbild ihr Innenleben gerade wirklich gut widerspiegelte.

Erst jetzt, als sie in ihrem Badezimmer stand und sich ein Handtuch schnappte, bemerkte sie, dass sie zudem vollkommen durchgefroren war. Hoffentlich würde sie nicht krank werden. Dass sie wirklich noch zuhause bleiben musste würde ihr noch fehlen.

74

Das Wasser war heiß, eigentlich viel zu heiß für ihren Geschmack, aber sie widerstand dem Drang, dem Strahl auszuweichen, als sie ihren Kopf darunter hielt. Es brannte, aber fühlte sich auf eine Weise gut an. Es erinnerte sie an damals, als sie ihr Tattoo hatte stechen lassen. Der Schmerz war ein guter Schmerz gewesen. Jetzt war es, als würde er sie betäuben, als würde er das Gefühl verbrennen, das sich in ihr festgesetzt hatte wie ein Parasit. Und je länger sie unter dem Duschkopf stand, desto angenehmer wurde es. Die Wärme löste ihre verspannten Muskeln und machte ihr den Kopf klar.

Sie wusste nicht, woher ihr plötzlicher Sinneswandel kam, oder ob das heiße Wasser ihr irgendwie das Gehirn verdreht hatte. Jedenfalls schien ihr Gemütszustand, als sie aus der Dusche stieg und sich abtrocknete, viel besser zu sein als vorher. Sie war immer noch niedergeschlagen, aber nun war es eine Form von Erschöpfung. Und sie war ruhig. Kein Vergleich zu der aufgelösten, wütenden Furie, die vor wenigen Stunden noch putzend durch die Wohnung gewuselt war und sich wie ausgewechselt benommen hatte. Sie gönnte sich sogar ihre Bodylotion, die sie so selten benutzte, dass sie sich die Mini-Version davon gekauft hatte.

Ein angenehmer, unaufdringlicher Geruch nach Orange machte sich im Bad breit, als Jenna eingewickelt in ein Badetuch auf der heruntergeklappten Klobrille saß und ihre Beine mit der Lotion verwöhnte. Ihr Körper konnte schließlich nichts dafür, dass sie sich so fertig machte. Jetzt bekam er eine Belohnung dafür, dass sie ihn den Tag über gequält hatte.

Die Haare geföhnt tapste sie ins Schlafzimmer, zog ih-

75

ren grauen Pyjama mit der dunkelblauen Hose aus dem Schrank und machte sich daran, ihren Wasserkocher zu füllen. Jetzt war es Zeit für ihre natürliche und gesunde Schlaftablette namens Tee. Danach noch etwas zum Abendessen, dann würde sie ins Bett gehen. Und hoffentlich schlafen.

Der Wasserkocher piepste, und sie kam gerade noch dazu, ihn auszuschalten, als es an ihrer Tür klopfte. Jenna hob den Kopf und zog die Augenbrauen zusammen. Sie warf einen Blick auf die kleine Küchenuhr an der Wand über dem Herd.

Acht Uhr Vierzig. Seltsam. Wer wollte denn bitte so spät noch etwas von ihr?

Sie stellte den Wasserkocher wieder ab und machte sich auf den Weg zur Tür. Vielleicht war es Damien, überlegte sie, der sich erkundigen wollte, wie es ihr ging. Oder Jeff oder Nicolas, die sich fragten, was mit ihr los war. Sie war schließlich fast nie krank. Mit diesen Gedanken präsent griff sie beherzt nach der Türklinke, öffnete – und ihre Schläfrigkeit war dahin.

Es fühlte sich an, als hätte man sie mit einem Eimer Wasser aus dem Tiefschlaf gerissen. Ihr Herz hörte für ein paar Momente sogar auf, zu schlagen. Sie glaubte zu schwanken, hatte das Gefühl, womöglich auch jeden Moment umzufallen. Aber nichts von alledem trat ein. Sie stand nur da wie eine Statue, völlig unbeweglich, und starrte die Person vor ihrer Tür an.

Wieso tat ihr Leben ihr das an.

„Hab ich etwas falsch gemacht?" Neela hatte den Kopf

schiefgelegt und die Augenbrauen besorgt zusammengezogen. Ihr Gesichtsausdruck ähnelte dem eines geprügelten Labradorwelpen. *Warum,* fragte sich Jenna, *warum fragt sie das? Warum kann sie mir nicht endlich einen Grund geben, enttäuscht zu sein, warum kann sie nicht endlich etwas tun, das mich daran hindert, mich noch weiter zu verlieben?* In ihr kämpften Schmerz, Trauer und Wut um die Oberhand. Doch keines der drei Gefühle gewann.

Anscheinend hatte sie eine Ewigkeit ins Leere gestarrt, denn Neela schien unruhig zu werden. „Bin ich dir irgendwie … zu nahe getreten?", fragte sie schließlich.

Jenna schluckte. „Das ist nicht der Grund", sagte sie stattdessen und verfluchte ihren Mund im selben Moment dafür. Neela nickte langsam.

„Okay", sagte sie langgezogen.

Jenna nickte auch. Sie wusste nicht, weshalb. Neela linste in ihre Wohnung und lächelte ein wenig. „Darf ich vielleicht reinkommen?"

*Nein,* dachte Jenna.

„Natürlich", sagte Jenna.

Sie trat zur Seite, eingerostet und irgendwie hölzern, als sei sie von einem Moment auf den Anderen zu einer Vogelscheuche geworden, die nicht richtig sprechen, nicht denken, sich nicht richtig bewegen konnte. Der Unterschied bestand darin, dass sie kein Stroh in ihrem Kopf hatte. Da war nur Chaos.

Neela warf ihr einen kurzen Blick zu, den Jenna nicht an sich heran ließ. Sie gab sich größte Mühe, alles, was auf sie einwirkte, so oberflächlich wie möglich zu betrachten. Als besäße ihr Körper eine zweite, äußere Hülle, die sie beschützte.

„Du siehst irgendwie fertig aus", sagte Neela mit der Stimmlage einer Mutter, die sich bei ihrem Kind nach einem anstrengenden Tag erkundigte.

Jenna atmete ein und wieder aus. „Bin ich. Ein bisschen."

Neela lächelte. „Willst du reden?"

Verdammt, genau dieselben Wörter hatte Damien auch benutzt.

Sie waren sich so ähnlich, Neela und er. Jenna liebte sie beide – auf unterschiedliche Weise. Sie waren Menschen, in deren Gesellschaft sie sich wohl fühlte. Und das tat sie nicht bei jedem.

Ihr kam ein Gedanke, für den sie sich sogleich schämte. Vielleicht hätte sie damals nach dem Abendessen mit Damien schlafen sollen. Vielleicht hätte sie das ein wenig abgelenkt, ihre Triebe etwas zur Ruhe gebracht. Der seltsame Unterschied bestand darin, dass sie genau das hätte tun können, obwohl sie ihn nicht liebte. Und dass sie mit Neela schlafen wollte, es aber nicht tun konnte, eben weil sie sie liebte.

Jenna unterdrückte einen verzweifelten, theatralischen Seufzer. Sie steckte wirklich in der verdammtesten Zwickmühle ihres Lebens.

Schließlich nickte sie, eher unbewusst, als ihr Neelas Frage wieder bewusst wurde, und schlug in ihrem roboterähnlichen Modus den Weg zurück in ihre Wohnung ein. Die andere Frau folgte ihr.

„Ich wollte mir gerade Tee machen." Smalltalk war besser als nichts. „Willst du auch einen?"

78

Neela winkte ab. Also drehte sich Jenna wieder um und widmete sich der Tasse. Sie hoffte, dass ihre Freundin nicht sah, wie ihre Hand zitterte, als sie das Wasser über den Teebeutel goss. Sie atmete tief ein und aus, ganz langsam, wie vor ihrem allerersten Einsatz. Jetzt schien sie nervöser als damals zu sein.

„Ich möchte dir ja nicht zu nahe treten, aber eine richtige Antwort habe ich noch immer nicht bekommen."

Ihre Worte rissen Jenna aus der Trance. Sie drehte sich um. Neela stand in gebührendem Abstand hinter ihr. Das Lächeln in ihrem Gesicht war anders – unsicher und besorgt, und noch etwas anderes lag darin. Jenna seufzte und wusste nicht genau, ob sie es bereute, dass Neela es wahrnehmen konnte.

„Du hast nichts falsch gemacht", sagte sie und schluckte den aufkommenden Widerstand hinunter. „Es ist nur … die Zeit war etwas ungünstig."

Stille hing zwischen ihnen. Jenna sah überall hin, nur nicht in Neelas Augen. Sonst würde sie zusammenbrechen, und zwar restlos.

„Und wie ist die Zeit jetzt?", fragte Neela auf einmal. Jenna starrte den Teebeutel an, der in der sich verfärbenden Flüssigkeit herumdümpelte. Wie gerne würde sie jetzt mit ihm tauschen.

„Mein Verdächtiger war ein Arsch." *Ja Jenna, schieb es auf ihn,* sagte eine Stimme in ihr vorwurfsvoll. Sie drehte sich zu Neela um. Deren Lächeln wurde bemitleidend. „Sind Verdächtige das nicht immer?"

Jenna schüttelte den Kopf. „Nicht so. Nicht … diesbezüglich."

Sie hatte selbst keine Ahnung, wie sie sich dazu aufraffen konnte, aber wenig später saßen Neela und sie auf dem Sofa. Jenna umklammerte ihre Tasse wie eine Rettungsleine und hatte so viel Abstand zwischen sie gebracht wie nur möglich. Sie erzählte von dem Fall, von ihrem Verdächtigen, dem Arschloch. Zum Glück, dachte sie sich jetzt, war er wirklich eines gewesen. Sonst hätte sie erklären müssen, dass dass sie ihn als solches bezeichnete, weil er sie dumm angemacht hatte. Weil er sie vielleicht sogar ertappt hatte. Sie erzählte von den letzten Tagen, Stunden, Prozeduren, klammerte sich an alles, das ihr einen Grund geben könnte, mies gelaunt zu sein. An alles, nur nicht an die Wahrheit.

Neela war eine gute Zuhörerin. Sie war in allem gut. Jenna wollte sich nicht vorstellen, wie sie wohl küsste. Wie es sich anfühlen musste, wenn sie sie berührte. Diese Gedanken zerrissen ihr das Herz erneut.

Irgendwann verstummte sie mit ihrer Erzählung und es herrschte Stille zwischen den Beiden. Jenna starrte auf einen Punkt ihres Teppichs, als könne sie ihn damit zum Leben erwecken. Jeder, der sie so gesehen hätte, hätte wohl geglaubt, sie wäre besessen. Doch sie war einfach nur angespannt und geladen wie eine Hochleistungssteckdose.

Und dann drang Neelas Stimme durch das Nichts: „Hast du es aufgemacht? Das Päckchen?"

Jenna war beinahe stolz auf sich, dass sie nicht zusammenzuckte. Warum sie aufsah und Neela direkt ins Gesicht, wusste sie selbst nicht. Es glich einem Selbstmord. Sie nickte.

„Und?" Neelas Augen begannen zu funkeln. Aber

80

wahrscheinlich bildete sie sich das in ihrem Liebeswahn auch nur ein. Sie blinzelte einmal. „Was und?"

„Hast du es schon gelesen? Mein Gedankenbuch?"

Jennas Blick wurde zu einem Starren. Sie spürte, wie ihr eine Kälte den Nacken hochkroch. Sie nickte doch tatsächlich und verfluchte sich im selben Moment dafür.

„Wie weit?", fragte Neela weiter. Irgendetwas in ihrer Stimme schien sich verändert zu haben. Jenna schluckte und strich sich eine Strähne hinter die Ohren.

„Den Anfang bis zu deinem Spanischtest. Und dann dort weiter, als sich deine Schrift verändert hat. Und … du von unserer Begegnung geschrieben hast."

*Und verkündet hast, dass du alles daran setzt, unsere Freundschaft aufrechtzuerhalten.* Jenna presste die Lippen zusammen. Sie wollte schreien, heulen, auf etwas einschlagen, alles auf einmal.

Warum passierte das alles? Warum passierte es IHR?

„Und … weiter nicht?"

Sie sah Neela wieder an. Ein seltsamer Ausdruck lag in deren Augen, den sie nicht deuten konnte. Jenna schüttelte den Kopf.

„Ich … musste zurück zur Arbeit", log sie.

Neelas Lippen verzogen sich zu einem neutralen Lächeln, das irgendwie anders war als sonst.

„Okay. Verständlich", sagte sie dann.

Und dann war es wieder still.

„Nochmal zu deinem Verdächtigen", sagte Neela da. Sie klang vorsichtig, als taste sie sich an ein gefährliches Thema heran, druckste beinahe herum. Sie konnte nicht wissen, dass es das in der Tat war. „Du sagtest, er sei nicht „diesbezüglich" ein Arsch gewesen." Sie legte den Kopf zur Seite. „Was meintest du damit?"

Jenna erwiderte ihren Blick eine ganze Weile lang. Und mit einem Mal wusste sie dann, was sie tun musste. Sie seufzte, tief und langsam.

„Er hat mir einen Dreier vorgeschlagen. Weil ..." Sie schloss die Augen und atmete tief durch.

*Tu es.*

Es kostete ihr mehr Kraft als Jeff nach einem harten Tag Arbeit im Training zu schlagen. Und Jeff war hervorragend.

„Ich bin lesbisch." Sie sah Neela nicht an, sondern konzentrierte sich auf die rational-denkende Seite in ihr. Die Seite, die ihr schon oft das Leben gerettet hatte, die Seite, die kühl und unemotional war. „Meine Kollegen wissen es. Und ab und zu ... beeinflusst es mich. Ich bin einfach anders, wenn ich mit Frauen agiere, egal, ob ich für sie etwas empfinde oder nicht. Und insbesondere bin ich anders, wenn da etwas mehr ist als üblich."

Jenna schloss die Augen und hörte das Blut in ihren Ohren rauschen. Sie biss sich auf die Lippe und hielt den Atem für einige Sekunden lang an. Sie fragte sich, wie Neela ihre Worte und insbesondere den letzten Satz auffassen würde.

Sie erfuhr es nicht. Neela sagte nichts, kein Wort. Keine Entgegnung, nicht einmal eine Gesichtsmimik, nichts. Sie saß noch genauso da wie die ganze Zeit, die Lippen zu einem neutralen Ausdruck zusammengepresst. Nichts schien sich geändert zu haben.

Jenna nutzte die Pause, um den Schlussstrich zu ziehen. „Neela, sei mir nicht böse, aber ich bin müde. Heute war ein anstrengender Tag. Und ich muss morgen früh raus." *Bitte komm nicht wieder*, dachte sie in Gedanken, während ihr gleichzeitig das Herz daran zerbrach. *Bitte, tu mir das nicht an. Lass mich in Ruhe, lass mich heilen.*

Jenna wusste nicht, was sie erwartet hätte. Aber seltsamerweise lächelte Neela. Ihre Augen funkelten schon wieder so unwirklich.

„Ich verstehe."

Jennas Gesicht verzog sich zu einer Grimasse, die versuchen wollte, zu lächeln. *Du verstehst gar nichts,* dachte sie. „Danke", sagte sie stattdessen.

Neela nickte, wohlwollend, glaubte Jenna zu interpretieren. Aber vielleicht war es auch süffisant. Vielleicht dachte sie sich in Wirklichkeit, ihr jetzt den Rücken zuzukehren und sie nie wieder sehen zu wollen.

*Es wäre das Beste*, meinte Jennas Vernunftseite. Aber ihr Herz zersprang allein bei der Vorstellung. Sie wollte es nicht, und gleichzeitig wollte sie genau das.

Inmitten ihres stummen, internen Krieges bemerkte sie eine Bewegung im Augenwinkel. Sie sah auf und spürte, wie ihr die Sicht verschwamm. Ihre Augen begannen, verdächtig zu brennen. Neela war aufgestanden und sah zu ihr hinunter.

„Ich werde dann jetzt gehen", sagte sie ruhig. Den Unterton in ihrer Stimme konnte Jenna nicht deuten. Sie brachte ein schwaches Nicken zustande.

Schon in der Tür stehend drehte sich Neela noch einmal

um. Auf ihren Lippen lag ein liebevolles Lächeln. Jenna wollte gerade etwas sagen, sich vielleicht verabschieden, wer wusste, ob es das letzte Mal war, dass sie sich sahen. Aber sie kam nicht dazu.

Anstatt einfach zu gehen oder sie zu umarmen, machte Neela einen Schritt auf sie zu. Sie legte ihre Hand auf Jennas Arm, und unter der Berührung schien sie zu explodieren. Für eine Sekunde erhaschte und erlaubte Jenna sich einen Blick in die wunderschönen, tiefbraunen Augen, die sie so sehr lieben gelernt hatte. Und da küsste Neela sie auf die Wange.

Es war nicht flüchtig. Es war lange genug, um bedeutungsvoll zu sein.

„Bis bald", flüsterte sie. „Ließ weiter. Dann wird alles gut." Sie schloss die Tür hinter sich und ließ eine vollkommen verwirrte Jenna zurück.

Diese stand da wie vom Donner gerührt. Eine halbe Ewigkeit lang starrte sie ins Nichts, während ihr Bewusstsein versuchte, die Situation zu verarbeiten. Ihre Wange schien zu brennen, dort, wo Neelas Lippen gewesen waren. Ihr Herz schlug wie verrückt, und sie glaubte sich selbst nach Luft schnappen zu hören. In ihren Gedanken drehte sie sich um, ganz langsam, und schlurfte wie in Trance in Richtung Wohnzimmer. Doch ihre physische Hülle tat dies nicht. Sie stand noch immer an derselben Stelle, sekundenlang, vielleicht sogar minutenlang, sie wusste es nicht. Etwas breitete sich in ihr aus, ein Gefühl, das sie zunächst nicht interpretieren konnte.

Und dann fing Jenna an zu verstehen. Der Schmerz, der

84

sich die letzten Tage über in ihr angesammelt hatte, war gerade dabei, sich durch ein Gefühl zu ersetzen, von dem sie noch vor ein paar Momenten geglaubt hatte, es nie wieder spüren zu können. Ihr wurde klar, was gerade passiert war.

Sie hatte Neela die Wahrheit gesagt. Indirekt zumindest. Und Neela war nicht verschwunden mit einem Blick, den Jenna schon so oft an anderen Frauen gesehen hatte.

Sie hatte ihr noch nie einen Kuss gegeben. Sie hatten sich immer nur umarmt. Und das war nicht nur ein freundschaftlicher Abschiedskuss gewesen. Auch nicht ihr Lächeln.

Mit einem Mal wusste Jenna, was sie zu tun hatte. Sie wusste, was sie wollte. Und sie würde keine weitere Sekunde mehr verschwenden, ihren Wünschen hinterherzurennen. Sie setzte sie in die Tat um.

# Kapitel 8

Jenna machte auf dem Absatz kehrt, riss die Tür auf und rannte durch den Flur. Es war ihr vollkommen egal, dass sie nur ihren Pyjama trug – immerhin hatte ihr Gehirn noch so gut funktioniert, sodass sie nach dem Schlüssel gegriffen und die Tür zugezogen hatte. Sie nahm zwei Stufen auf einmal und rannte, als sei sie auf einem Einsatz.

Sie bog um die Kurve und ihr Herz machte einen Satz. Neela stand vor dem Fahrstuhl und wollte gerade auf den Knopf drücken. Ein strahlendes Lächeln breitete sich auf Jennas Lippen aus, während ihr Tränen vor Glück die Sicht vernebelten.

„Neela!", rief sie in dem Moment, als deren Finger den Knopf berührten. Die Dunkelhaarige hob den Kopf – Jenna erkannte gemischte Gefühle darin. Am ehesten traf es wohl Verwunderung. Verwunderung und … etwas anderes.

Aber dann sah sie nur noch den Beginn eines Lächelns, ehe sie den letzten Abstand überwand und sie küsste. Nicht zurückhaltend, nicht unsicher, denn sie war alles, nur nicht das.

Sie ließ ihre Hand durch Neelas Haare gleiten, die in der Tat so weich waren, wie sie sie sich seit der ersten Begegnung vorgestellt hatte. Sie platzierte sie in deren Nacken, behutsam im Gegensatz zu dem Kuss. Sie wollte, dass

Neela wusste, woran sie war. Jenna hatte sie gut genug kennengelernt, um zu wissen, dass sie sie nicht verstören würde. Nicht mehr. Und nur Sekunden später erwiderte Neela ihren Kuss legte ihren Arm um Jennas Taille und überwand auch die letzten Zentimeter, die sie noch voneinander getrennt hatten.

Sie hatte vollkommen vergessen, was für ein wunderbares Gefühl Liebe sein konnte. Ihr Gehirn blendete aus, sie glaubte zu zittern, und wahrscheinlich wäre sie umgefallen, wären Neelas Arme nicht gewesen. So, wie sie sie brechen konnte, konnte sie ihr auch Halt geben. Jenna fühlte Neelas Lippen auf ihren eigenen, ein wundervolles Gefühl, sie atmete ihren Geruch ein und ließ alles andere hinter sich. Das Einzige, was sie tat war, glücklich zu sein.

Auf einmal begann Neela zu zittern. Jenna löste ihre Lippen schweren Herzens von den ihren und brachte ihren Atem unter Kontrolle.

„Danke", wisperte Neela mit einer Stimme zerbrechlich wie ein Stück Porzellan. Sie senkte den Kopf und lehnte sich gegen Jenna. Diese verstärkte ihre Umarmung und streichelte ihr über den Rücken.

„Wofür?", fragte sie leise zurück, ihre Stimme schwer vor Melancholie.

„Dafür, dass ich mich nicht getäuscht habe." Neela hob das Gesicht und sah Jenna in die Augen. Deren dunkle funkelten, aber diesmal standen Tränen darin. Jenna lächelte, strich Neela sanft die Feuchtigkeit weg, und küsste sie erneut. Das war ihre Art, zu beweisen, dass nun alles gut war.

. . .

Neelas Auto blieb unangetastet. Sie blieb freiwillig bei ihr und Jenna war froh darum. Ansonsten hätte sie womöglich schon wieder das Gefühl gehabt, zu weit gegangen zu sein oder zu viel in etwas hineininterpretiert zu haben. Die Hände ineinander verschränkt und sicherlich den Eindruck erweckend, als klebten sie mit Sekundenkleber zusammen, gingen die Beiden zurück zu Jennas Wohnung. Sie war nicht in der Lage zu zählen, wie oft sie sich küssten. Aber für ihren Geschmack konnte es auch nicht genug sein.

Sie schoben sich eine Tiefkühlpizza in den Ofen, Jenna fand noch einen Salat bei sich im Kühlschrank. Während sie auf das Essen warteten, setzten sie sich aufs Sofa.

„Ein hübscher Pyjama ist das übrigens", sagte Neela irgendwann. Jenna hatte die Beine auf dem Sofatisch abgestellt, Neela lag an ihrer Schulter, den Arm über ihrer Taille, als fürchte sie, Jenna festhalten zu müssen. Das war das Letzte, um das sie sich sorgen machen musste. Jenna würde alles tun, nur nicht wegrennen.

„Vielen Dank", sagte sie grinsend. „Ich kann dir gerne einen leihen." Im nächsten Moment warf sie Neela einen unsicheren Blick zu. „Tut mir leid", sagte sie leise. „Ich wollte … ich meinte damit nicht, dass du dich gezwungen fühlen musst …"

Neela begann, während ihres Satzes zu lächeln, sodass Jenna innehielt. „Mich einem Zwang ausgesetzt zu fühlen wäre das Letzte, das mir einfallen würde." Sie hob ihr Gesicht an und hauchte Jenna einen kaum spürbaren Kuss auf den Hals. Ein wohliger Schauer rann ihr über den Rücken.

88

„Du sagtest, du seist froh, dass du dich nicht geirrt hast", brach sie eine Weile später die Stille.

Neela nickte. Jenna legte den Kopf schief. „Was genau hast du damit gemeint?"

Ihre Freundin wendete sich aus der Position, setzte sich im Schneidersitz vor sie, und Jenna drehte sich, sodass sie sich gegenübersaßen. Beinahe gedankenverloren streichelte Neela über ihren Arm.

„Als du mir verkündet hast, dass du lesbisch bist, bekam ich Hoffnung. Aber davor … war ich mir nicht ganz sicher. Ich hatte Angst, ich hätte mich geirrt." Ihre Melancholie verschwand, stattdessen trat das altbekannte Blitzen in ihre Augen. „Ich wusste nicht, ob ich mir dein Geflirte und deine Nervosität eingebildet habe."

„Mein was?" Entrüstet, aber lachend, richtete Jenna sich noch gerader auf, als sie es ohnehin tat. „Was habe ich getan?"

Neela begann zu lachen. „Du hättest dich sehen müssen!", sagte sie. „Deine Augen sprühten Herzchen."

Jenna warf ein Kissen nach ihr. „Das ist nicht wahr!", sagte sie, wusste aber ganz genau, wie Recht Neela hatte.

„Hilft es dir, wenn ich sage, dass es niedlich war?", fragte sie nach einer Weile.

Jenna sah ihr in die Augen. „Ich habe mich wie vieles gefühlt, aber nicht niedlich." Sie schüttete den Kopf. „Ist dir klar, wie liebeskrank ich war? Du hast mich gequält, du warst wie der wunderschönste Albtraum."

Neela grinste erneut. „Tut mir leid", sagte sie und kam näher.

Jenna schüttelte den Kopf, grinste genauso diabolisch.

„Gar nicht wahr."

Neela hielt inne. „Stimmt."

Und dann lachten sie Beide.

Jenna liebte ihre Tiefkühlpizzen, egal wie ungesund sie waren. Und Neela anscheinend auch – was das Essen anging, würden sie jedenfalls nicht in Streit geraten. Sie aßen ebenfalls auf dem Sofa, beide an einem Ende davon, den Pizzateller zwischen ihnen. Irgendwann streckte Neela ihr Bein aus und berührte Jennas Oberschenkel. Sie hatte das Gefühl, ein elektrischer Stoß fahre durch sie hindurch.

Als sie die Pizza verputzt und den Teller weggeräumt hatten, lagen sie mit verschlungenen Beinen da und sahen sich eine Weile einfach nur an.

„An was denkst du gerade?", fragte Neela auf einmal.

Jenna, die sich mit einer Hand auf der Lehne abgestützt hatte, lächelte. „Daran, dass ich unbedingt wissen möchte, was sich unter deiner Oberfläche befindet. Ich möchte die Frau kennenlernen, die hinter den wunderschönen Augen steckt. Die du bist."

Die Dunkelhaarige senkte den Blick, aber Jenna wusste nicht genau, weshalb sie es tat. War sie etwa so schüchtern? Dann aber zog Neela die Beine wieder zu sich, schlug sie unter und krabbelte auf Jenna zu. Diese schlang die Arme um sie und zog sie an sich.

„Verrate mir etwas, das sonst niemand weiß." Neelas Augen funkelten, ihr Gesicht war nur Zentimeter von Jennas entfernt. Sie lag ausgestreckt auf ihr, Jenna hatte die Arme um ihre Taille gelegt und es fühlte sich an wie der innigste Moment seit Jahrzehnten für sie. „Eine geheime

90

Fantasie oder ähnliches."

Jenna hob die Augenbrauen. „Eine Sex-Fantasie?"

Neela zuckte die Schultern, grinste aber. „Wenn du willst?"

Die Polizistin verdrehte die Augen. „Wieso hab ich bloß gefragt", murmelte sie und sah Neela grinsen.

Sie seufzte lange, während sie überlegte.

„Du musst es nicht sagen. Jedenfalls noch nicht." Neela lächelte sie an und begann wieder mit der beinahe massageähnlichen Liebkosung ihres Armes. Jennas Haut begann zu prickeln. Es fühlte sich wunderbar an.

„Manchmal höre ich Symphonic Metal oder Hardrock. Und weiß Stunden später, wenn ich meine Playlist durchgehe, nicht, weshalb ich das getan habe."

Neela grinste. „Hey, verurteile dieses Genre nicht. Meistens sind die Texte tiefgründiger als Liebeslieder."

„Ich verurteile sie ja gar nicht", rechtfertigte sich Jenna. „Außerdem mag ich keine Lieblingslieder." Sie seufzte. „Ich meine damit … dass ich manchmal Dinge tue, von denen ich selbst keine Ahnung habe, was dabei in mich gefahren ist." *Zum Beispiel, wie ich nicht bemerken konnte, dass du etwas für mich empfindest,* dachte sie sich.

Dann sah sie Neela an und nickte ihr zu. „Jetzt du."

Neela guckte ein paar Momente in die Luft, ehe sie lächelte. „Ich wollte immer einmal Motorrad fahren. Über die Highways rasen, ohne jegliche Verpflichtungen. Einfach ganz für mich allein."

Jenna starrte sie an. Sie lächelte und hob die Augenbrauen. „Du?", fragte sie. Neela wirkte eher wie jemand, der sich Samstags einen Tag im Spa gönnte. „Warum hast

91

du es nie gemacht?"

„Ich weiß nicht, ob ich Angst davor habe, oder ob es zeitaufreibend wäre, es zu lernen."

Jenna sah sie eine ganze Weile lang an, beinahe analysierend. Neela erwiderte ihren Blick und zog fragend die Augenbrauen hoch.

„Was?", fragte sie.

„Das ist kein schlüpfriges Geheimnis", sagte Jenna eine Weile später. Ihre Stimme war leiser geworden, fast flüsternd. „Ich weiß, du kennst meines auch nicht, aber ich frage dich dennoch."

Sie erkannte, wie Neelas Augen zuckten und ihre Wangen ein klein wenig rot wurden. Schließlich senkte sie den Kopf. „Es ist keine Sexfantasie, aber ... die Schlüsselbein-Partie", war alles, was sie sagte.

Jennas Augenbrauen wanderten in die Höhe. „Die Schlüsselbeinpartie?", wiederholte sie verdutzt.

Neela nickte, sah irgendwie nachdenklich aus. „Ich weiß auch nicht", kam es aus ihrem Mund. „Ich finde diese Stelle einfach ... attraktiv. Ich weiß nicht, wie ich es beschreiben soll." Noch nie hatte sie so unsicher geklungen. Mit einem Mal schien sie großes Gefallen an Jennas T-Shirt zu finden.

„Hey." Jenna legte die Hand unter Neelas Kinn und drehte ihr Gesicht zu ihr. „Das braucht dir doch nicht peinlich zu sein. Nicht vor mir." Dann kam ihr ein Gedanke. „Und außerdem" Ihr Grinsen wurde hinterhältig. „Weiß ich nun, mit was ich dich bestechen kann. Warte nur auf den Sommer."

Neela seufzte theatralisch, was ihr nur noch ein stärkeres Grinsen einbrachte.

Irgendwann um halb Zehn bugsierten sie sich, noch immer wie Kletten aneinanderklebend, ins Schlafzimmer. Jenna zog eine Schublade auf, in der sich ihre Pyjamas befanden. „Du kannst dir hier etwas aussuchen. Ich bin schnell im Bad und richte dir eine Zahnbürste her." Damit witschte sie aus dem Raum.

Ihre Hand zitterte beinahe, als sie in dem kleinen Schrank unter dem Waschbecken herumkramte und das Plastik aufriss. Sie schmiss die blaue Zahnbürste neben ihre Rote in den Becher und erhaschte einen Blick auf ihr Spiegelbild. Wie ein Depp fing sie an zu grinsen. Ihre Aura glühte geradezu vor lauter Endorphinen. Das Funkeln in ihren hellen Augen war zurückgekommen. Es war wirklich wahr – die Augen waren der Spiegel der Seele.

Beinahe war Jenna enttäuscht, dass Neela schon umgezogen war, als sie zurückkam. Aber gut, es war ihre eigene Schuld, dass sie ins Bad verschwunden war. Außerdem, wenn sie es wirklich schafften, eine stabile Beziehung aufzubauen ... dann würde Jenna definitiv die Chance haben, sie auch ohne Kleidung zu sehen.

Als sie ihre leichte Enttäuschung – die es kaum wert war, Enttäuschung genannt zu werden – beiseitegeschoben hatte, lächelte sie melancholisch.

„Du siehst ... bezaubernd aus."

Neela hob die Augenbrauen. „Bezaubernd?", fragte sie.

Jenna nickte lächelnd und setzte sich auf die Bettkante. „Ich habe mir dich immer in etwas Elegantem vorgestellt. So was wie Seide."

„So etwas besitze ich in der Tat. Wenn es warm ist, schlafe ich sogar nackt."

Jenna hob die Augenbrauen und scannte sie extra provokant einmal von Kopf bis Fuß ab. Es war ein solch befreiendes Gefühl, dies endlich tun zu können, ohne es zu vertuschen zu versuchen. „Dann hoffe ich, dass wir im Sommer noch immer zusammen sind, und ich das Glück habe."

Sie guckte Neela vielsagend an. Diese errötete, und mit einem Mal sah sie noch niedlicher aus.

Jenna streckte die Hand aus und bewegte ihre Finger. „Na los, komm her."

Neela gehorchte, griff nach ihrer Hand und ließ sich von Jenna auf deren Schoß ziehen. Sie legte ihre Arme um Neelas Taille und schenkte ihr dieses umwerfende, wunderschöne Lächeln, das Jenna das Herz höher schlagen ließ.

„Meine Güte, du bist so wunderschön", sprach sie dann endlich aus, was sie schon seid ihrer ersten Begegnung gedacht hatte. Neela biss sich auf die Lippe. Ihre Hand wanderte um Jennas Schultern.

„Ich würde erwidern", sagte sie. Ihr Lächeln wurde tiefer. „Aber es wäre untertrieben."

Sie lagen nebeneinander auf dem Bett und genossen die Stille, als Neelas Stimme auf einmal hindurchdrang. „Wenn du weitergelesen hättest, hätten wir uns das Gespräch heute Abend sparen können."

Jenna drehte den Kopf und sah sie verwirrt an. Das Licht war noch an, beide waren noch nicht sonderlich müde. Sie genossen einfach die Nähe der Anderen.

„Was meinst du?", fragte sie verdutzt. Neela lächelte,

94

doch diesmal stand Traurigkeit in ihren Augen.

Sie sah sich um. „Wo ist es?"

Jenna drehte sich herum, stand auf und tapste zu dem niedrigen Schrank, auf dem ihre Umhängetasche stand. „Ich kam noch nicht dazu, es auszupacken", sagte sie entschuldigend und bemerkte, dass sie sich in der Tat ein wenig schämte.

Neela jedoch nickte verständnisvoll und nahm es entgegen. Während Jenna sich wieder zu ihr aufs Bett gesellte, blätterte Neela durch das Buch. Irgendwann hatte sie wohl gefunden, nach was sie gesucht hatte. „Hier." Mit diesen Worten gab sie es Jenna zurück in die Hand. Und mit der angenehmen Wärme ihrer Freundin an sich spürend begann sie, weiterzulesen.

*Das kann nicht sein. Das darf nicht sein.*
*BITTE, nicht wieder.*

Jenna wollte das Buch sofort wieder zuklappen. Das Bild einer verzweifelten Neela Kumar schlich sich in ihren Kopf und nagte an ihrem Herz. Sie riss sich zusammen.

*Götter, lasst das nicht wahr sein.*

„Wenn du fertig bist, musst du umblättern", kam es von Neela in genau dem Moment, als sie beim Wort „wahr" angekommen war. Sie nickte nur.

Auf der nächsten Seite stand ein einziger Absatz, der noch sorgfältiger und schöner geschrieben zu sein schienen als der Rest.

*Liebe Jenna*

*Ich möchte dir sagen, wie viel du mir bedeutest. Hiermit. Mit allem. Ich vertraue dir und möchte, dass du mir vertraust. Aber der wahre Grund ist ein anderer.*

*Das hier ist ein Outing. Du musst wissen, ich bin ein furchtbar verschwiegener Mensch.*

*Ich liebe dich, Jenna Wackefield*

Jenna starrte wie elektrisiert auf die zwei letzten Zeilen. Alles, was sie wahrnahm, war das Rauschen ihres Blutes in den Ohren. Und die Stille.

Und dann, eine gefühlte Ewigkeit später, lief ihr eine Träne aus dem Auge.

„Du …" Sie drehte sich zu Neela. Eine zweite Träne floss über ihre Wange, als sie blinzelte. „Du hast mir dieses Buch gegeben, alle deine Geheimnisse, weil du … mir damit sagen wolltest, was du für mich empfindest?"

Neela starrte sie an. Schließlich nickte sie kaum merkbar. Jenna wischte sich über die Augen, richtete sich endgültig auf und zog ihre Freundin in eine tiefe Umarmung. Diese erwiderte. Jenna hielt ihre Augen verschlossen, weil sie verhindern wollte, dass ihr die Tränen kamen.

Jetzt war alles gut. Und um nichts in der Welt wollte sie, dass sich daran irgendetwas änderte.

„Du riechst so gut, was ist das?", sagte Neela auf einmal. Jenna lachte erstickt. Die erdrückende Stimmung zerplatzte um sie herum wie eine Seifenblase.

„Das ist ein sehr seltenes Phänomen. Ich besitze nicht einmal ein Extraregal für meine Kosmetikutensilien."

Neela ließ sie los, wischte ihr die getrockneten Tränen weg und lächelte. „Die brauchst du nicht. Du bist schön, wie du bist." Dann legte sie den Kopf schief. „Was war der Anlass?"

Jenna seufzte lange und senkte den Kopf. „Ich war verzweifelt. Hatte Liebeskummer."

Im selben Moment, als sie diese Worte sagte, bemerkte sie etwas. Sie war nie ein Mensch gewesen, der seine Gefühle jemand anderem preisgab. Aber sie hatte es heute schon zum zweiten Mal getan – bei Damien und jetzt bei Neela. Und es fühlte sich unglaublich befreiend an.

„Ich wünschte, ich könnte das irgendwie wieder gut machen." Jenna sah auf und in Neelas entschuldigendes Gesicht. Ihre Kulleraugen funkelten in dem spärlichen Licht.

Jenna lächelte, als ihr ein Gedanke kam. „Ich wüsste da etwas." Sie schloss die Augen und flüsterte mit einem Lächeln: „Küss mich."

Dieser Bitte kam Neela nur zu gern nach.

. . .

Als am nächsten Morgen ihr Wecker runterging, schrak Jenna auf. Ein deutliches Zeichen dafür, dass sie so gut geschlafen hatte wie schon lange nicht mehr. Sie tastete blindlinks nach ihrem Wecker, bis sie ihn irgendwann zu spüren bekam. Sie schlug nach der Nervensäge, bis sie ausging - natürlich, indem sie auf den Boden fiel und mit einem abgewürgten Geräusch ihr Piepen beendete.

Mit einem Seufzer ließ sich Jenna zurück ins Kissen fallen. Sie wollte einfach weiterschlafen. Just wurde sie dann jedoch aus ihrem deliriumähnlichen Dämmerzustand gerissen, als sich neben ihr etwas bewegte.

„Morgen", murmelte eine Stimme, so sanft wie die Brandung des Meeres, die im Sand versickerte. Mit einem Mal war Jenna hellwach. Noch bevor sie die Augen öffnete, begann sie zu lächeln.

„Morgen Mondschein." Sie drehte sich zur Seite und sah Neela in das verschlafene, aber dennoch wundervolle Gesicht. Sie lächelte aufgrund Jennas Kosenamen und hielt sich dann die Hand vor den Mund, um zu gähnen.

„Müssen wir wirklich schon raus?", murmelte sie und legte ihre Hand auf Jennas Arm. Jenna drückte ihr einen Kuss auf die Stirn.

„Ich schon. Wann beginnt dein Arbeitstag?" Sofort schien Neela sich zu versteifen.

„Oh Mist", murmelte sie. „Um viertel vor Acht." Sie guckte Jenna an. „Wie spät ist es?"

„Viertel vor sieben. Ich beginne meistens um 8, plus oder minus."

Die Antwort ihrer Freundin war ein verzweifeltes Seufzen. „Das heißt, ich brauche ungefähr eine halbe Stunde, wenn es gut kommt." Sie rollte sich auf die Seite uns aus dem Bett. „Also muss ich in genau derselben Zeit los."

Mit diesen Worten stand sie auch schon auf und ver-

98

schwand im Bad.

„Bediene dich an meinen Sachen, wenn du etwas brauchbares findest", murmelte Jenna, rührte sich aber nicht. Sie war noch viel zu müde und beschloss, einfach nachher auf die Tube zu drücken.

„Willst du nicht auch langsam aufstehen?", fragte Neela, als sie zurückkam.

Jenna schüttelte den Kopf. „Ich kann innerhalb von Sekunden fertig werden, ob du es glaubst, oder nicht." Sie lächelte. „Außerdem will ich jeden Moment ausnutzen, in dem ich dich ansehen kann."

Neela schien die Antwort genügen. Sie saß nun mit dem Rücken zu ihr gedreht, und fast hätte Jenna geglaubt, sie habe gar nichts an – bis sie sah, dass der Rückenteil ihres BHs aus zwei dünnen, silbernen Perlenbändern bestand. Auf Neelas gebräuntem Rücken sah es wunderschön aus.

Jenna schlug die Decke nun endgültig zurück und krabbelte zu ihr hinüber. Neela hielt inmitten ihres Versuchs, sich das Shirt anzuziehen, inne, als Jenna beide Arme um sie schlang und sie auf die Schulter küsste. Lange und auskostend.

Schließlich drehte Neela sich zu ihr herum. Jenna lächelte ihr schönstes Tausendwattlächeln, um das sie sich nicht einmal bemühen musste, und strich ihr mit dem Daumen über die Wange. Ihre weiche, glatte Haut wirkte wie Balsam für sie. Es war unglaublich, welche Wirkung diese Frau auf sie hatte. Ihre Augen funkelten diesen Morgen wie dunkle Onyxsteine, ihre Haare waren wie Samt. Jenna wurde bewusst, wie viele Geheimnisse in dieser Frau stecken mussten. Sie küsste sie auf die Lippen, die gerade ein Lächeln andeuteten, und Neela erwiderte. Sie tastete sich vorsichtig heran, bis ihre Zunge gegen die dunklen Lippen ihrer Gegenüber stieß. Diese reagierte sofort, und Jennas Herz machte solch aufgeregte Sprünge, dass sie sich zurückhalten musste, Neela nicht sofort zurück auf das Bett zu ziehen.

Liebe konnte ein so wunderschönes Gefühl sein. Wie hatte sie die vergangenen Jahre nur ohne sie leben können?

# Kapitel 9

„Darf ich dich etwas fragen?"

Sie saßen gemeinsam in Jennas Küche. Es war Samstag, draußen schneite es wieder, und sie hatten lange und ausgiebig geschlafen. Es war ihr erstes Wochenende zusammen, keine hatte sonderlich viel zutun, und Jenna wollte nichts mehr, außer jede Sekunde davon zu genießen. Sie nickte auf die Frage hin.

„Wie alt bist du?"

Jenna fing an zu lachen. Sie hätte wohl alles erwartet außer diese Frage. „Ich bin 35. Du?"

„Jetzt 34."

Jenna hob die Augenbrauen. „Was bedeutet das Wörtchen „jetzt"?"

„Dass ich es noch nicht lange bin." Neelas Lächeln wurde zu einem Grinsen, als würde es ihr Spaß machen, in rätselhaften Sätzen zu sprechen.

„Das heißt?", fragte Jenna langgezogen.

Neelas Grinsen wurde noch breiter. „Seit dem 3. November." Sie legte den Kopf schief. „Wann hast du Geburtstag?"

„Am neunten Mai."

Neelas Antwort bestand darin, sie einige Momente lang nur anzusehen. „Dann bist du ein Stier, richtig?", fragte sie.

Jenna nickte, dann hielt sie inne.

„Ein Stier und ein Skorpion." Sie guckte in die Luft. „Wow. Das ist mal eine interessante Mischung."

„Glaubst du daran?", fragte Neela.

Jenna zuckte mit den Schultern. „Keine Ahnung. Sagen wir, ich lasse mich nicht davon leiten, aber ich finde es interessant, weil es ab und zu wirklich sehr gut passt."

Neelas Augen funkelten. „Und? Gehöre ich zur Kategorie „Es passt"?"

Jenna lächelte verschmitzt. „Sagen wir es so", fing sie an. Sie drehte ihr Glas im Kreis. „Es heißt, Skorpione haben eine unglaubliche Aura und Wirkung auf andere. Sie können mysteriös sein. Und wenn sie etwas wollen, dann bekommen sie es."

„Apropos wollen. Was ist deine Lieblingsnascherei?"

Jenna zuckte mit den Schultern. „Ich bin ein salziger statt süßer Mensch."

„Das ist nicht wahr." Neela grinste, als Jenna sie verwirrt anguckte. „Du BIST süß. Mehr als du denkst."

Jennas Verwirrung wandelte sich um in ein Lächeln. Sie hatte immer nach jemandem gesucht, der die passenden Worte in jeder Situation fand. Jetzt schien sie diesen Jemand gefunden zu haben.


Sie beschlossen, für ein paar Stunden aus der Stadt hinaus zu fahren. Neela besorgte sich Tee, Jenna füllte ihre Termoskanne mit Kaffee und heißer Milch.

„Würdest du fahren?", fragte sie ihre Freundin inmitten der Vorbereitung, als ihr etwas in den Sinn kam – etwas wichtiges, was ihr in ihrem Getränk noch fehlte. Als diese nickte, fügte Jenna noch einen Schuss Karamellikör, den sie bei sich im Schrank aufbewahrte, hinzu. Neela hob die Augenbrauen und bedachte sie eines misstrauischen Blickes, der keine Interpretationen nötig hatte.

„Gibt es da etwas, das ich wissen sollte?", fragte sie vielsagend.

Jenna lachte. „Falls du wissen möchtest, ob ich ein Alkoholproblem habe …" Sie schraubte den Deckel zu. „Dann kann ich dich beruhigen."

Dann hielt sie inne. Sie ließ die Kanne auf der Ablage stehen, trat vor ihre Freundin und legte ihr die Hände auf die Taille, sodass sie den Bund ihrer schwarzen Jeans spüren konnte. Intensiv aber liebevoll sah sie Neela in die Augen. „Meine einzige Schwäche bist du."

. . .

Sie benötigten nicht sonderlich lange, bis sie die Stadt hinter sich gelassen hatten. Vielleicht lag es aber auch einfach an Jennas manipulierter Wahrnehmung – mit Neelas Anwesenheit schien alles besser. Der Mond hatte ihr Leben verändert. Jedes Detail davon.

Der Wald war schneebedeckt und leer und es herrschte fast vollkommene Stille. Irgendwann kam sogar die Sonne ein wenig durch. Es war wie in einem Märchen – nur, dass sie keinen Prinzen brauchten, um glücklich zu sein. Sie waren allein, begegneten nicht einmal einem Jogger oder einem Menschen, der seinen Hund ausführte. Sie verschränkten die Arme und liefen so dicht nebeneinander, dass Jennas rechte Körperhälfte angenehm warm wurde. Es war so wunderschön, dass es fast schon unwirklich schien.

„Manchmal frage ich mich, warum ich den Winter nicht so mag wie den Frühling."

Jenna guckte sie an. „Weil er kalt ist?", schlug sie vor. Neela atmete aus und ihr Atem stieg als sichtbare Wolke auf. Jenna sah dem Dunst nach, bis er ganz verschwunden war.

„Nein. Ich glaube, es ist der Gedanke, dass so vieles … tot zu sein scheint."

Sie schwiegen beide, als ob sie über diesen Satz nachdenken würden.

Nachdem sie eine Weile gelaufen waren und sich auf einer Bank niedergelassen hatten, schraubte Neela die Thermoskanne auf. Ein herrlich-duftender Geruch breitete sich aus und hüllte die Beiden ein. Jenna schnüffelte.

„Hmm, das riecht gut", sagte sie.

Neela hielt ihr die Kanne hin. „Apfel-Zimt-Tee", sagte sie. „Möchtest du?"

Jenna winkte ab. „Sonst schlafe ich ein. Tee hat eine ungeheure Wirkung auf mich. Und ich glaube nicht, dass du mich nach Hause tragen willst."

„Umso besser. Dann bleibt mehr für mich." Mit einem zufriedenen Lächeln verschwand Neelas Gesicht hinter der Kanne. Jenna beobachtete sie. Ihr war vor Jahren aufgefallen, dass die Augen eines Menschen immer viel intensiver und noch schöner wirkten, wenn der Rest des Gesichts nicht zu erkennen war. Als Teenager hatte sie einmal einen fast krankhaften Fangirlwahn durchlebt, in dem sie eine

104

Ärztin in einer Fernsehserie angehimmelt hatte. Sie war attraktiv, aber nicht außergewöhnlich schön gewesen, hatte aber eine unglaublich starke Persönlichkeit gehabt. Smart macht sexy, das hatte Jenna schon immer gefunden. Und da diese Ärztin die meiste Zeit mit Mundschutz und zurückgebundenen Haaren herumgelaufen war, war ihr diese Erkenntnis gekommen.

Ihr viel in diesem Moment auf, dass Neela für eine Hinduistin erstaunlich helle Haut hatte. Ihre schwarzen Haare glänzten wie Seide, und in der Tat fühlten sie sich genauso an. Jenna beobachtete ihr Gesicht, genau wie damals im Fahrstuhl – nur, dass sie es jetzt ohne Scham und auffällig tun konnte. Sie fuhr mit den Augen ihre Stirn und ihre langen Wimpern ab, über ihre dunklen Lippen bis zu ihrem Kinn und ihrem schlanken Hals, der unter dem dunklen Schal verschwand. Diese dunklen Lippen, die so unglaublich gut küssen konnten.

Irgendwann schien Neela zu bemerken, dass sie sie ansah. Sie warf ihr aus dem Augenwinkel einen Blick zu, ein Grinsen breitete sich auf ihrem Gesicht aus. Jenna beobachtete die kleinen Grübchen, die sich um ihre Mundwinkel bildeten, und die sie noch jünger wirken ließen als ohnehin. Und dann kam ihr ein Gedanke.

„Ich weiß, wie ich deinen Tee probieren kann." Sie drehte sich in eine frontale Position zu Neela herum, diese tat dasselbe. Jenna beugte sich vor und schloss erst dann die Augen, als Neela dasselbe tat. Als sie diesmal diejenige war, die den Kuss intensivierte, schoss ein so wunderbares, prickelndes Gefühl durch Jenna hindurch, welches sie mit keinem Adjektiv der Welt beschreiben konnte.

# Kapitel 10

Sie lagen nebeneinander auf dem Bett und schwiegen. Es war ein angenehmes Schweigen, etwas, das Jenna vermisst hatte. Sie war nicht gut in Smalltalk, und sie hasste nichts mehr, als mit Menschen zusammen zu sein, in deren Gegenwart sie sich nicht wohlfühlte.

Bei Neela war alles anders, jedes Detail.

„Wann hast du es gemerkt?", fragte jemand der Beiden auf einmal – bis Jenna bewusst wurde, dass sie es gewesen war. Sie spürte, wie Neela den Kopf drehte.

„Was?", fragte sie, während ihre Finger durch Jennas blonde Haare fuhren.

Jenna machte eine kurze Pause, ehe sie es aussprach.

„Dass du lesbisch bist."

Neelas Hand verharrte unbeweglich. In Jenna machte sich ein Ziehen bemerkbar. Sie spürte sofort, dass etwas nicht in Ordnung war. „Hab ich etwas Falsches gesagt?", fragte sie vorsichtig.

Kurz herrschte Stille. Jenna nutzte diese, um sich aufzusetzen und sich Neela zuzuwenden. Diese starrte auf einen Punkt irgendwo vor sich, ehe sie nach einer gefühlten Ewigkeit aufsah.

„Bist du religiös?", fragte Neela. Jenna legte den Kopf schief, verwirrt, und schüttelte den Kopf. Sie fragte sich,

106

was das mit dem Thema zutun hatte, aber mittlerweile kannte sie Neela zu gut, um zu wissen, dass diese Frage eine Bedeutung hatte.

„Ich wurde katholisch erzogen, aber ab der 10.Klasse ging ich in Ethik. Meine Eltern haben nie versucht, mich zu irgendetwas zu bekehren. Ich glaube nicht sonderlich stark an Gott, aber ich schließe auch keine Möglichkeit aus." Sie intensivierte ihren Blick, wie um Neela zu signalisieren, dass sie weitersprechen sollte. Sie tat es, starrte aber immer nur geradeaus.

„Meine Familie war … ist es."

„Ihr seid Hindus?", fragte Jenna.

Neela nickte. „Ich selbst nicht strenggläubig. Nur ab und zu lebe ich danach. Ich meditiere und mache Yoga. Und wie du weißt bin ich Vegetarierin."

Jenna wusste, diese Worte waren eine reine Übersprungshandlung. Sie hatte ein Semester Psychologie studiert und das war eines der Dinge, die in ihr hängen geblieben waren. Es war eine Möglichkeit zur Abwehr von Ängsten.

Und als Neela zu sprechen begann, hatte Jenna davor nicht geahnt, dass ihr die Lebensgeschichte einer anderen Person so nahe gehen würde. „Im Hinduismus ist Homosexualität nicht nur verpönt. Manchmal wird man ausgeschlossen aus der Gesellschaft, wenn man sich outet, so, als trage man eine ansteckende Krankheit. Man will mit solch einer Person nicht gesehen werden. Nicht einmal die eigene Familie."

Spätestens jetzt läuteten sämtliche Alarmglocken in der Polizistin los. Ihr Herz krampfte sich zusammen. Sie hasste es, Neela so zu sehen. Sie wusste, wie es ihr schwerfiel, darüber zu sprechen, sie konnte es sehen. Am liebsten hätte Jenna ihre Hand genommen, aber sie hatte das Gefühl, Neela auf keinen Fall aus dieser Situation reißen zu dürfen. Also wartete sie einfach und tat nichts, außer mitfühlend auszusehen.

„Das Schlimmste war, dass meine Eltern es per Zufall erfuhren. Nicht von mir, sondern von unseren Nachbarn. Wir lebten damals in einem für Kanda sehr konservativen Stadtteil. Unsere Nachbaren waren außerordentlich traditionsbehaftet und sahen es als ihre Pflicht, dieses Vergehen aufzudecken."

Die Art, wie sie das Wort „Vergehen" aussprach, ließ Jennas Innereien zusammenkrampfen. Es klang furchtbar.

„Ich war sechzehn. Ich hatte ein Mädchen kennengelernt, meine erste Freundin, nachdem ich versucht hatte, mich mit Jungs … anzufreunden."

Sie musste diesen Satz nicht weiter erläutern – Jenna wusste, was sie meinte. Auch sie hatte sich das damals durch die Gedanken rieseln lassen.

„Wir dachten, wir seien unbeobachtet", fuhr Neela fort und hatte sofort Jennas Aufmerksamkeit zurück. „Aber dem war nicht so, wie ich später erfahren sollte." Sie schloss kurz die Augen. Jenna sah, wie sie sich verspannte.

„Als ich nach Hause kam, standen mein Koffer und meine Sporttasche gepackt in meinem Zimmer, meine Schulsachen in einen Rucksack gepfercht." Neela machte eine Pause, schüttelte den Kopf – als könne sie es selbst, nach all den Jahren, nicht glauben. „Sie haben mich einfach verstoßen. Sie sagten, ich solle nach Edmonton fliegen, dort

108

erwarte mich bereits jemand. Ein Heim genauer gesagt, ein Heim für Waisenkinder oder Teenager mit sozialen Problemen. Dort schicken sie mich hin."

Eine erneute Pause. So lange, dass Jenna es schließlich wagte, eine Frage zu stellen. „Wieso nach Edmonton? Wieso so weit weg?"

Neela zuckte mit den Schultern, doch erneut schien Jenna zu wissen, dass ihre Ahnungslosigkeit nur gespielt war. Sie traute sich nicht, weiter nachzufragen. Es war belanglos.

„Die nächsten drei Jahre bekam ich zu meinem Geburtstag Karten, einmal rief meine Schwester sogar an. Aber dann kam auf einmal nichts mehr. Ich schrieb ihnen, aber bekam keine Antwort. Ein paar Monate später kam ein letzter Brief. Alle hatten unterschrieben, meine Eltern, meine Schwester, meine Großeltern. Aber alles, was darin stand, war „Wir haben dir ein Konto eingerichtet. Da findest du alles, was du brauchst. Du bist jetzt erwachsen und brauchst uns nicht mehr."" Neela hielt inne und hob den Kopf. In ihren Augen spiegelten sich die Tränen. „Und das war es gewesen. Das war das Letzte, das ich je von meiner Familie gehört hatte."

Für einige Minuten herrschte komplette Stille zwischen ihnen. Erst, als ihr schwindelig wurde, bemerkte Jenna, dass sie den Atem angehalten hatte. Neelas Geschichte brach ihr fast das Herz.

Sie biss sich auf die Lippe. Sie konnte sich nicht vorstellen, wie es Neela ergangen sein musste – oder besser, wie es ihr erging. So, wie sie es erzählt hatte, saß dieser Schmerz noch außerordentlich tief.

„Ach Neela." Jennas Stimme brach, ebenso die Visage ihrer Freundin. Sie schlug die Augen nieder, doch zu spät um zu vertuschen, dass sich darin erneut Tränen sammelten. Ein Zucken ging durch ihren Körper, und als sie einen Schluchzer von sich gab, legte sie das Gesicht in die Hand. Jenna rutschte näher an sie heran, legte die Arme um sie und zog sie fest an sich. Sie sagte nichts. Neela erwiderte ihre Umarmung sofort, schlang ihre Arme um sie und lehnte sich gegen ihr Schlüsselbein. Ruhig strich Jenna ihr über den Rücken und küsste sie auf die Stellte zwischen Nacken und Schulter.

Neelas Atem ging stoßweise, abwechselnd mit ein paar Schluchzern. Sie weinte und zitterte, sodass Jenna selbst die Tränen kamen und sie Angst hatte, Neela könnte jeden Moment auseinanderbrechen.

„Shsh", machte sie beruhigend, auch wenn sie selbst alles andere als ruhig war. Aber sie musste stark sein. Für sie. Ein erneutes Zucken durchlief Neelas zierlichen Körper, woraufhin Jenna ihre Umarmung verstärkte. Neelas Gesicht lag nun an ihrer Brust, Jenna schlang ihre Beine um sie, damit sie sich so nahe sein konnten wie möglich. Neelas Arme wanderten um ihre Schultern, beinahe verzweifelt klammerte sie sich an ihr fest.

„Ich bin für dich da, Neela", flüsterte Jenna dann. „Ich passe auf dich auf. Ich werde nicht zulassen, dass dir noch einmal jemand so weh tut."

In diesem Moment wusste, dass dies von nun an ihr Schwur war.

Eine gefühlte Ewigkeit später ebbte Neelas Schluchzen ab.

110

Jenna rubbelte ihr über den Rücken, küsste ihr die letzten Tränen fort und entlockte ihrer Freundin so ein kleines Lächeln. Schließlich sah sie sie an.

„Was hältst du davon, wenn wir uns ein wenig mit Alkohol zudröhnen und uns einen wirklich dämlichen Film reinziehen?"

Es tat so gut, Neela lachen zu hören. Sie schniefte. „Detective, es ist vier Uhr Nachmittags."

Jenna hob die Augenbrauen. „Na und? Wir haben gegessen, und wir müssen nicht mehr fahren. Was spricht dagegen?"

Neela lachte noch einmal auf. Sie löste sich aus Jennas Umarmung und wischte sich die Tränen weg.

„Was hast du da?", lautete ihre vielsagende Antwort, die zugleich eine Bestätigung war. Jenna überlegte kurz.

„Wein, eine halbe Flasche Skotch, und Martini."

„Bianco, Rosso, Rosato, D'Oro …"

„Bianco", stoppte Jenna sie lächelnd. Sie strich Neela die letzte Träne weg. „Versteckt sich da eine kleine Alkoholikerin?"

In Neelas Augen trat das altbekannte Funkeln, und Jenna war erleichtert, dass sie das Thema so schnell wieder auf eine gute Basis lenken konnte.

„Nein. Aber wenn, dann bin ich ein Martini-Typ. Ich liebe diese Gläser."

Jenna lachte. „Ja natürlich, das erklärt alles." Sie stand auf und zog Neela hoch.

Jenna konnte froh sein, dass sie in der Tat noch zwei der dreieckig-geformten Gläser im Schrank hatte. Während sie den Martini und ein paar Eiswürfel aus dem Kühlschrank holte, fand Neela sogar eine Zitrone in ihrem Obstkorb.

„Damit schmeckt er besser", sagte sie, als sie zwei dünn geschnittene Scheibchen in das Glas legte. Jenna lächelte nur, als sie ihres entgegennahm und sie beide ins Wohnzimmer gingen. Ohne Worte, denn die brauchte sie nicht.

„Wie war es bei dir?" Neelas Stimme kam so plötzlich wie aus dem Nichts, dass Jenna für einige Momente lang verwirrt war. Sie saßen auf dem Sofa und hatten die Gläser beinahe gelehrt.

„Was?", fragte sie.

Neela drehte sich herum, bis sie im Schneidersitz saß und sie ansehen konnte. „Dass du auf Frauen stehst. Wie hast du es gemerkt?"

Jenna studierte Neelas Gesicht und suchte einen Anflug der vorherigen Traurigkeit. Sie wollte sie nicht wieder aufwühlen.

„Bist du sicher, dass wir dieses Thema heute noch einmal anschneiden sollen?"

Neela nickte, in ihren Augen stand Entschlossenheit. Und Tapferkeit.

Jenna unterdrückte ein Seufzen. Nicht, weil es ihr wehtat, darüber zu sprechen. Eher, weil sie sich schlecht fühlte, es zu erzählen, nun, da sie wusste, wie es Neela ergangen war. Es war, wie wenn man einer guten Freundin erzählte, dass man auf einem Konzert gewesen war und den nächsten Monat in die Ferien fliegen würde, während man genau wusste, dass sich diese Freundin das rein preislich niemals leisten konnte. Es tat ihr weh, Neela sagen zu müssen, wie

112

es sein konnte, während sie wusste, wie sehr man ihr wehgetan hatte.

Aber sie hatte danach gefragt, und sie würde ihr das nicht verheimlichen.

„Ich habe früh gemerkt, dass bei mir etwas anders war", fing sie an und sah, wie Neela sich noch aufrechter hinsetzte. „Während alle meine Freundinnen schon lange in Beziehungen waren, hatte ich weder Interesse, noch sehnte ich mich richtig danach." Sie strich sich eine Haarsträne aus dem Gesicht, als in ihr eine seltsame Unruhe aufkam. „Natürlich hatte ich ab und zu Gedanken. Und zwar … nicht nur auf das entgegengesetzte Geschlecht bezogen. Ich war ziemlich … aktiv auf Seiten, in denen gewisse Kurzgeschichten geschrieben wurden." Sie warf Neela einen Blick zu und sah, wie diese wissend schmunzelte. „Vielleicht ist das meine geheime Fantasie." Sie räusperte sich und sprach weiter, kam zurück zum Thema. „Eines Tages passierte es einfach. Ich sah dieses Mädchen und … zum ersten Mal wurde mir bewusst, was es bedeutete, verliebt zu sein."

Sie machte eine kurze Pause, ehe sie weitersprach. Dass daraus nichts geworden war, sagte sie nicht. „Ich hatte nie eine richtige beste Freundin, stattdessen war das mein Bruder, wir hatten denselben Freundeskreis, und auch sonst war ich so gut wie nur mit Jungs zusammen. Bei ihr war es anders. Ich wollte anfangs einfach in ihrer Nähe sein."

Neelas Augen funkelten. „Du hast einen Bruder?", fragte sie, als sei dies das Aufregendste an ihrer Geschichte.

Jenna nickte. „Greg. Er ist etwa zwei Jahre älter als ich. Er war der Erste, dem ich es erzählt habe. Und dann sagten wir es gemeinsam seinen Freunden." Sie konnte sich ein

Kichern nicht verkneifen. „Die fanden es cool. Ab dann war der Runninggag, dass ich ihnen Tips geben sollte, wie man bei Frauen ankam."

Sie war glücklich, als sie sah, wie sich auch auf Neelas Lippen ein Lächeln ausbreitete. Vielleicht tat es ihr ja sogar gut, wenn sie wusste, dass sie nicht beide auf so eine Weise zerstört worden waren.

Sie griff in die Chipsschüssel und kaute erst einmal, ehe sie weitererzählte. „Dann musste ich es ja irgendwann meinen Eltern sagen. Dazu fing ich langsam an, sie auszufragen. Ich wollte wissen, wie sie dazu standen. Sie waren nicht begeistert, muss man sagen, aber sie respektierten Homosexualität. Mit 19 habe ich es ihnen gesagt. Entgegen meiner Erwartungen waren sie nur ein wenig erstaunt, aber sie haben mich bedingungslos unterstützt. Besonders meine Mutter machte nie mehr ein großes Aufsehen darum."

„Worin. Wie man Frauen abschleppt?", fragte Neela, aber ihre Stimme klang sanft, und Jenna wusste, ohne sie anzusehen, dass sie es mit einem Lächeln gesagt hatte.

Sie schüttelte den Kopf. „Nein. Damit meinten sie, sie würden mich unterstützen und respektierten meine … Andersartigkeit." Sie setzte das Wort mit imaginären Gänsefüßchen in Klammern. Und dann, ganz plötzlich, klammerte sich eine Kälte, die sie seit sie Neela kannte, nicht mehr gefühlt hatte, um ihr Herz.

„Hey." Erst als sie Neelas Hand auf ihrem Knie fühlte, bemerkte sie, dass man es ihr wohl ansah.

Jenna sah sie an und seufzte. „Nun. Nicht alle waren so tolerant wie meine Eltern und die Jungs." Sie strich sich eine Haarsträhne hinters Ohr. „Einmal bin ich deswegen

114

ziemlich mit einem Lehrer aneinander gerasselt. Irgendwie, frag mich nicht wie, kamen wir auf das Thema, und … er war nicht gerade sonderlich offen dafür. Aber auch ich war schuld. Wir hatten einfach aneinander vorbeigesprochen und uns nicht sonderlich zugehört."

„Misslungene Kommunikation", stellte Neela fest.

Jenna nickte. „Wir überlegten auch lange, ob unsere Großeltern es erfahren sollten oder nicht. Aber dann beschloss ich, meinen 20.Geburtstag zu nutzen, um mit der Wahrheit rauszurücken." Traurig lächelnd sah sie Neela an. „Erstmal sagten sie gar nichts. Niemand sagte was. Aber nach einer gefühlten Ewigkeit kam von meinem Großvater, ich würde mir das einbilden, das sei eine Phase, und ich sei doch bestimmt normal. Es gäbe keinen Grund, es nicht zu sein. Ich sagte ihm, dass es aber die Wahrheit wäre. Dass das weder biologisch veranlagt oder irgendeine psychische Krankheit sei. Er starrte mich an, als hätte ich verkündet, ich hätte Aids oder etwas Ähnliches. Meine Großmutter wurde ganz hysterisch, und sie kam doch tatsächlich damit an, meine Eltern sollten etwas dagegen tun. Ein paar Tage später fand ich sogar heraus, dass sie zu einem Priester gerannt und um meine Vergebung gebeten hätte." Sie zuckte die Schultern und strich sich eine blonde Strähne hinters Ohr. „Vielleicht habe ich deshalb mit Religionen nichts am Hut. So gut wie jede ist gegen alles, was „unnormal" ist."

„Was ist schon normal", murmelte Neela leise.

Jenna nickte zustimmend. Dann fuhr sie fort: „Meine andere Grandma hielt sich stumm raus. Sie sagte mir später, dass es erst einmal ziemlich unerwartet für sie war, aber dass sie es respektiere. Sie liebte mich immer noch, es war ihr egal. Sie interessierte sich sogar dafür. Aber für Grandma und Grandpa Nummer Eins war ich für einige Zeit das schwarze Schaf in der Familie. Und Greg war ab da der Lieblingsenkel."

Am Ende ihrer Erzählung zuckte sie die Schultern.

Neela sagte nichts mehr. Und sie ebenfalls nicht.

„Ich möchte wissen, wie dein Bruder so ist", drang da ihre Stimme durch die Stille. Jenna nickte erleichtert. Neela zeigte Interesse, ehrliches Interesse.

„Ich kann ihn fragen, ob er sich mit uns treffen will. Wir könnten gemeinsam etwas unternehmen, was meinst du?"

Neelas Lächeln wurde breiter und sie nickte. „Hört sich hervorragend an." Dann legte sie den Kopf schief. „Wie ist das Verhältnis zu deinen Großeltern jetzt?"

Jenna nahm den letzten Schluck ihres Martinis, ließ ihn auf der Zunge vergehen und ließ sich Zeit mit der Antwort.

„Besser", entschied sie sich dann, zu sagen. „Über die Jahre hinweg hat sich das gelegt. Auf eine Entschuldigung brauche ich zwar nicht zu warten, aber ich habe mich abgefunden, und sie sich." Sie lächelte sarkastisch. „Sie sehen mich wieder als einen Teil der Familie. Haben gemerkt, dass ich auch nur ein Mensch bin."

„Du bist nicht einfach nur ein Mensch", kam es von Neela einige Augenblicke später. Jenna guckte sie fragend an. Auf ihren Lippen lag ein wunderschönes Lächeln.

„Du bist Jenna Wackefield. Eine umwerfende, tolle, wunderschöne Frau. Mit Humor. Und Biss."

Jenna blinzelte und starrte die Frau, die ihr so den Kopf verdreht, die ihr Leben wieder farbig gemacht hatte, an.

116

„Meine Güte, ich liebe dich", sagte sie.

Neela lachte leise, griff nach ihrer Hand und sie verschränkten die Finger ineinander.

„Ich liebe dich auch", flüsterte sie.

# Kapitel 11

Die Woche verging wie im Flug. Jenna hatte ihren Bruder schon lange nicht mehr gesehen, und sie konnte es kaum erwarten, Neela und ihn einander vorzustellen. Greg hatte sie schon immer unterstützt, in allem, und sie war sich sicher, Neela und er würden sich wunderbar verstehen. Ihr Bruder war einer der wertvollsten Menschen, mit denen sie das Privileg hatte, aufzuwachsen. Sie wüsste nicht, was sie ohne ihn getan hätte.

. . .

Es gab zwei Zustände, in denen sie unerträglich werden konnte – wenn sie Hunger hatte oder wenn sie nervös war. Aber zum Glück saß sie nicht die Woche lang auf heißen Kohlen und musste Neela diese Stimmungsschwankung nicht antun – denn sie lud sie eines Abends zu sich nach Hause ein.

Nach dem Dienst war sie in Windeseile nach Hause gefahren und hatte ihre Sporttasche mit Waschartikeln und Kleidung für den nächsten Tag eingepackt. Sie fühlte sich wie ein kleines Kind, welches zum ersten Übernachtungsgeburtstag ihres Lebens eingeladen wurde. Es stimmte wirklich – Verliebte benahmen und fühlten sich wie Kinder.

Jennas Herz pochte nervös und vor Vorfreude, als sie ihre eigene Wohnung abschloss und glücklich pfeifend durch den Gang lief. Sie konnte sich nicht erinnern, wann sie das letzte Mal auswärts geschlafen hatte. Naja, abgesehen bei Damien, aber das zählte nicht. Das letzte bedeutsame Mal war, glaubte sie sich zu erinnern, vor zwei Jahren gewesen. Und das auch nur, weil sie einen Einsatz außerhalb der Stadt gehabt hatten.

Sie würde sich nie wieder ein Zimmer mit Jeff teilen. Er war eine Schnarchnase und sie daraus resultierend Eine am nächsten Tag.

Neela schnarchte nicht. Es würde auch nicht zu ihr passen. Jenna hatte sie einmal beobachtet, als sie mitten in der Nacht aufgewacht war und nicht mehr einschlafen konnte. Selbst, wenn sie schlief, sah Neela süß aus. Wenn sie träumte, kräuselte sich ihre Nase, ihre Augenlider zuckten, und Jenna hatte jedes Mal das Bedürfnis, beruhigend die Hand auf ihre Wange zu legen. Sie hoffte, dies noch viele weitere Male tun zu können.

Auf dem Weg zermarterte sie sich den Kopf, wie wohl Neelas Wohnung aussehen würde. Sie hatte gesagt, sie stehe auf warme Töne wie Orange. Etwas Natürliches, vielleicht mit Holz, dachte sich Jenna, das würde passen. Bestimmt eine Einrichtung vom Feinsten, ausgefeilt bis ins kleinste Detail – Neela war im Marketing tätig, Ästetik und ein grafisches Auge mussten ihr im Blut liegen.

Jennas Erwartungen wurden übertroffen. Sie dachte, Hindus lebten in Bescheidenheit, wären Minimalisten, doch Neela Kumar war schließlich nicht Mahatma Ghandi. Ihre

Wohnung sah eher aus wie die einer erfolgreichen Anwältin, die einen klasse Geschmack für Dekorationen hatte. Allein schon der Gang, in dem eine kleine Holzkommode und ein paar Hacken mit Jacken an der Wand hingen, schien durchdachter als Jennas komplettes Wohnzimmer. Die Wände waren in einem hellen, fast nicht sichtbaren Beigeton gestrichen und über der Kommode hing ein Spiegel. Jenna warf einen kurzen Blick hinein, während Neela ihr die Jacke abnahm und sie sich die Schuhe auszog. Sie hatte ihr Lieblingsshirt an, einen olivgrünen Stickpullover, in dem sie sich wohler fühlte als in jedem ihrer Pyjamas. Kleider machten Leute, davon war sie überzeugt. Und sie verbesserten das eigene Gemüt.

„Möchtest du etwas trinken?", fragte Neela sie.

Jenna dachte nach und nickte dann. „Ein Wasser. Und …" Sie drehte sich einmal im Kreis. „Ich will deine Wohnung auskundschaften."

Neela lachte.

„Alles der Reihe nach." Sie ergriff Jennas Hand und zog sie mit sich. „Dafür hast du gleich noch genug Zeit."

Während die Besitzerin etwas zu trinken und essen vorbereitete – und Jenna gezwungen hatte, sich bedienen zu lassen – sah diese sich neugierig in der Küche um. Die Wand, die die Abgrenzung nach draußen darstellte und an der jegliche Utensilien und Schränke ihren Platz hatten, war in dunklem, kontrastreichen Orange gestrichen. Ein großes Fenster befand sich über dem Waschbecken und der Spülmaschine, daneben an der Wand hing ein Schrank. An der kurzen Seite befand sich ein weiteres, längliches Fenster, aus dem man beinahe hätte herausspringen können.

120

„Möchtest du?" Neelas Stimme riss sie aus den Gedanken. Jenna sah auf und sah sich einem Apfel gegenüber. Neela biss gerade in den hinein, den sie in der anderen Hand hielt. Jenna antwortete mit einem Lächeln und griff danach.

„Interessant", sagte sie langsam und biss geräuschvoll in das verlockend rote Obst. „Bei mir zuhause trinken wir Alkohol, bei dir essen wir Obst."

Neela grinste zähnezeigend, dann winkte sie sich zu sich. „Komm ins Wohnzimmer. Sonst kippst du mir noch um vor lauter Aufregung."

Das musste sich Jenna nicht zweimal sagen lassen. Von Neelas Küche gingen zwei Türen aus – die eine in den Gang und die andere führte direkt ins Wohnzimmer. Ein dunkelgraues Sofa stand an der Wand neben einem Bücherregal, das das Zimmer in zwei Teile trennte, gegenüber stand ein Fernseher. An der Fensterseite gleich daneben stand in der Ecke eine Eckbank mit Kissen und aus Holz geflochteten Kästen darunter – womöglich bewahrte sie dort jeglichen Krimskrams auf, der einmal im Wohnzimmer benötigt wurde. Darauf lag ein Laptop. Der Tisch daneben schien das einzig unordentliche in ihrer Wohnung zu sein – er war über und über mit Ordnern, Buntstiften, Entwürfen und einem Heft übersäht. Doch selbst in diesem Chaos schien es eine Struktur zu geben. Während Jenna sich weiterhin umsah, hier und da ein paar Pflanzen und Dekosachen, ja sogar ein Mandala an der Wand entdeckte, spürte sie auf einmal, wie sich Neelas Griff um ihren Arm festigte.

„Hey, mir kommt gerade eine Idee." Sie sah zu ihr auf. „Was hältst du davon, wenn wir uns heute Abend warm anziehen, ein paar Kerzen anzünden und uns auf den Balkon setzen?"

Neela führte sie zu dem großen Fenster, das vom Boden bis fast zur Decke ging und somit Licht in ihr Wohnzimmer fallen ließ. Sie zog das Fenster auf und trat hinaus. Der Balkon war nicht sonderlich größer als Jennas eigener, aber sie konnte erkennen, dass Neela auch diesen eingerichtet hatte. Um die oberste Absperrung rankte sich grüner – nun, durch die Kälte etwas eingetrockneter – Efeu. Eine Seite der Hauswand war mit Schriftzeichen bemalt, die Jenna nicht entziffern konnte.

„Das sind Mantras", erklärte Neela, die Jennas überlegenden Blick bemerkt hatte. Sie nickte andächtig und sah sich weiter um. In der Ecke stand etwas, das die Form eines Sofas hatte, nur bestand es aus Holz. „Natürlich holen wir uns die Matten und Kissen. Das Holz ist glücklicherweise stabil und bearbeitet, es kann den ganzen Winter draußen stehen", riss Neela sie aus den Gedanken.

Jenna wandte sich ab und grinste sie an. „Kannst du seit neuestem meine Gedanken lesen?"

Neela zuckte die Schultern, warf ihr ein verschmitztes Lächeln zu und ließ die Frage unbeantwortet.

Während sie erneut in der Küche verschwand, verstaute Jenna ihre große Trainingstasche in Neelas Schlafzimmer. An jeweils zwei Seiten ließen Fenster das Licht hineinfallen und tauchten das Zimmer in ein angenehmes, warmes Licht. Sie war sich sicher, dass dieses Zimmer niemals kalt wirken würde, nicht einmal jetzt im Winter. Die Wand an der Kopfseite des Bettes war in einem dunklen, tiefen Orange gestrichen, der dunkelgraue Boden setzte einen

122

schönen Kontrast dazu dar. Jenna überkam das Bedürfnis, sich einfach ins Bett fallen zu lassen und einzuschlafen. Aber ihre Idee wurde gleich wieder verworfen, als Neela ihren Namen rief.

„Bezahlt dein Chef das oder betreibst du irgendwelche zwielichtigen Geschäfte, von denen ich nichts weiß?", fragte sie, als sie die Küche betrat.

Neela, die gerade den Kühlschrank schloss, lachte auf.

„Ich bin ein sparsamer Mensch. Und ich war die letzten Jahre nicht im Urlaub. Außerdem war das Bad bereits schon größtenteils so eingerichtet, und ich mag es, abends mit meinem Lieblingsbuch in der Badewanne zu sitzen."

„Das ist dann schon einmal ein Gegensatz zu mir", sagte Jenna, während sie sich weiter umsah. „Ich bin eher der Schnell-Duschen-und-dann-ab-in-die-Jogginghose-Typ."

„Naja." Neela hackte sich bei ihr unter und küsste sie auf die Wange. „Du bist ein Cop. Du bist der Tomboy von uns Beiden."

Jenna hob die Augenbrauen. „Sag jetzt aber bitte nicht, dass ich der Mann in unserer Beziehung bin."

„Ich würde mich hüten, dich jemals mit einem Kerl zu vergleichen!", sagte Neela lachend, aber ihr Blick verriet, dass sie es ernst meinte und verstand. „Was ich damit meine, ist, du als Cop bist immer auf dem Sprung. Ich bin Hinduistin. Meditation liegt mir im Blut." Jenna pustete die Backen auf, um die Luft hörbar entweichen zu lassen.

„Ich wünsche, ich könnte das auch. Abschalten. Aber ich kann furchtbar hibbelig sein."

Neela tätschelte ihr den Arm. „Das üben wir noch. Ich bin dir gerne behilflich." Aber in ihren Augen stand etwas, das Jenna den Puls hochschraubte und ihren Atem beschleunigte.

Neela konnte vieles. Aber dafür zu sorgen, dass Jenna sich in ihrer Gegenwart komplett nur auf ihren Atem konzentrierte … das würde unmöglich sein.

Kochen war ein weiteres, das sie besser konnte als Jenna. Ein wahres Arsenal an verschiedenen Gemüsesorten fand sich im Vorrat, weshalb sie beschlossen, sich Ratatouille zu machen. In Sachen Essen war sie manchmal wie ein Teenager, aber sie wollte nicht gleich am ersten Abend in Neelas Zuhause einen Streit über Essen losbrechen. Außerdem wusste auch sie hochwertige Speisen zu schätzen.

Sie bestellte sich zusätzlich noch ein paar Hähnchenstreifen mit ihrer Lieblingssoße bei einem der Restaurants, in denen sie ab und zu essen ging. Falls Neela es störte, dass sie in ihrer Gegenwart Fleisch aß, ließ sie sich jedenfalls nichts anmerken. Sie schienen beide zu wissen, dass sie sich ein wenig an den Stil der Anderen anpassen mussten.

Am Liebsten wäre sie jetzt schon nach draußen gegangen, hätte unter dem Sternenhimmel und nur mit Kerzen und einer Lichterkette erleuchtet mit Neela unter einer Decke die Zeit verbracht. Aber sie kannte sich gut genug, um zu wissen, dass sie nach spätestens fünf Minuten mit eingefrorenen Fingern dasitzen würde und dann wohl die ganze Stimmung vermiesen würde.

Irgendwann bemerkte Jenna, dass Neela sie anstarrte. Sie sah auf und lächelte.

„Was?"

„Wenn du eine Farbe wärst. Dann wärst du gelb." Nee-

124

la zuckte mit den Schultern. „Keine Ahnung, warum."

Jenna grinste. „Das passt gut. Ich liebe Sonnenblumen."

Neela hob die Augenbrauen. „DU hast eine Lieblingsblume?"

Jenna guckte gespielt beleidigt. „Na danke, das klingt wirklich nett."

Neela lachte und tätschelte ihr die Hand. „Nein, ich wundere mich nur ..." Sie legte den Kopf schief und sah sie mit ihren funkelnden Augen an. „Ich hätte dich eher für den Typus Mensch gehalten, der eine Vorliebe für Autos hat. Oder von mir aus für Kaffeesorten."

„Ich liebe Lattemacchiato mit einem Schuss Amaretto darin. Und, falls es dich beruhigt und dein Rollenbild von mir ergänzt" Sie grinste. „Die Sig Sauer ist mein ständiger Wegbegleiter."

„Apropos." Neela biss sich auf die Lippen. „Ich habe so ein Ding noch nie aus der Nähe gesehen. Denkst du ..." Sie setzte einen Hundeblick auf.

Jenna grinste breit.

„Ja?", fragte sie langgezogen. Neela trat von einem Fuß auf den anderen, nervös wie ein kleines Kind.

„Na, du weißt schon."

Ja, Jenna wusste. Sie streifte im Vorbeigehen noch einmal Neelas Schulter und verschwand dann ins Schlafzimmer, um ihre Waffe hervorzuholen. Sie nahm das Ding wirklich überall mit hin, man konnte ja nie wissen, auch nicht in Kanada. Sie entfernte das Magazin und kehrte mit der entladenen Version zurück.

Kaum fiel Neelas Blick auf die tödliche Gerätschaft in ihrer Hand, konnte Jenna Aufregung in ihren Augen erken-

125

nen.

„Ich habe die Patronen entfernt. Es kann also nichts passieren", versicherte sie ihr. Sie hielt Neela die Sig hin, diese ergriff sie mit leicht zitternden Händen. Doch es war keine Furcht, wie Jenna erkannte, als sie die Waffe hin und her drehte und über den Lauf strich. Es war eher … pure Faszination. Und irgendwie war es sexy und unsicher zugleich.

„Was ist das nur?", fragte sie leise. „Woher kommt diese Faszination für Waffen?"

Jenna trat neben sie.

„Ich weiß es nicht." Beiläufig ließ sie ihre Fingerspitzen über Neelas Seite wandern, auf und ab. Ihr war wohl bewusst, dass Neela ihren Atem am Hals spüren konnte, so nahe, wie sie hinter ihr stand. „Vielleicht ist es das Wissen, einen Gegenstand in den Händen zu halten, der so viel Schaden anrichten kann. Und der gleichzeitig Leben retten kann." Sie hielt inne und verfiel in gedankliches Schweigen.

„Wie geht man damit um?", fragte Neela irgendwann. Jenna ergriff die Sig Sauer und erklärte ihr, wie sie die linke Faust um die rechte, die den Griff umschloss, zu legen hatte, und dass der Zeigefinger seinen Platz nicht am Abzugsbügel, sondern ausgestreckt auf dem Lauf hatte. Dann trat sie hinter sie und legte die Arme um sie, dieselbe Prozedur noch einmal in die Praxis umsetzend.

„Ich glaube, ich war nicht ganz ehrlich zu dir." Neelas Stimme klang tiefer als sonst. Jenna jagte es ein Kribbeln durch den Körper.

„Ach ja?", fragte sie. „Wann?"

Neela ließ einige Momente verstreichen.

126

„Als wir uns von unseren Fantasien erzählt haben." Sie ließ die Waffe zurück in Jennas Hand gleiten und drehte sich in ihren Armen um, sodass sie sich gegenüberstanden und sich beinahe berührten. Jenna sah ihr in die Augen, die wie tiefe Seen vor ihr lagen.

„Ja?", fragte sie weiter.

Auf Neelas Lippen erschien ein kaum sichtbares Lächeln.

„Es ist nicht nur die Schlüsselbeinpartie." Ihre Hand wanderte über Jennas Arm. „Du siehst umwerfend aus mit dieser Waffe in der Hand. Wie Jane Bond."

Ihre Worte schlugen Jenna wie glühend heiße Wüstenluft entgegen, sodass sie für einige Momente nicht atmen konnte. Und dann küsste Neela sie und der Atem blieb ihr in der Tat verwehrt.

# Kapitel 12

Am Abend fing es an, in Strömen zu regnen, aber irgendwie war es gut so. Neela laß in einem Roman, Jenna hatte ihr Gedankenbuch ausgepackt. Es war ein tolles Gefühl, dass sie auch einmal nicht zu reden brauchten.

Sie las dort weiter, wo sie aufgehört hatte – die Zeit, in der Neela noch zur Schule gegangen war.

Zum Glück gibt's Beruhigungstabletten. Und zum Glück kann ich nicht mit Pistolen umgehen.

Jenna ignorierte die leichte Übelkeit, die sich ihren Hals hochschlich. JETZT konnte sie es.

~

Spanisch macht wirklich spaß. Unsere Lehrerin ist toll. Und hübsch ist sie auch noch. Unglaublich, dass es Menschen gibt, die so perfekt zu sein scheinen.

~

Physik. Ich habs schon immer gehasst. Die verdammte Arbeit nächste Woche macht mich fertig.

~

Miss O'Hara sagt, man solle nicht vor seinen Ängsten weglaufen. Mut sei, wenn man die Angst spürt, aber es trotzdem tut. Und dass alles seinen Grund hätte.
Wenn ich doch bloß ein kleines bisschen wäre wie sie …

~

Mir fällt nichts Wichtiges ein. Aber sonst ist es hier so leer.

~

Hab gerechnet. Noch 82 Tage bis zu meinem 18.Geburtstag. Ich werd nicht feiern.

~

K. und B. haben mich heute gefragt, ob ich mit ihnen in einen Club gehe. Dort gebe es heiße Jungs.
Ich hab ja gesagt. WIESO HAB ICH JA GESAGT?!?

~

Niemals hätte ich gedacht, dass ich mich mal freue, krank zu sein …

38 Grad Fieber, Husten, rote Augen. Ich seh furchtbar aus. Aber irgendwie geht's mir gut. Ich kann allein sein. Ich muss nicht mit. Muss mich niemandem rechtfertigen. Aber ich will auch nicht allein sein.

Ich bin echt komisch.

~

Sie ist nicht normal. Aber das will sie auch nicht sein. Sie denke dann an Mittelmäßigkeit, und das mache ihr verdammte Angst.

Dabei hat sie gegrinst. Sie hat mir das gesagt, als wir uns auf dem Hof begegnet sind.

Ich bin auch nicht normal. Aber im Gegensatz zu ihr kann ich nicht stolz drauf sein.

~

Können die Idioten in der letzten Reihe vielleicht einfach mal ihre Klappe halten?

~

Ich hab es ihr erzählt. Alles.

130

~

Miss O'Hara, wenn Sie nur wüssten, wie gut es tut, mit Ihnen zu sprechen
Ich wünschte, ich könnte es in Worte fassen. Aber ich kann nicht.

~

Heute hat V. einen dämlichen Kommentar abgegeben ... wusste doch, dass der auf Miss O'Hara steht. Arschloch. (das Schlimmste ist ja, dass ich es ihm nichtmal verübeln kann)

~

Physik war ok. Mein Innenleben nicht. Apropos, es ist Montag.

~

Gillian = die Jugendliche, die Glänzende, die Heitere – dem Jupiter geweiht
Wie perfekt passt das bitte?!

Okay, shit. Das klingt hier als wäre ich ne kranke Stalkerin

~

*Ganz ehrlich – ich glaube, noch nie habe ich mich in der Gesellschaft einer andren Person so wohl gefühlt*

Spätestens jetzt begann Jennas Kopfhaut, zu kribbeln. So heftig, dass sie aufhören musste, zu lesen, auch wenn sie es liebend gerne getan hätte. Aber diese Frage brannte ihr unaufhörlich unter den Nägeln. Jetzt MUSSTE sie es einfach wissen.

„Neela?"

Ihre Freundin neben ihr sah auf. Jenna zeigte auf das Notizbuch. „Wer ist diese Miss O'Hara? Und warum definierst du den Namen „Gillian"?"

Auf Neelas Gesicht breitete sich ein Lächeln aus, und ihre Augen leuchteten. „Gillian O'Hara war meine Lehrerin. Sie war eine der wichtigsten Personen meines Lebens", sagte sie dann mit einer Stimme wie Samt.

Kurze Pause.

„Die Erste, der ich alles erzählt habe."

Jennas Augen weiteten sich. Das, was sie gelesen und sich bereits gedacht hatte, bestätigte sich.

„Mit alles meinst du …"

Neela nickte. „Alles, von vorne bis hinten. Davon, dass ich lesbisch bin, dass meine Eltern mich verstoßen haben, dass ich deshalb so vieles verloren habe. Dass ich Angst habe, dass jemand davon erfährt." Sie nickte auf das Buch. „Aber ließ weiter. Dann wirst du alles verstehen. Verstehen,

132

weshalb sie so viele Einträge in diesem Buch bekommen hat."

~~Miss O'Hara, wenn Sie das hier jemals zu Gesicht bekommen sollten (sie wären nämlich die Erste, bei der ich mir das sogar wünschen würde) diese Flecken hier sind meine Tränen. Ich heule nur noch und weiß nicht, warum. Ich will nur, dass Sie wissen, wie dankbar ich Ihnen bin.~~

Jetzt ist es raus. Ich bin in Tränen ausgebrochen. Bei ihr. Und sie hat mich in den Arm genommen und umarmt.

Wenn ich nicht so stur wäre, würde ich sie bitten, mich zu adoptieren

~

Wie kann einem ein einzelner Mensch nur so viel bedeuten? Wie kann ein einziger Mensch einem das Gefühl geben, bedeutsam zu sein?
Wie kann ein Mensch nur so viel GUTES in sich tragen?

„Warum hast du das durchgestrichen?", fragte Jenna leise.

Neela richtete sich auf, setzte sich neben sie und legte ihr die Hand auf den Arm, während sie auf die Seiten sah. „Ach, das", murmelte sie. Sie nickte langsam, als müsse sie sich den Moment erst wieder in Erinnerung rufen. „Das habe ich einen Abend davor geschrieben. Und am nächsten Tag ist das darauffolgende passiert. In diesem Moment, als ich geweint habe, habe ich ihr genau das, was ich durchgestrichen habe, erzählt."

Neela blieb in derselben Position sitzen, die Hand auf ihrem Arm und den Kopf auf ihrer Schulter. Jenna blätterte weiter – und stutzte. Ein Zettel klebte darin, sorgsam mit einem Tesastreifen darüber. Es war eine Nummer.

Jenna brauchte kein Cop sein, um zu wissen, wem diese Nummer gehörte.

„Neela, du musst den Kontakt wieder aufnehmen", sagte sie dann einfach.

Neela guckte sie an, als hätte sie vorgeschlagen, Urlaub auf dem Mars zu machen. Obwohl … so weit, wie die Technologie heute war, wäre das bestimmt gar nicht einmal abwegig.

„Du glaubst nicht im ernst, dass diese Nummer nach ungefähr 20 Jahren noch aktuell ist."

Jenna erwiderte mit demselben Gesichtsausdruck.

„Wie gut, dass du einen Cop als Freundin hast. Schon mal etwas von Datenbanken und IT-Leuten gehört?"

Neelas Augen weiteten sich auf eine schier unmenschliche Größe und sie klappte den Mund auf. „Du … willst … du willst sie … aufspüren?"

Jenna grinste aufgrund der Aufregung in ihrer Stimme. Beinahe klang sie sogar ein stückweit ängstlich.

„Natürlich. Hast du was dagegen?"

Ein paar Sekunden des Anstarrens später schüttelte Neela den Kopf. Und dann wurde ihr Gesichtsausdruck prüfend.

134

„Warum willst du das?", fragte sie mit leicht skeptischem Unterton in der Stimme.

Jenna lächelte unschuldig.

„Eigennutz. Ich will die Frau kennenlernen, die meine Freundin gerettet hat." Sie sah Neela in die Augen. Diese sah zurück, ihre eigenen Funkelten.

Auf ihren Lippen erschien ein trauriges, aber unglaublich liebevolles Lächeln. Und mit einem Flüstern sagte sie: „Sie mag die Erste gewesen sein, die das getan hat. Aber sie ist nicht die Einzige."

# Kapitel 13

Jennas liebster Tag war gekommen. Sie mochte den Freitag fast mehr als das Wochenende, denn erstens: sie ging gern zur Arbeit, und zweitens: Sie wusste, sie konnte am Abend alles tun und lassen, was sie wollte, ohne sich Gedanken über Promillewerte oder Augenringe machen zu müssen. Und drittens, und das war das Beste: morgen würde sie Greg wiedersehen.

Sie kam um sechs Uhr nach Hause - zu Neela nach Hause. Irgendwie hatte sie sich genauso schnell in deren Wohnung wie in sie verliebt. Ihre Freundin hatte ihr ihren Zweitschlüssel überlassen, sodass es kein Problem für sie war, sich selbst einzulassen.

Mit einem Schaudern und den letzten Rest Kälte ablegend streifte Jenna sich die Straßenklamotten vom Körper und hängte ihren Mantel an den Hacken, den sie schon für sich selbst beansprucht hatte, ehe sie sich auf die Suche nach ihrer Freundin machte.

Sie fand sie schließlich im Bad. Als sie die Türe leise öffnete, stieg ihr der heiße Dampf entgegen. Sie lugte hinein. Neela lag in der völlig zugeschäumten Badewanne, den Kopf zurückgelehnt, und summte irgendein Lied. Langsam und so leise, wie es ihr gelang, schloss Jenna die Tür hinter sich. Auf Zehenspitzen tapste sie auf Neela zu. Ihre Freundin reagierte nicht, schien beinahe eingedämmert zu sein. Jenna beugte sich hinunter, über den Badewannenrand. Sie beobachtete Neelas Lippen, ihre langen, dunklen Wimpern, ihre schwarzen Haare, die im Wasser verschwanden. Als sie nahe genug war, schloss sie ebenfalls die Augen. Sie machte sich bereit, Neelas Lippen zu berühren, sie zusammenzucken zu fühlen.

Aber niemand zuckte zusammen. Jenna erschrak halb zu Tode.

Ohne jegliche Vorwarnung schlug ihr auf einmal aus dem Nichts ein Geräusch entgegen – es klang wie ein heiseres Lachen. Im selben Moment Neelas Hände um ihren Nacken, die sie zu sich zog. Jenna verlor das Gleichgewicht, verlor den Griff mit ihrer Hand und landete ohne Verzögerung im Wasser. Fast zeitgleich hörte sie Neela schallend lachen, während um sie herum das Wasser aufspritzte.

„Oh nein, entschuldige, das wollte ich nicht. Ehrlich!"

Ihre Worte waren kaum zu verstehen, so sehr lachte sie. Jenna schnappte nach Luft, fuhr sich über das Gesicht und blinzelte sich den Schaum aus den Augen.

„Du … verdammt nochmal!"

Aber sie konnte nicht anders, als selbst zu lachen. Sie guckte ihre Freundin an. „Die Klamotten gehen auf deine Kappe." Neela lachte noch immer herrlich albern, nickte aber, hielt sich die Hand vor den Mund.

Dann irgendwann, als ihr Lachen abebbte, sah sie Jenna an und schlang ihre Arme um sie. Jenna hatte keine Ahnung und verschwendete auch keinen Gedanken mehr daran, ob es irgendwie seltsam war, dass sie tatsächlich angezogen in der Badewanne sitzen blieb. Auch wenn sich in ihr die kribbelnde Vorstellung breit machte, wie es wäre, Haut an Haut mit Neela in diesem warmen Wasser zu sitzen. Sie an jedem Fleckchen ihrer Haut zu berühren, sie zu küssen, bis sie nicht mehr atmen konnte. Als ihr der Gedanke kam und Neelas Zunge in ihrem Mund eine gekonnte Bewegung vollführte, drang ein Stöhnen aus ihrer Kehle. Ihre Hand lag auf Neelas Beckenknochen, und sie benötigte eine immense Kraft an Selbstbeherrschung, ihre Finger nicht weiter wandern zu lassen. Sie wollte diese wundervolle Frau auf keinen Fall überrumpeln oder in irgendeiner Weise verstören. Und dass sie ihr erstes Mal in der Badewanne und noch dazu in Klamotten, ohne irgendein romantisches Vorgeplänkel erleben würden … das konnte sie nicht zulassen. Sie wollte es auch nicht. Denn sie wusste, sie hatten Zeit. Mehr als genug.

. . .

Als Jenna am Samstag aufwachte, tat sie das mit einem Lächeln. Sie hatte ihren Bruder schon lange nicht mehr gesehen, es kam ihr wie eine Ewigkeit vor. Als sie sich zur Seite drehte, sah sie, dass Neela noch schlief. Sie überlegte gerade, ob sie sich noch einmal an sie kuscheln und weiterschlafen sollte, als ihr eine Idee in den Sinn kam. Und diese ließ sie hellwach werden.

So leise es ihr möglich war schlich sie aus dem Schlafzimmer, wusch sich das Gesicht und kämmte sich die Haare, sodass sie nicht allzu verschlafen aussah, und ging in die Küche.

Sie hatte ziemlich Mühe, die Pfanne aus dem Schrank

138

zu nehmen, ohne einen heiden Lärm zu veranstalten. Auch wenn Neela Tiefschläferin war, sie durch ein Poltern und Kleppern brutal aus dem Schlaf zu reißen war das Letzte, das sie ihr antun wollte.

Gut, dass es das Internet gab. Sie kam sich vor wie damals auf der Akademie, als sie das erste Mal versuchte hatte, ein ordentliches Frühstück zuzubereiten. Ihr Smartphone zum Ablesen bereit neben der Herd gelegt wanderte sie durch die Küche, bis sie alles zusammengesucht hatte, was sie brauchte. Glücklicherweise veranstaltete das Rührgerät keinen solchen Lärm wie das, welches sie selbst zuhause hatte.

Sie hatte gerade den Teig fertiggestellt und goss ihn in die Pfanne, als sie hörte, wie die Tür schräg hinter ihr aufging. „Guten Morgen", sagte Jenna.

„Morgen." Sie spürte Neelas Anwesenheit, noch bevor diese den Arm um ihre Taille legte. „Tust du gerade, was ich denke?" Sie klang erstaunt.

Jenna grinste. „Ich hoffe, du weißt diese Geste zu schätzen. Ich koche oder backe sonst nie." Sie drehte die Pfanne, bis sich der Teig zu einem Kreis geformt hatte.

Neelas Griff um ihre Taille wurde stärker und sie küsste sie auf die Schulter. „Ich liebe dich." Sie drehte den Kopf und grinste sie an. „Aber das weißt du ja."

. . .

Um Ein Uhr verließen sie Neelas Wohnung. Sie würden sich mit Greg im Park treffen und dann gemeinsam überlegen, was sie mit dem Tag anstellen sollten.

Neela parkte ihr Auto in der Nähe und sie machten sich auf den Weg. Greg hatte Jenna unterwegs eine Nachricht geschrieben, dass sie sich doch auf dem Spielplatz treffen könnten. Sie hatte eingewilligt.

Nach kurzem Fußmarsch erreichten sie den Platz, von dem allerdings kaum etwas noch sichtbar war. Über Nacht hatte es geschneit, und selbst auf den Spielgeräten lag eine dünne Schicht.

Doch Jennas Blick wurde sofort abgelenkt. Ein paar Meter neben dem Klettergerüst entfernt stand eine Familie. Die Eltern, ein großer Mann mit blonden Haaren und eine Frau mit dunkelbraunem Pferdeschwanz hielten ein fünfjähriges Mädchen an den Armen. Die Kleine lachte, wann immer ihre Eltern sie nach oben zogen und sie vom Boden abhob, und alle drei sahen so glücklich aus, als gäbe es keinerlei schlechtes in ihrem Leben. Jenna konnte nicht anders, als zu lächeln.

„Mein Bruder und seine Familie." Sie sah Neela an. „Die sozial kompetentere und fröhlichere Seite der Familie Wackefield."

Neela gab ein Geräusch von sich und sah Jenna kopfschüttelnd an. „Sag das doch nicht."

Jenna zuckte die Schultern. „Es ist aber wahr. Teilweise jedenfalls."

Eine kurze Pause entstand zwischen den Beiden.

„Das liegt an deinem Umfeld", meinte Neela da.

Jenna guckte sie an. „Meinem Umfeld?", fragte sie begriffsstutzig.

Neela bedachte sie mit einem Blick, der so viel ausdrückte wie „Komm schon, das ist doch einleuchtend".

„Na, du bist Detective. Du hast ständig mit Kriminellen zutun."

Nun nickte Jenna langsam. „Da hast du recht", sagte sie langsam. „Und mit der Spezies Dupré und Wellington."

Das brachte Neela zum Lachen.

Sie gingen ein paar Schritte weiter, und im selben Moment, als Jenna etwas rufen und auf sich und Neela aufmerksam machen wollte, sah der Mann auf. Er strahlte und sie strahlte. Sie wusste, wie ähnlich sie sich sahen, wann immer sie das taten. Greg hob die Hand und winkte, Jenna tat dasselbe. Und genau im selben Moment ließ das kleine Mädchen die Hände ihrer Eltern los.

„Tante Jenna!"

Mit ausgestreckten Armen und einem strahlenden Lächeln kam sie auf sie zu gerannt.

Jenna lachte auf. „Hey!"

Sie ging in die Hocke und fing das Mädchen auf, schlang die Arme um sie und drehte sie einmal im Kreis. „Du wirst ja immer größer!" Sie setzte die Kleine ab. „Wenn das so weitergeht, kann ich dich irgendwann nicht mehr tragen."

Das Mädchen hüpfte auf und ab. „Ich werd nicht mehr wachsen, ich versprechs!"

Jenna lachte. „Oh Süße, das wirst du." Sie lächelte ihr zu und zwinkerte. „Und das ist gut so. Große Mädchen dürfen viel mehr tun als kleine."

Apropos große Mädchen. Mit demselben Lächeln im Gesicht drehte sie sich zu ihrer Freundin um. Neela hob die Augenbrauen. Bildete Jenna es sich ein, oder wirkte sie auf einmal nervös oder gar besorgt?

„Ich dachte, wir machen nur etwas zu Dritt", fragte sie. Jennas Sorge schien begründet, auch wenn es sie wunderte.

Schnell nickte sie. „Tun wir auch. Victoria und Isabella verlassen uns gleich. Greg hat sie nur mitgenommen."

Sie sah, wie Neela sich entspannte. Aber sie nahm sich vor, sie definitiv darauf anzusprechen.

Da entdeckte Isabella Neela. Ihr Blick schrie geradezu „Wer bist du?". Also kam Jenna ihrer Frage zuvor.

„Bella, das ist meine Freundin Neela." Vorsichtig und unsicher, als wisse sie nicht, wie man jemanden begrüßte, hielt Neela ihr ihre Hand hin.

„Hi", sagte sie schüchtern, wofür Jenna sie nur noch mehr liebte. Sie konnte so unsicher sein, so liebevoll.

Isabella war nicht halb so zurückhaltend. Ihre dunkelblauen Augen, die sie definitiv von Victoria geerbt hatte, funkelten und wurden noch riesiger. Sie ergriff Neelas Hand.

„Woher kennst du Tante Jenna?", fragte sie aufgeregt.

Neela warf ihr einen Blick zu, der unmissverständlich „Was soll ich antworten?" ausdrückte. Jenna lächelte und streichelte Isabella über die Haare.

„Wir sind uns ganz zufällig ein paar Mal über den Weg gelaufen. Und dann haben wir uns … immer öfter gesehen."

Isabella sah zwischen ihr und Neela hin und her. „Seid ihr beide Freundinnen?"

Jenna grinste Neela an und war heilfroh, dass ihre Freundin diesmal dasselbe tat.

„Ja, das kann man so sagen", sagte Neela.

Das kleine Mädchen strahlte und wirkte äußerst zufrieden. Wäre sie älter, würde sie jetzt beurteilend nicken und dabei lächeln. Wie ein Chef seinen Mitarbeiter lobte und dabei sagte „Das haben Sie gut gemacht. Ich bin sehr zufrieden mit Ihrer Arbeit."

Aber dann bewies Isabella, dass sie einfach ein wundervolles, tolles kleines Mädchen war, welches Jenna liebte. „Dann bist du auch meine Freundin", sagte sie strahlend. Sie drehte sich herum, griff mit der rechten Hand nach Jennas und mit der linken nach Neelas.

Diese sah aus, als wisse sie nicht, wie ihr geschehe. Für einige Momente hatte Jenna Angst, sie würde umkippen. Dann aber huschte ein überglückliches Lächeln über ihr Gesicht, und sie strahlte, sodass Jenna glaubte, sie könne nie wieder etwas anderes tun.

Victoria zu heiraten war eine von Gregs besten Entscheidungen in seinem Leben gewesen. Jenna hatte sie von Anfang an gemocht. Zudem war sie eine der tolerantesten und offensten Menschen, die sie jemals kennengelernt hatten.

Greg schloss Neela nach der Vorstellungsrunde und ein paar ausgetauschten Sätzen sofort in die Arme, Victoria warf Jenna einen Blick zu, der ihr unmissverständlich signalisierte, wie sehr einverstanden sie war. Und auch wenn sie diese Bestätigung nicht gebraucht hätte, tat es unheimlich gut.

Sie beschlossen, etwas zu unternehmen, das keiner der drei lange mehr gemacht hatte. Also gingen sie eislaufen – auch wenn das, was Greg anstellte, weniger laufen als ausrutschten war. Nach etwa zwei Stunden waren alle drei so durchgefroren, dass sie sich auf die Suche nach etwas Warmem ins nächstbeste Cafe setzten. Jenna bestellte sich heiße Schokolade, Neela und Greg Kaffee. Sie amüsierten sich wunderbar.

Sie hatte gerade das letzte Stück ihres Croissants verputzt, als sich ihr biologisches Bedürfnis meldete. Jenna erhob sich und zog die Blicke der Beiden auf sich.

„Ich muss mal schnell …" Sie hielt inne, grinste dann Neela an. „Mein Make-Up auffrischen."

Auf Neelas Lippen breitete sich ein wissendes Grinsen aus, und als sich eine Röte über ihre Wangen legte, senkte sie den Kopf und verschanzte ihn hinter ihrer Tasse. Greg guckte verwirrt zwischen den Beiden hin und her, war aber distanziert genug, um nicht nachzufragen. Jenna wollte sich gerade in Bewegung setzen, als ihr ein Gedanke kam. „Irgendwie traue ich mich nicht, euch beide jetzt allein zu lassen."

Greg und Neela grinsten beide, Greg verschlagen.

„Soll ich mitkommen?", fragte Neela und linste sie über den Rand ihrer Tasse an.

Greg hustete übertrieben. „Aber macht bitte schnell", sagte er. „Und seid leise." Jenna boxte ihm gegen den Arm und er verzog spaßeshalber das Gesicht. „Au! Du tust mir weh!" Er guckte sie an wie ein geprügelter Welpe und sie begann zu lachen. Es war wie in alten Zeiten - sie konnte ihm einfach nie böse sein. Und jetzt musste sie dringend los.

„Ich warne dich!" Sie warf ihm einen drohenden Blick zu. „Wehe, du erzählst ihr irgendwelche Geschichten aus unserer Kindheit. Ich werde dich umbringen."

„Du bist ein Cop, du verlierst die Lizens, wenn du je-

144

manden sinnlos umbringst!", rief Greg ihr hinterher.

Sie drehte sich um, lief aber weiter, und rief über die Schulter: „Erstens habe ich einen Grund, und zweitens kenne ich die Tricks, wie man seine Spuren verwischt!"

Sie schüttelte den Kopf, lächelnd, und ignorierte die Blicke der Umstehenden, die ihre Konversation mitgehört hatten. Sie wollte nicht wissen, was die von ihr dachten.

Als sie zurückkam, erkannte sie sofort, dass Greg etwas aus dem Nähkästchen geplaudert hatte. Er hatte diesen Gesichtsausdruck, den sie schon früher immer erraten hatte.

Jenna seufzte. „Was habe ich gesagt?", sagte sie mahnend.

Greg hob die Arme. „Du sagtest „keine Geschichten aus unserer Kindheit"." Er guckte Neela an. „Zählt das Teenageralter unter Kindheit?", fragte er unschuldig.

Neela, die sich sichtlich zusammenreißen musste, um nicht laut zu lachen, schüttelte Unschuld heuchelnd den Kopf, während Jenna ihren Bruder mit Blicken tötete.

„Du bist unmöglich", sagte sie, konnte aber einfach nicht verhindern, dass sie wieder grinste. Wie machte er das nur, dass sie es nicht schaffte, länger als ein paar wenige Sekunden wütend auf ihn zu sein?

Nun, eigentlich konnte sie sich diese Frage selbst beantworten. Weil er nicht nur ihr Bruder war, sondern weil er ihr bester Freund und Vertrauter war und niemals etwas tun würde, das ihr schaden könnte. Sie wunderte sich über sich selbst, dass sie nicht auf die Idee gekommen war, sich damals in ihrer Liebeskummer-Phase an seiner Schulter auszuheulen.

Neela stellte die Tasse ab und fuhr sich einmal über die Lippen. Jenna verfolgte die Bewegung, ignorierte das Wissen, dass Greg ihren Blick bemerkte, und riss sich zusammen, Neela nicht auf genau diese Lippen zu küssen, in diesem Moment. Ihre Freundin bemerkte es und sah sie an.

„Was?", fragte sie lächelnd.

Jenna erwiderte ihr Lächeln. „Gar nichts", sagte sie.

Das war gelogen. Denn eigentlich war sie überglücklich. Sie saß hier mit den beiden Menschen, die sie mehr liebte als alles andere auf der Welt.

Und sie wollte nirgendwo lieber sein.

146

# Kapitel 14

"Du hast wirklich blaue Spitzenunterwäsche geklaut und wurdest nicht erwischt?", fragte Neela. Es war später Nachmittag und sie hatten Greg zurück zum Park begleitet, wo er sich wieder mit Frau und Tochter getroffen hatte. Sie hatten sich noch eine Weile unterhalten, bis Isabella dann ununterbrochen zu Quengeln angefangen und sich beschwert hatte, dass sie kalte Füße hätte. Jenna war beinahe dankbar dafür gewesen, denn als sie sich verabschiedet hatten hatte auch sie bemerkt, dass sie ziemlich durchgefroren war.

„Ich hatte kein Geld", rechtfertigte sie sich. „Und meine Mutter konnte ich das nicht fragen. Es war meine rebellische Phase, und ich wollte … mich schön fühlen."

„Ich würde gerne wissen, wie du damals ausgesehen hast." In Neelas Blick lag etwas Aufforderndes und Neugieriges. „Du hast doch bestimmt ein Fotoalbum, oder?"

Jenna lachte, nickte aber. Und war in diesem Moment mehr als froh, dass besagtes Album bei ihren Eltern lag und sie sich somit sicher sein konnte, dass Neela nicht auf Schatzsuche gehen und fündig werden würde.

Sie hatten beide beschlossen, dass sie sich auch übers Wochenende bei Neela einquartieren würde. Sie waren zurück

147

in ihre Wohnung gefahren, um neue Kleidung zu holen, wobei Jenna etwas Wichtiges eingefallen war. In einem Moment, in dem Neela unaufmerksam war, steckte sie es ein. Mit einem wohligen Gefühl im Bauch, wissend, dass es nun sicher in einer ihrer Taschen verstaut lag und nur darauf wartete, ausgepackt zu werden, saß Jenna neben Neela in deren schwarzen BMW und ließ sich durch das verschneite, dunkel werdende Vancouver kutschieren.

Etwas war seltsam. Im positiven Sinne. Als hingen irgendwelche Gedanken zwischen ihnen, die danach schrien, ausgesprochen zu werden.

. . .

Der Film, den sie ausgewählt hatten, war zu Ende, ihr Hunger war gestillt, Jenna zappte noch ein wenig zwischen den Kanälen hin und her. Irgendwann bemerkte sie, wie Neelas Hand auf Wanderschaft ging, und zwar Richtung Innenseite ihres Oberschenkels. Jenna glaubte ihre Ohren glühen zu spüren, und das war nicht das einzige Körperteil. Als Neelas Fingerspitzen begannen, kleine Kreise zu zeichnen und dabei immer höher zu wandern, schluckte sie.

Schließlich sah sie sie an. Neela bemerkte ihren Blick und erwiderte. In ihren Augen lag ein Ausdruck, den Jenna noch nie an ihr gesehen hatte – einer, der ihre Atmung schneller gehen ließ. Ihr Lächeln erschien wie eine Mischung aus Liebe und Abenteuerlust – und noch einer ganz anderen Art von Lust. Eine, die sie selbst schon seit einer ganzen Weile verspürte. Beinahe unmerklich tastete Jenna nach der Fernbedienung und schaltete den Fernseher aus.

Es war totenstill. Alles, was sie hörte, war ihrer und Neelas Atem. Ein Auto hupte unten an der Straße, aber das nahm sie kaum war. Sie starrte in Neelas dunkle Augen und verlor sich vollkommen darin.

Bis deren hauchdünne Stimme die Stille durchschnitt. „Ich möchte mit dir …"

Ihre Augen gaben Jenna den Onceover, ehe sie vielsagend die Brauen hob. Jennas Herzschlag beschleunigte sich, aber sie grinste trotz ihrer Aufregung.

„Ja?", fragte sie, obwohl sie genau wusste, was Neela meinte.

Sie biss sich auf die Lippe und setzte ein Lächeln auf, das, gepaart mit dem Ausdruck ihrer Augen, unglaublich sexy wirkte. Als sie ihre Lippe wieder los ließ, wurde Jennas Puls schneller.

„Ich will, dass du für mich kommst", wisperte sie. Jenna glaubte, nach Luft zu schnappen, hatte das Gefühl, knallrot zu werden, aber nichts davon passierte. „Sag mir, dass du es auch willst", sprach Neela weiter.

Jenna starrte sie nur an. In ihrem Inneren schien sich ein Feuerball zu manifestieren, der von Sekunde zu Sekunde größer wurde. Endlich lehnte sich vor, zog Neelas Kinn vorsichtig zu sich heran und küsste sie so gefühlvoll, wie sie in diesem Augenblick nur konnte. Das war ihre Antwort. Sie wusste nicht, was sie sonst sagen sollte.

Als sie sich wieder voneinander lösten, fühlte sie Neelas Atem gegen ihre Lippen. Sie schlugen beide die Augen auf und sahen sie eine ganze Weile nur an. Bis ein seltsamer, irgendwie ernster und gleichzeitig liebevoller Ausdruck in Neelas Gesicht trat.

„Meine Güte." Sie strich Jenna eine blonde Sträne hinters Ohr. „Was hast du mit mir gemacht? Wie hast du es geschafft, dass ich fast jede Sekunde an dich denken muss?"

Jenna lächelte liebevoll. Nun wusste sie, was sie sagen musste. „Weißt du, wie ich das sehe?" Neela legte den Kopf schief und sah sie fragend an. „Freundschaft ist Liebe auf psychischer Ebene. Und wenn man jemanden liebt, kommt die Physische noch dazu."

Sie drehte Neelas Hand auf und schob ihre eigene hinein. Dann warf sie ihr einen Blick zu, von dem sie selbst nicht wusste, ob er aufmunternd oder nervös war. „Wollen wir?"

Da endlich kam Neelas Lächeln zurück. Jenna spürte, wie ihr Handgriff fester wurde, gerade im richtigen Maße. Sie erhoben sich und machten sich auf den Weg zum Schlafzimmer.

Als Neela die Tür hinter sich schloss, drehte sich Jenna um. Sie legte ihre Hände auf Neelas Taille und küsste sie, sodass sie rückwerts ging und schließlich zwischen ihr und der Tür gefangen war. Ein spielerisches Lächeln erschien auf ihren Lippen.

„Werden wir stürmisch?", fragte sie neckend.

Jenna grinste, auch wenn sie innerlich beinahe zersprang. Sie wollte das hier so unbedingt, dass es fast nicht auszuhalten war. Sie wollte nicht mehr warten, also beschloss sie, den ersten Schritt zu machen.

In Zeitlupe zog sie ihr Shirt aus und ließ es neben sich fallen. Sie spürte Neelas Blick auf sich, noch bevor sie aufsah. Ihre Augen hielt sie schließlich auf einen ganz speziellen Punkt unter ihrer Rippe gerichtet und Jenna sah, wie

150

sich ihre Lippen kräuselten.

„Du hast ein Tattoo?" Sie hob den Blick und sah ihr in die Augen.

Jenna nickte nur. Sie hatte das Gefühl, die Stimmung durch Worte nur zu zerstören. Vorsichtig, als würde sie sich einem schreckhaften Tier nähern, streckte Neela die Hand aus.

„Was bedeutet es?", flüsterte sie leise.

Ihre Berührungen sendeten elektrische Spannungen durch Jennas Körper, die sie beinahe zum Erbeeben brachten.

„Es ist Griechisch", sagte sie fast genau so leise. „Ausgesprochen „Afthartos", es bedeutet „Unzerstörbar"." Einige Momente lang hielt sie inne. „Es ist ein Symbol für neue Chancen. Ein Mutmacher. Jedes Mal, wenn ich es sehe, wird mir klar, dass mich nichts vernichten kann, außer es ist eine Kugel."

Sie verstummte wieder. Neela starrte sie erneut an, so, als versuche sie, aus Jennas Worten eine Geschichte herauszulesen. Super hatte sie das hinbekommen, dachte sie im nächsten Moment. Jetzt hatte sie die Stimmung definitiv vermasselt.

Aber ihre Freundin schien sich nicht halb so sehr daran zu stören wie sie selbst. Und Jenna bekam kaum mit, wie sie auf das Bett zutaumelten, so benebelt war sie, bis ihre Waden gegen die schwarze Matratze stießen. Sie kippte um und ließ es einfach geschehen. Sie fühlte sich mit einem Mal so wundervoll wehrlos.

Neelas Lippen hinterließen zarte Küsse auf ihrem Hals und wanderten über ihr Schlüsselbein. Jenna unterdrückte ein Stöhnen, schob den Drang, jeden Zentimeter ihrer Haut zu erspüren, in den Hintergrund. Sie fühlte sich, als würde sie jeden Moment explodieren und war sich sicher, dass Neela genau wusste, was sie ihr mit diesem tödlich langsamen Vorspiel antat. Sie wollte gerade fragen, ob sie bald fertig wäre, als Neela innehielt.

„Was ist das?"

Sie spürte ihren Atem auf der Haut. Jenna blinzelte und folgte ihrem Blick. Sie hatte die Augen auf eine kleine, etwa 3 Zentimeter lange Narbe gerichtet, die sich an der Seite ihres Oberarms entlang zog. Ein Frösteln überkam sie. Beinahe schien sie den nachhallenden Schuss in ihren Ohren zu hören.

„Eine Schussverletzung", antwortete sie und war sich wohl bewusst, wie kratzig ihre Stimme klang. Sie räusperte sich. „Fünf Jahre alt. Bei einem Einsatz hat unser Verdächtige mich erwischt."

Neela lächelte. Es war ein liebevolles, trauriges und warmes Lächeln, ganz anders als das feurige von vor ein paar Minuten. Sie beugte sich vor und küsste ganz vorsichtig die Narbe. Ein Schauer lief über Jennas Rücken und sie unterdrückte ein weiteres Geräusch. *Verdammt, konnte sie jetzt endlich diesen Pullover ausziehen?*

„Hm." Neelas Lippen verzogen sich zu einem Schmunzeln. „Sexy."

Jenna lachte auf. „Was. Eine Schussverletzung?" Sie verdrehte die Augen. „Das hat übrigens wehgetan."

„Das bezweifle ich nicht."

Jenna starrte Neela an. Jetzt war sie wieder an der Reihe. „Verheimlichst du mir etwas oder hast du vor, deine

152

Klamotten aus Protest an zu lassen?", fragte sie keck.

Neelas Augen schienen dunkler zu werden, und ihr Lächeln veränderte sich erneut. „Natürlich nicht." Mit diesen Worten ergriff sich den Saum ihres Pullovers und zog ihn sich über den Kopf. Jenna beherrschte sich innständig, nur zu gucken, nicht zu starren. Auch wenn sie sich sicher war, dass ihr das nicht gelang.

Shit. Konnte diese Frau Gedanken lesen?

Sie hatte schon immer eine sehr intensive Reaktion auf die Farbe Weinrot gezeigt. Vielleicht war das ihre Schwäche.

Jedenfalls war Neelas BH weinrot mit Spitze. Jenna spürte, wie ihr an ganz speziellen Stellen heiß wurde. Auf Neelas Lippen erschien ein tiefes Lächeln, ihre schokobraunen Augen funkelten wie polierte Säbelspitzen in der Sonne. Sie sah so unglaublich schön aus, es war kaum auszuhalten. Als sie sich vorbeugte, legte sie ihre schlanken Finger um Jennas Kinn, um sie zu sich zu ziehen. Jenna zögerte nicht und war die erste der Beiden, die den Kuss einleitete.

Doch diesmal ging es nicht mehr so sanft zu wie vorher. Neelas Hand ließ ihr Kinn los und wanderte stattdessen über ihren Hals hinunter. Jenna schoss ein Endorphinschub durch den Körper, der sich zwischen ihren Beinen manifestierte. Sie bekam kaum noch Luft, wollte aber den Kontakt nicht missen. *Wie hatte das nur so lange dauern können,* fragte sie sich. Wie hatten sie es so lange geschafft, nicht miteinander ins Bett zu gehen?

Neelas Hände fanden den Vorderschluss ihres BHs, und mit einem leisen Plopp lösten sich die Häckchen. Sie löste sich von ihr und Jenna öffnete blinzeld die Augen. Sie beide waren atemlos. Neelas Rehaugen wirkten dunkler und mysteriöser als sonst, noch tiefer und unergründlicher. Jenna hatte das dumpfe Gefühl, die Kontenance zu verlieren, wenn sie diesem Blick noch eine Sekunde länger standhalten würde. Also senkte den Kopf und küsste sie auf die Schulter, das Schlüsselbein, und schließlich auf die Stelle, an der ihre Halsschlagader pulsierte. Neelas Lippen wanderten im Gegenzug über ihren Hals, weiter hinunter, bis kurz über ihre Brust. Jenna grummelte wohlig und zog Neela näher sich heran. Diese erwiderte, ihre Zunge liebkoste ihre empfindliche Haut, wanderte weiter, umfuhr ihre Brustwarzen. Jenna stöhnte auf, ihr Griff um Neelas Körper wurde enger.

„Wer zuerst?", flüsterte sie atemlos – auch, wenn sie sich diese Frage eigentlich selbst beantworten konnte. Neela ließ sich gerade einmal zwei Sekunden Zeit, ehe sie antwortete: „Ich."

Im nächsten Moment fand sich Jenna auf der Matratze wieder und Neelas Gesicht über ihrem. „Das war ja einfach", sagte diese mit belustigtem, liebevollem Ton. „Ich dachte, ein Cop lässt sich nicht so leicht überwältigen."

Jenna schluckte, da sie glaubte, sonst keinen Ton herauszubekommen. „Das dachte ich auch. So langsam bin ich mir nicht mehr so sicher, ob der Umgang mit dir nicht irgendwelche Geheimnisse in mir aufdeckt, von denen ich selbst nichts wusste."

Zu ihrer Freunde gelang ihr ein Grinsen. Sie ließ ihre Hände von Neelas Hüften nach oben wandern, bis sie den Verschluss ihres BHs fand. Fast zeitgleich nahm sie wahr, dass sich Neelas Atem beschleunigte. *Aha,* dachte sie. Sie

154

war also nicht die Einzige, die kurz davor war, die Fassung zu verlieren. Behutsam schob sie die Träger von Neelas Armen und zog sie erneut zu sich heran. Sie mochte das lieber – erst fühlen, dann ansehen.

Der Lotusanhänger ihrer Kette kitzelte sie, die Hitze, die von ihrem Körper ausging, schien sie zu elektrisieren. Neelas Lippen lösten sich von den ihren. Jenna bemerkte, wie ihre Atmung von Mal zu Mal schneller ging. Ihre Augen fixierten einander. Überall hinterließen Neelas Fingerspitzen ein warmes, elektrisierendes Prickeln auf ihrer Haut. Ihr Herz klopfte schneller, ihr Atem wurde unregelmäßiger als Neelas Hand über ihren Bauchnabel und weiter nach unten fuhr. Und dann fand sie ihr Ziel.

Jenna schnappte hastig nach Luft, hatte es eigentlich nicht vorgehabt, aber sie konnte – und wollte - nichts dagegen tun. Neela lächelte und vollführte eine so gekonnte Bewegung, dass Jenna aufstöhnte.

„Himmel Neela", wisperte sie. „Wie …"

„Shhh", flüsterte sie. „Nicht sprechen. Nur …" Sie beugte sich nach vorne und wisperte ihr ins Ohr. „Genießen."

Ihre andere Hand wand sich um Jennas und sie verschlangen die Finger ineinander. Und sie war froh darum, sich an irgendetwas festzuhalten. Als Neelas Fingerspitzen auf einmal und ohne Vorwarnung ihren G-Punkt berührten, riss Jenna die Augen auf und fuhr zusammen.

Neela hielt inne. Sie guckte sie mit großen Augen an, ehe sich ein verschmitzter Ausdruck auf ihrem Gesicht breitmachte. „Hier?" Provokant wanderte sie zurück an die Stelle.

155

Jenna schloss die Augen und keuchte auf. „Ja", kam es aus ihrer Kehle.

Neelas Berührungen wurden neckend, verloren aber nichts an ihrer liebevollen Art. Jenna sah Sternchen. Normalerweise war nicht sie diejenige, die so leicht aus der Fassung gebracht werden konnte, geschweige denn die, die so schnell zusammenbrach. Aber Neelas Fingerspitzen, ihre Küsse und das Lodern in ihren Augen ließen sie schnappatmen und immer wieder aufstöhnen, immer wieder und wieder entlockte sie ein weiteres Fünkchen unterdrückter Emotionen. Als sie zu zittern begann und kurz vor dem Zerbersten war, beugte Neela sich vor und küsste sie erneut auf die Lippen. Sie gab ihr Halt, als sie unter eine Welle von Gefühlen zusammenbrach, von denen sie beinahe vergessen hatte, die wundervoll sie sich anfühlten. Und wie sehr sie das vermisst hatte.

Neelas linke Hand lag auf ihrem Brustbein, ihre rechte strich ihr sanft durch die Haare. Jennas Atem ging wieder ruhig, sie hatte die Augen geschlossen und horchte. Es war still – sie glaubte mit einem Mal, dass alle Geräusche der Welt verstorben seien. Nicht einmal die Autos hörte sie. Es war einfach nur friedlich. Friedlich und romantisch, alles was fehlte, waren Kerzen.

Irgendwann legte sie ihre Hand auf Neelas Arm, streichelte über ihre glatte Haut, hielt dann still. Sie spürte, wie Neela an ihrer Wange lächelte.

„Ich hoffe, ich konnte mit deinen Fantasien Schritt halten", flüsterte sie.

Jenna lächelte breit. „Oh ja", erwiderte sie leise. „Und

156

wie du das konntest."

Mit einer gekonnten Bewegung drehte sie sich herum, sodass sie nun auf Neela herabsehen konnte. Diese guckte sie erstaunt an, dann grinste sie.

„Willst du mir etwas beweisen?" Jenna zuckte scheinheilig die Schultern, ehe sie Neelas Blick fixierte. Sie bewunderte ihre großen, dunklen Augen, in denen diesmal Anspannung und freudige Erregung zu lesen waren. Das Funkeln darin machte sie noch schöner, als sie es ohnehin war. Jenna hätte nie gedacht, dass schokoladenbraune Augen wie Feuer lodern konnten.

Sie küssten sich, während Jenna ihre Hand über Neelas Körper wandern ließ. Sie unterbrach den Kuss nicht, als sie ihre Finger in Neelas Slip einhackte und sie von dem störenden Stück Stoff befreite. Auch nicht, als sie quälend langsam an der Innenseite ihrer Schenkel entlangfuhr. Ihre Haut war seidenglatt und Jenna hätte eine Ewigkeit damit verbringen können, sie weiterhin auf diese Art zu Foltern. Neela gab ein frustrierendes Geräusch von sich, was in Jenna ein triumphierendes Grinsen auslöste.

„Nur nicht so hastig, meine Liebe", flüsterte sie.

Sie küsste Neelas Kehle, berührte mit den Zähnen ihr Schlüsselbein und genoss die sofortige Reaktion, die ihr ganzer Körper aussendete. Sie wanderte ihr Brustbein hinunter und ließ ihre Finger weiter über ihre glatte Haut wandern. Neela spannte sich an.

„Jenna, bitte", wisperte sie atemlos und klang ehrlich gequält. So sehr sie es genoss, wie Neela unter ihr langsam die Beherrschung verlor, wusste sie, dass sie sie erlösen musste. Und sie wollte es.

Neela stöhnte gegen ihre Lippen, eine Gänsehaut breitete sich auf Jennas gesamten Körper aus. Sie spürte, wie Neela ihr Bein um sie schlang, als wolle sie sie noch näher zu sich bringen. Jenna tat ihr den Gefallen, küsste jeden Zentimeter ihres Körpers und genoss die süßen Geräusche, von denen sie wusste, dass sie diejenige war, die dafür verantwortlich war. Sie wollte diese Momente einfangen, wollte, dass dieses Gefühl niemals verging. In einem war sie sich zumindest sicher – vergessen würde sie es nie.

. . .

Am nächsten Morgen wurde sie davon wach, dass ihr jemand ganz sanft und liebevoll über die Wirbelsäule strich. Jenna lächelte verträumt, noch bevor sie die Augen öffnete, und blieb noch immer still liegen. Sie genoss Neelas Berührungen, die sie erneut schläfrig machten, obwohl sie gerade erst aufgewacht war.

Sie gab ein missgünstiges Geräusch von sich, als Neela innehielt. „Hör nicht auf", brummelte sie in gespielt bestimmtem Ton.

Sie hörte die Bettdecke rascheln, und im nächsten Moment fühlte sie Neelas warmen Körper auf ihrem.

„Du bist also wach", flüsterte sie. Ihre Lippen landeten auf Jennas Schulter. Das bekannte Kribbeln durchfuhr sie und sie lächelte verträumt.

„Das war wundervoll", sagte sie leise. Sie fühlte Neelas warmen Atem auf ihrer Haut.

„Das war es", flüsterte diese zurück.

Jenna tastete neben sich, bis sie ihre Hand fand und

strich darüber.

„Hast du Hunger?", fragte Neela irgendwann. Ihr Atem kitzelte Jenna auf der Haut. Sie schüttelte den Kopf. „Ich auch nicht." Neela ließ sich neben sie fallen.

Sie warfen sich einen Blick zu und fingen an zu kichern.

„Oh Gott", sagte Jenna und rieb sich über die Augen. „Wir haben Probleme, ehrlich."

Kurz herrschte Stille neben ihr.

„Apropos Probleme." Neela sah an die Decke, wirkte nachdenklich. „Was würdest du tun, wenn du für einen Tag das Gesetz brechen könntest? Ohne Rücksicht auf Verluste?"

Jenna grinste aufgrund des plötzlichen Moments, indem diese Frage gekommen war. Sie überlegte kurz. „Ich würde eine Bank ausrauben. Oder irgendwo einbrechen." Dann legte sie den Kopf schief. „In eine Chipsfabrik."

Neela lachte. „Das ist alles?"

„Oder in ein anderes Lagerhaus, das Essen beinhaltet."

Jenna guckte sie an, wie um sich selbst zu verteidigen. „Was denn? Du hast mich gefragt."

„Komm schon." Ihr Blick wurde bohrend. „Jeder hat eine dunkle Seite. Auch ein Cop."

„Im Bezug auf Essen ist mit mir nicht zu scherzen. DAS ist meine dunkle Seite."

„Also, wenn das deine dunkle Seite ist …" Neelas Augen funkelten. „Dann freue ich mich, bald wieder von dir vernascht zu werden."

Jenna blieben die Worte im Hals stecken. Neela grinste nur. Dann drehte sie sich herum auf die Seite. Entweder schien es ihr völlig egal zu sein, dass die Decke ihr bis zur

Taille heruntergerutscht war, oder sie machte es extra, um Jenna schon wieder zu provozieren. Eher unabsichtlich fuhr sie mit den Augen ihre Rundungen ab, bis ihr Blick auf die Bettdecke fiel, und sah Neela dann wieder ins Gesicht. Sie nahm sich zusammen, diese umwerfende Frau nicht zu überfallen und mit ihr tausend Dinge anzustellen, die ihr eigentlich gerade in den Sinn kamen.

Als sich in ihrem Gedächtnis die Gedanken über die letzte Nacht manifestierten, hatte sie ganz schön mit ihrer Selbstbeherrschung zu kämpfen. Schnell befahl sie ihrer Konzentration, auf das eigentliche Thema zurückzukommen. „Was würdest du tun?"

Neelas Gesicht verdunkelte sich. Sie drehte sich auf den Bauch und stützte sich mit den Unterarmen auf. „Ich würde jedem, der mich verletzt hat, die Faust im Gesicht platzieren. Ihnen so richtig wehtun. Auf physischer Ebene."

Jennas Erregung verschwand wie auf einen Schlag und wandelte sich um in Traurigkeit. Sie hatte keine Ahnung gehabt, dass sich eine solche Seite in der ruhigen, gefassten Neela Kumar befand. Aber es stimmte – jeder Mensch trug auch Dunkelheit in sich.

Sie streichelte Neela über die Wange, und als diese ihre Hand darauflegte, hielt sie inne. Neela ließ ihren Kopf sinken und legte ihn an Jennas Schulter. Sie sagten nichts. Die Stille sprach genug für sie.

„Mir ist was Besseres eingefallen", sagte sie, froh darüber, dass ihr so plötzlich ein guter Themawechsel eingefallen war.

Neela hob den Kopf. „Was?"

„Ich würde mich in ein Flugzeug setzen und irgendwo

160

hinfliegen, ohne zu bezahlen, und dann so lange in diesem Land bleiben, bis ich irgendwann keine Lust mehr hätte." Sie sah ihre Freundin an. „Das würde ich tun, wenn ich das Gesetz brechen könnte."

Neela nickte langsam. „Das ist eine gute Idee." Und endlich lächelte sie wieder.

Da fiel Jenna etwas ein. „Wenn wir gerade bei solchen Fragen sind", begann sie langsam. Sie guckte Neela an, vorsichtig und Zurückhaltung übend. „Hast du jemals mit einem Mann geschlafen?"

Ihre Stimme klang leise und sie wusste nicht, ob sie das tat, weil sie unsicher war und dachte, die Frage könnte vielleicht ZU privat sein. Neela warf ihr einen Blick zu und schüttelte schließlich den Kopf. Jenna lächelte ganz automatisch – irgendwie gefiel ihr das.

„Was lächelst du so?", fragte Neela.

Jenna zuckte mit den Schultern. „Keine Ahnung. Es macht dich irgendwie …" Sie lächelte sie an. „Noch echter."

Als Jenna spürte, wie ihre Arme aufgrund der Position, in der sie sich befand, taub wurden, drehte sie sich auf den Rücken. Ein Gedanke tat sich in ihrem Kopf auf und mit einem Mal hatte sie das brennende Bedürfnis, diesen zu teilen.

„Bevor ich endgültig wusste und mir eingestanden habe, dass ich lesbisch bin, habe ich … mit einem Jungen geschlafen." Sie machte eine kurze Pause. „Es war komisch. Mein erstes Mal hatte ich mit einem Jungen, für den ich nichts empfunden habe. Es …" Sie biss sich auf die Lippe. „Es war zwar kein Horrorszenario, aber schön war es auch nicht. Es hat wehgetan. Aber am Schmerzlichsten war, dass ich mich einfach nicht mit ihm wohlgefühlt habe."

Neela rutschte näher, ein nachdenklicher und fast trauriger Ausdruck in den Augen. „Was meinst du genau?"

Jenna zuckte mit den Schultern. „Es war, als tue er diese ganzen Dinge mit meinem Körper, und ich hätte keine Kontrolle. Ich war wie ein Zuschauer. Er hat mich zwar nicht schlecht behandelt, aber ..." Sie machte eine Pause und atmete tief durch, um zu einem neuen Satz anzusetzen. „Man hört so oft davon, wie schön Sex ist, aber ich hatte dieses Hochgefühl nicht. Stattdessen ..." Sie guckte Neela an, die ihr noch immer aufmerksam zuhörte. „Hat es sich falsch angefühlt. Als ob ich jemanden betrügen würde."

Neela erwiderte ihren Blick mit einem sanften, ehrlichen Ausdruck in den Augen. Sie schwieg so lange, dass Jenna schon beinahe das Gefühl hatte, es hätte ihr die Sprache verschlagen.

„Ich weiß es", sagte sie da. „Du hast dich damals selbst betrogen."

Jenna legte nachdenklich den Kopf schief. „Du denkst, man kann sich selbst betrügen?"

Neela nickte. „Ein unzufriedenes Leben geht häufig darauf zurück, dass sich der Mensch niemals richtig selbst kennengelernt hat. Er lässt es nicht zu, verdrängt die Dinge, die ihn seiner Meinung nach zu einer schlechten Person machen. Aber es sind genau diese Dinge, die uns eigentlich helfen, zu uns selbst zu finden."

Neela verstummte und sah mit einem Mal nachdenklicher aus als Jenna es zuvor getan hatte.

„Also in der Art von „Der Moment, in dem du rennst, ist der Moment, in dem du dich erkennst?""

162

Neela guckte sie an und blinzelte einmal. „Das war ein miserabler Reim", stellte sie fest, aber ihre Mundwinkel zogen sich nach oben.

Jenna grinste. „Ich weiß."

„Aber du hast recht, so könnte man es ausdrücken." Neela senkte den Kopf und versank in Gedanken.

Eine Weile schwiegen sie sich an, bis sie erneut die Stille brach: „Wieso hast du mit ihm geschlafen?"

Die Frage ließ Jennas Gesicht brennen.

„Ich weiß es nicht genau", sagte sie ehrlich. „Aber ich glaube … ich schätze, ich wollte es einfach ausprobieren. Ich wollte das Gefühl kennen."

Neelas Mundwinkel zuckten, dann blitzten ihre Augen. Jenna sah darin einen Ausdruck der puren Neugier. „Wie ist das?"

Jenna lachte auf. „Du willst im Ernst, dass ich dir den Unterschied erkläre?"

Neela lächelte Unschuld heuchelnd, hob die Schultern und nickte. Jenna blähte die Backen auf und ließ hörbar Luft entweichen.

„Ich weiß nicht, ob das auch bei sich liebenden Pärchen so ist, aber" Sie guckte prüfend in die Luft. „Für mich hat es sich angefühlt, als wollten all die Kerle mir unbedingt den besten Orgasmus bereiten, den ich je erlebt hatte. Als würden sie sich selbst damit belohnen."

Neela neben ihr kicherte. „Und? Hattest du ihn?", fragte sie und es war klar herauszuhören, dass sie sich ein Lachen verkniff.

Jenna prustete. „Natürlich nicht!", sagte sie. „Keinesfalls. Es war wie ein Wettbewerb. Es schien nicht darum zu

163

gehen, der anderen Person zu zeigen, was sie einem bedeutete, sondern mehr darum, an die Grenzen zu gehen." Sie drehte den Kopf und lächelte Neela an. „Du hast mir bewiesen, dass beides geht." Die Beiden vertieften ihre Blicke, bis sie förmlich aneinander klebten.

„Einmal hat mich ein Typ gefragt, ob ich Lust auf einen Dreier hätte."

„Uhh." Neela verzog das Gesicht und das Vakuum platzte. „Sah er wenigstens gut aus?"

Jennas Augenbrauen wanderten so weit nach oben, bis sie fast unter ihrem Haaransatz verschwanden. „Hätte das einen Unterschied gemacht?", fragte sie perplex. Sie gab ein Geräusch von sich. „Der Kerl war ein Arschloch."

Neela zuckte die Schultern. „Ich kenne einige Frauen, denen das egal sein kann, solang der Kerl sie gut behandelt und gut aussieht."

Jenna starrte sie an. In ihrem Inneren erwachte ein seltsames Ziehen. „Ich bin aber nicht wie „einige Frauen"." Ihre Stimme klang mit einem mal kalt wie der Wind und das Wetter draußen in der Stadt.

Neela hob den Kopf. Über ihr Gesicht legte sich ein Schatten und ihre unbeschwerte Art verschwand. Sie bemerkte sofort, was für eine Wirkung dieser Satz gehabt hatte und dass sie einen wunden Punkt getroffen hatte.

„Tut mir leid", sagte sie kleinlaut. „Das meinte ich nicht so."

Jenna nickte und wusste zugleich nicht, ob es auch die Wahrheit war. Es war eher ein sarkastisches Nicken à la „Jaja, natürlich". Und das störte sie. Normalerweise war sie ziemlich gut darin, herauszufiltern, ob jemand die Wahrheit

164

sagte. Aber bei Neela schienen ihre ganzen Fähigkeiten, die sie sich durch ihren Beruf antrainiert hatte, auf Eis zu liegen. Vielleicht stimmte es ja wirklich, dass Liebe ein wenig blind machte. Sie hatte mit einem Mal große Lust, etwas Bissiges zu antworten.

Ihre Gedanken wurden jäh unterbrochen, als Neela sich vorbeugte und sich mit der Stirn gegen Jennas lehnte. Reflexartig entspannte sich diese wieder.

„Tut mir leid", wiederholte sie leise, und diesmal klang es grundehrlich. Sie ließ ihre Hand über Jennas Arm wandern und verharrte auf ihrer Schulter. Jenna sagte nichts. Sie wusste nicht, was. Stattdessen starrte sie an die Decke und fragte sich, was eigentlich mit ihr los war.

„Ich liebe dich", flüsterte Neela auf einmal.

Jenna brachte ein Lächeln zustande. „Ich liebe dich auch."

Aber irgendwie hatte der Satz dieses Mal einen seltsamen Beigeschmack.


Doch dieser verschwand, sobald sie angezogen waren und in der Küche standen. Neela hatte schon früh gemerkt, dass Jenna nicht sonderlich der Typ für Hausarbeiten war, also übernahm sie die anspruchsvolleren Aufgaben.

Als sie am Tisch saßen und Neela gerade nach einem Brötchen greifen wollte, stoppte Jenna sie. „Warte. Ich habe etwas für dich."

Neela hielt inne. „Okay", sagte sie verdutzt.

„Schließ die Augen", bat Jenna. Neela guckte sie leicht skeptisch an, gehorchte aber. „Und jetzt streck deinen Arm aus."

Sie tat, wie ihr aufgetragen wurde. Jenna griff in die Tasche ihres Pyjamas und holte ein schwarzes, geflochtenes Armband hervor. Durch dessen Mitte zog sich ein royalblauer Streifen, der fast zu leuchten schien. „Und jetzt, Augen auf."

Erneut gehorchte Neela. Erstaunt drehte sie ihren Arm hin und her.

„Was ist das?", fragte sie.

„Schon mal was von der sogenannten Thin Blue Line gehört?" Neela riss sich von dem Armband los, sah auf und schüttelte den Kopf.

„Es symbolisiert die Verbundenheit von Bürgertum und Polizei." Jenna lächelte. „Ich weiß, es kommt ein wenig spät, aber …" Sie strich mit dem Daumen über Neelas Handrücken. „Alles Gute nachträglich zum Geburtstag."

Neela blinzelte sie an, und für einen Moment hatte Jenna wirklich das Gefühl, sie finge an zu weinen. Doch dann lächelte sie einfach nur – ein süßes, dankbares und gerührtes Strahlen. „Jenna, das ist wundervoll." Sie warf einen schnellen Blick auf das Band, lächelte dann und drückte ihre Hand. „Ich danke dir."

„Ich fühle mich, als seien wir zwei Teenager, die eine Bande gegründet und sich Freundschaftsbänder geschenkt hätten", sagte Jenna da.

Neela lachte auf. „Wie war das? Teenager und Vertrauenssache?"

Die Polizistin verdrehte die Augen, als ihr Böses schwahnte. „Oh nein", sagte sie verzweifelt. „Sag nicht, Greg hat dir die Sache mit den Jungs und den Autos erzählt."

166

Neela nickte lachend.

„Oh Gott." Jenna legte die Stirn in die Handfläche und schüttelte den Kopf. „Ich werde ihn umbringen." Dann hob sie den Kopf wieder und lächelte Neela diabolisch an. „Du verrätst mich doch nicht oder?"

Neelas Lachen verschwand und wurde zu dem Lächeln, das Jenna so sehr liebte. „Niemals. Ich schwöre." Sie griff nach Jennas Hand. „Ich bin glücklich, deine Partnerin in allen Lebenslagen zu sein."

„Auch in kriminellen?", fragte Jenna grinsend.

Neela erwiderte. „Auch in kriminellen."

Sie verbrachten so gut wie den ganzen Tag im Schlafzimmer – auch, wenn Jenna liebend gerne Neelas Wohnung unter die Lupe genommen hätte. Jedes Buch, jeder Teller, jedes Handtuch, alles. Sie war unglaublich neugierig, etwas zu sehr, gab sie zu. Aber solange sie es sich nur wünschte und nicht wie wild in Neelas Sachen herumschnüffelte, ohne, dass diese ihr Einverständnis gab, war es kein Problem.

„Was würdest du als deine größte Schwäche bezeichnen?" Die Worte kamen ganz plötzlich aus ihrem Mund.

Überrascht sah ihre Freundin auf. Augenblicke später trat ein nachdenklicher Ausdruck in ihr Gesicht, und sie antwortete: „Mein Drang, alles zu tun, um bei anderen Menschen gut dazustehen." Sie schüttelte den Kopf und ein gequälter Ausdruck huschte nun darüber. „Ich hasse es. Aber ich kann es nicht abstellen. Bestimmt hat es auch wieder einen psychologischen Hintergrund. Alles hat einen psychologischen Hintergrund."

„Ich verlange manchmal Dinge von Menschen, von denen ich selbst nicht weiß, ob ich dazu fähig wäre." Sie sah auf, als sie spürte, wie Neela sie ansah. Todernst.

„Du hattest Recht. Wir haben Probleme."

Jenna prustete, und spätestens als Neela grinste, wusste sie, dass dieser Blick rein spaßig gemeint war.

„Jetzt möchte ich auch etwas wissen." Neela drehte sich zu ihr. „Sag mir, was du schon immer tun wolltest, aber noch nie umgesetzt hast. Ein Kindheitstraum oder eine Idee aus dem Teenageralter, irgendetwas."

Jenna guckte in die Luft, schloss die Augen und überlegte. „Ich wollte immer einmal trampen. Von Vancouver bis nach Toronto."

Kurz herrschte Stille.

„Du weißt schon, wie gefährlich das für eine hübsche Frau wie dich sein kann, oder?"

Jenna guckte in die Leere und wurde nachdenklich. „Ich bin wagemutig, vielleicht suche ich sogar das Risiko. Die Gefahr." Das Kompliment überhörte sie. Sie sah es nicht für wichtig an, es aufzugreifen.

„Bist du auch deshalb Polizistin geworden?" Neelas Augen verdunkelten sich. „Gibt es dir einen Kick?"

Jenna richtete ihre grünen Augen auf sie. „Vielleicht", gab sie schließlich zu. „Ich habe nie darüber nachgedacht, aber jetzt, wo du es so sagst ..." Sie lächelte. „Vielleicht ist das mein Es."

Neela legte den Kopf schief. „Dein was?"

Jenna lachte. „Mein Es. Die Instanz der Persönlichkeit, in der die Wünsche, Triebe und Bedürfnisse verankert sind."

168

Neelas Augenbrauen wanderten Richtung Haaransatz. „Ich dachte, du bist ein Cop. Wieso kennst du dich mit der Psyche des Menschen aus?"

„Ein Semester Psychologie im Studium. An Sigmund Freuds Theorie erinnere ich mich noch immer. Das Es beinhaltet unsere Bedürfnisse. Daraus bestehen wir, sagte er zumindest."

Neela sah aus, als ratterten in ihrem Kopf zahlreiche Zahnräder. „Heißt das, das, was wir gestern getan haben, haben wir unserem Es zu verdanken?"

Jenna grinste breit und ließ ihre Augen blitzen. „Ja, so kann man das sagen."

# Kapitel 15

Jenna hatte Neela versprochen, endlich mit der Suche nach dieser mysteriösen Gillian O'Hara zu beginnen. Gleich am Montagmorgen beschloss sie, damit anzufangen. Und als sie tatsächlich etwas fand, wählte sie vollkommen aufgelöst Neelas Nummer.

„Hi Süße", erklang Neelas Stimme.

Jenna lächelte breit und fühlte sich keineswegs dämlich dabei. „Hallo du", meldete sie sich. Dann räusperte sie sich. „Hey, ich habe eine Frage." Sie richtete den Blick wieder auf den Bildschirm. „Wie alt ist deine Gillian jetzt?"

Sie glaubte, Neela am anderen Ende grinsen zu sehen. „Sie ist nicht MEINE Gillian. Ich schätze … damals war sie so um die 30, das heißt …".

„Wow. So jung?" Jenna rechnete im Kopf das Alter der Lehrerin aus, aber Neela kam ihr zuvor.

„Ich war fast achtzehn. Also muss sie wohl um die fünfzig rum sein, etwas jünger vielleicht", kam Neela ihr zuvor. Jenna nickte langsam. „Gut", sagte sie eine Weile später. „Können wir uns in der Mittagspause treffen? Ich möchte dir gern etwas zeigen."

Kurze Pause.

„Bist du allein?"

Jenna zog die Augenbrauen zusammen, misstrauisch.

170

„Ja", sagte sie langgezogen, aber sie wagte nicht, den Grund nachzufragen.

Wieder eine kurze Pause, ehe Neela antwortete: „Was hältst du davon. Ich nehme etwas zu Essen mit und wir treffen uns bei dir im Büro? Ich nehme nämlich stark an, dass das, was du mir zeigen willst, auf deinem Computer zu finden ist."

„Du bist umwerfend, weißt du das?"

„Ja", sagte Neela. Und diesmal grinste sie definitiv.

. . .

Pünktlich um halb zwei klopfte es an ihrer Tür. Jenna sah auf, und ganz von allein breitete sich ein Lächeln auf ihren Lippen aus.

„Hi", sagte sie und erhob sich. „Hättest du etwas gesagt, dann hätte ich dich vom Fahrstuhl abgeholt."

„Das ist nicht nötig", sagte Neela. Ihre Stimme klang beinahe hastig, aber Jenna beschloss, es zu überhören. Ihre Freundin sah sich um.

„Nett hast du es hier", sagte sie.

Jenna seufzte. „Ja, wenn Jeff nicht unbedingt seine unordentliche Phase hat und hier überall auf dem Boden Papierknäuel herumliegen."

„Apropos. Wo sind deine Kollegen?", fragte Neela, während sie ihren Schal auszog. Jenna zog ihr einen Stuhl hin.

„Die sind ausgeflogen. Essen wahrscheinlich irgendeinen Fraß zusammen, über den sie sich später wieder beklagen." Sie lächelte Neela zu. „Männer", sagte sie, als ob das eine Antwort wäre.

Neela grinste. „Männer", sagte sie zustimmend. Und dieses Gegenstück brachte sie zum eigentlichen Thema.

Jenna räusperte sich. „Also." Sie setzte sich und öffnete die Registerkarte, die sie extra gespeichert und als Favoriten gemerkt hatte. „Ich habe den Namen durch die Datenbanken gejagt. Es gibt insgesamt 9 Gillian O'Haras in Kanada."

Neela pustete die Backen auf und ließ hörbar Luft entweichen. „Müssen wir die alle anrufen?" Sie stellte die zwei Pappboxen, deren Inhalt Jenna diesmal überhaupt nicht interessierte, neben sich.

„WIR rufen schon einmal niemanden an." Jenna tätschelte ihr die Hand. Das tust DU." Dann fuhr sie fort: „Deshalb habe ich dich hergebeten. Bei sechs von diesen Frauen sind Daten hinterlegt. Dadurch müssten wir sie eigentlich finden."

Sie richtete den Blick auf den Bildschirm und begann, die Dateien zu durchforsten.

Irgendwann bemerkte sie, dass Neela sie anstarrte. Sie drehte den Kopf. „Was ist?", fragte sie grinsend.

Neela lächelte. Sie strich ihr eine Strähne hinters Ohr. Und küsste sie. „Danke", flüsterte sie. „Dass du das tust."

Jenna lächelte. „Gern geschehen. Außerdem bin ich selbst gespannt." Sie drehte sich zurück zu dem Bildschirm. „Ich klicke die Fotos an, und du sagst mir, wenn du sie erkennst, in Ordnung?"

Neela nickte, während ihre Augen förmlich am Bildschirm klebte. Ihre Anspannung hätte es locker mit der einer Steckdose aufnehmen können.

Das Klicken der Maus und die Stille danach waren lange das Einzige, das zu hören war. Neela, die ihre Augen

172

fixiert hielt wie ein Adler seine Beute, schüttelte immer wieder den Kopf, manchmal sofort, manchmal nach ein paar Sekunden.

Und auf einmal rief sie wie von der Tarantel gestochen „Stopp!". Sie hatte die Hand hochgehalten und starrte gebannt auf den Bildschirm. Jenna hielt inne und folgte Neelas Blick auf das Foto. Es zeigte eine attraktive, blonde Frau mit ausdrucksvollen, blauen Augen und markanten Wangenknochen.

„Das ist sie." Neelas Stimme klang beinahe ehrfürchtig.

Jenna pfiff. „Sie sieht gut aus."

Neela lächelte. „In der Tat. Wie damals."

Jenna kniff die Augen zusammen, während sie noch immer das Bild anstarrte. Die Daten, die darunter standen, interessierten sie mit einem Mal kein bisschen.

„Was ist das für eine Nuance", murmelte sie mehr zu sich selbst. „Ozeanblau? Stahlblau?"

Neela lachte. „Ja, ihre Augen waren schon immer faszinierend. Aber willst du sie analysieren oder können wir weitermachen und uns auf die wichtigen Dinge konzentrieren?"

Jenna räusperte sich und riss sich zusammen. „Verzeihung. Ich mach ja schon."

Was komplett gelogen war. Sie liebte es, Menschen zu betrachten bis ins Detail, und genau das tat sie. Die Frau auf dem Bild wirkte auf den ersten Moment beinahe hart und kalt, aber ihre Augen und ihr Lächeln strahlten etwas ganz anderes aus: Wärme, Abenteuerlust, unbändige Energie. Und in ihrem Blick lag etwas Geheimnisvolles, das Jenna darauf schließen ließ, dass diese Frau wesentlich mehr war, als dieses Bild preisgab.

„Und du bist dir sicher, dass du nicht in sie verknallt warst?"

Neela hob die Augenbrauen und guckte sie mit unmissverständlichem Blick an. „Ich war 18. Sie etwa 30. Und sie war meine Lehrerin."

Jenna erwiderte. „Seit wann macht das Alter einen Unterschied?"

Neela sah sie gespielt entrüstet an. Um ein Haar schien ihr der Mund aufzuklappen. „Für mich tut es das!", sagte sie entrüstet. Dann aber folgte ein Schmunzeln. „Allerdings gab es einige Jungs, die genau so empfunden haben. Und wenn sie dich angesehen hat, war es, als würde sie dich hypnotisieren. Auf positive wie auch negative Art." Neela lächelte, und es wirkte, als erinnere sie sich zurück an eine lustige Situation. „Sie stach vollkommen aus dem Rahmen unter den anderen Lehrern. Sie war immer gut gelaunt, hatte für jeden ein offenes Ohr und benahm sich ab und zu genau so verrückt wie wir. Jeder mochte sie."

„Meine Reden", sagte Jenna. Sie lächelte, richtete den Blick wieder auf die ihr unbekannte Frau, die jetzt schon einen Platz in ihrem Herzen gewonnen hatte. „Sie hat dir so sehr geholfen. Sie muss ein wunderbarer Mensch sein."

Neela nickte. „Das ist sie", sagte sie. „Ich wüsste nicht, was ich ohne sie getan hätte."

Jenna sah noch immer auf den Bildschirm und wurde plötzlich aus ihren Gedanken gerissen, als sie Neelas Hand auf ihrer fühlte. Sie verschränkte ihre Finger gemeinsam.

„Ihr beide seid die bedeutsamsten Menschen meines Lebens", flüsterte Neela dann durch die Stille.

174

. . .

Sie hatten sich zum Abendessen noch etwas aufgewärmt, das Jenna aus der Kantine mitgebracht hatte. Der Kaffee mochte ja ab und zu schlecht sein, aber das Essen war hervorragend. Bei ihnen traf der abwertende Begriff „Kantinenfraß" nicht zu. Schließlich war es allgemeingültig und jedem klar, dass gesundes, nahrhaftes Essen wichtig war für Körper und Geist – insbesondere, wenn man Kriminellen hinterherjagen musste. Und es tat auch seine Wirkung, wenn man mit der Freundin in der Küche saß und einfach einen schönen Abend verbringen wollte.

Jenna verlegte sich um neun ins Bett, um noch ein wenig zu lesen, Neela verschwand unter der Dusche. Als sie zurückkam – mehr oder weniger angezogen - und sich gerade neben sie legen wollte, klingelte ihr Handy. Neela murrte, was sich irgendwie süß anhörte, und rollte sich gleich wieder hinaus. Sie tapste zum Schrank, dort, wo ihr Handy lag, und nahm ab.

„Hallo?"

Jenna wollte nicht mithören, aber schließlich kam sie auch gar nicht in Versuchung. Neela stand mit dem Rücken zu ihr, fuhr sich durch die dichten, glatten Haare, nickte ab und zu oder sagte wenige Worte. Aber Jenna war viel zu sehr abgelenkt von ihren wundervollen, gebräunten Beinen und ihrem Hintern. Sie trug diesen schwarzen Pantyslip mit der Spitze am Bund, der ihren Körper noch mehr zu betonen schien als er ohnehin war. Zusammen mit dem etwas zu groß wirkenden T-Shirt und den verwirbelten Haaren wirkte sie wie eine Collegestudentin. Jenna lehnte sich zurück, schmunzelte, aufgrund ihrer eigenen Gedanken, und ließ ihre Augen immer wieder zwischen Buch und Freundin hin und her wanderte.

Als Neela mit einem Seufzen auflegte, nahm Jenna den Kopf schief. „Wer war das?"

„Meine Kollegin. Sie mailt mir einen Entwurf, und ich soll ihr schnell meine Meinung dazu sagen." Sie zuckte die Schultern und zog eine Grimasse. „Tja. Marketingleute sind eben immer im Einsatz."

Sie legte das Handy zurück auf den Schrank. Und dann blieb sie stehen, als sie Jennas Blick bemerkte. Misstrauisch zog sie die Augen zusammen.

„Du siehst aus, als hättest du irgendetwas ausgefressen oder gerade einen Gedanken, den ich besser nicht wissen möchte." Jenna grinste nur noch breiter, und jetzt glaubte sie tatsächlich, rot zu werden.

„Ich weiß in der Tat nicht, ob du es wissen möchtest", sagte sie. Neelas Gesicht bekam einen Ausdruck, der seltsame Dinge mit Jennas Unterbauch anstellte. Sie kam zurück zum Bett, aber legte sich nicht wieder auf ihre Seite, sonderlich krabbelte über sie.

„Weißt du, was mich an dir erstaunt?" Ihre Stimme war leise, da sie nun so nahe an ihrem Gesicht war.

Jenna starrte zurück und konnte geradezu fühlen, wie ihre Augen umherzuckten.

„Du bist Polizistin. Eine kühl wirkende, unnahbare Polizistin. Und dennoch kannst du so … zärtlich und unsicher sein." Liebevoll fuhr sie mit den Fingern über Jennas Arm.

Diese lächelte. „Und weißt du, was ich so besonders an dir finde?"

176

Neela hob das Gesicht. „Was?"

„Du wirkst so unschuldig. Aber in Wirklichkeit hast du ganz schön Feuer dahinter."

„Ich bin ein Skorpion." Nun drehte sich Neela wieder auf den Rücken, legte sich neben sie und lächelte sie an. „Mein Element ist das Feuer, auch wenn ich im November geboren bin."

Jenna erwiderte ihr Lächeln. „Wir ergänzen uns gut, was meinst du?"

„Gegensätze ziehen sich an, würde ich sagen", lautete Neelas Antwort.

Jenna nickte nachdenklich, nahm eine Strähne ihrer dunklen Haare zwischen die Finger und verzwirbelte sie. Dann sah sie Neela in die Augen. „Wir sind wie Sonne und Mond. Und endlich habe ich meinen Mond gefunden."

Neelas Lächeln daraufhin war das Wundervollste, das Jenna seit Jahren gesehen hatte.

# Kapitel 16

Sirenen.

Schreie.

Ein Gesicht, ein Mädchengesicht, das sekundenhaft aufflackert und dann wieder verschwindet. Ihre Hand, die immer kälter und kälter, schwerer und schwerer wird.

Blut. Überall Blut. Auf dem grauen Asphalt, auf ihren Händen, ihrer Hose, ihren Armen.

Sie hatte ihn nicht gesehen. Niemand hatte ihn gesehen. Er war aus dem Hinterhalt gekommen, hatte geschossen, und es war passiert.

Warum, fragt sie sich. Warum sie? Erneut das Gesicht des Mädchens. 10 Jahre.

*Katrina,* hallt der Name gespenstisch durch die Gasse, die zuvor ein Raum gewesen war. *Katriiiiiiinnaaaaaaaaa.* Wie ein Dämon, der sie heimsucht, eine eiserne Klaue, die sich um ihr Herz legt, sodass sie nicht atmen kann, bis sie das Gefühl hat, genauso tot zu sein wie das Mädchen in ihren Armen.

„Jenna!"

Sie blinzelte. Die Stimme war es, die sie geweckt hatte. Fast war sie verwirrt, denn der Traum hörte nie so auf. Meist durchlebte sie ihn komplett, nur sehr selten wachte sie zwischendrin auf.

Jemand rüttelte sie an der Schulter. Es war ein anderes Gefühl wie das, wenn es einer ihrer Kollegen tat, wenn sie im Auto einschlief und geweckt wurde. Es war unsicherer, irgendwie fast panisch.

Jenna schlug die Augen auf. Sie war hellwach.

„Jenna, was ist los?"

Endlich konnte sie sich dazu aufraffen, sich herumzudrehen. Neela hatte sich aufgestützt und zu ihr gedreht, ihre Hand lag auf Jennas Schulter. In ihren dunklen Augen stand Sorge. Für ein paar Sekunden schloss Jenna die Augen und rieb sich mit der Hand darüber.

Sie antwortete wohl zu lange nichts, denn Neela kam näher. „Du hast dich hin und her geworfen", sagte sie besorgt. „Und hast gemurmelt, immer wieder." Sie klang überhaupt nicht so, als sei es mitten in der Nacht und sie hätte geschlafen. Es war, als hätte sie sie die ganze Zeit beobachtet, sie war aufgeregter als Jenna selbst.

Genau so aufgewühlt und panisch, wie sie es gewesen war, als es angefangen hatte und sie es noch nicht gewohnt gewesen war. Sie seufzte. „Nur ein Traum, nichts weiter."

Sie wendete sich ab und starrte in die Dunkelheit, während sie sich befahl, wieder herunterzukommen. Neela bewegte sich keinen Zentimeter. Stattdessen wurde ihr Blick nur noch bohrender, das erkannte Jenna selbst aus dem Augenwinkel.

„Das war nicht einfach nur ein Traum", sagte sie mit einer Stimme ernst wie der Tod. Jenna lief ein Schauer über die Wirbelsäule, und was sie schließlich dazu brachte, Neela anzusehen, wusste sie selbst nicht.

„Jenna, ich habe dich noch nie so erlebt." Sie klang un-

179

geheuer besorgt. „Nicht einmal, als du zum Einsatz gerufen wurdest." Jenna malmte mit den Zähnen. Stimmt. Als sie Jeffs Anruf bezüglich eines Verdächtigen erreicht hatte, war sie ziemlich aus der Haut gefahren. Aber das war kaum zu vergleichen.

Sie wusste, Neela würde nicht locker lassen. Und sie würde ihr das nicht vorenthalten können. Es war eine grundlegende Sache in ihrem Leben, ein Erlebnis, das sie geprägt hatte und welches sie immer und immer wieder durchlebte. Neela hatte ein Recht darauf, es zu erfahren. Also begann sie, zu erzählen.

„Es war vor fünf Jahren." Jenna machte eine Pause. Es war wie in einem Drehbuch, als sei sie eine Schauspielerin und müsse Spannung aufbauen. *Wie makaber es doch war, dass Menschen Geld verdienten, sich solche Dinge auszudenken,* dachte sie für einen kurzen Moment. „Wir hatten einen Anruf bekommen, ein Amokläufer ballerte in einem Kaufhaus herum." Sie schluckte. „Drei Menschen sind an diesem Tag ums Leben gekommen. Zwei Verkäufer, eine Frau und ein Mann, und … ein Mädchen." Sie schluckte. „Sie war erst 10. Ihr Name war Katrina. Katrina Bariot. Sie …" Jenna wischte sich über die Augen, obwohl sie nicht weinte. Es war automatisiert, wie ein blinder Fleck. „Sie ist in meinen Armen gestorben. Der Schütze hatte sie an einer brekären Stelle an der Schulter erwischt, Kelly Madison und Jake Shepard starben schon am Unfallort. Ich habe Katrina gehalten, während wir auf den Krankenwagen gewartet haben. Ich habe mit ihr gesprochen, habe ihr Geschichten erzählt und sie immer wieder gebeten, zu antworten. Irgendwann tat sie das nicht mehr. Stattdessen sagte sie auf einmal

180

„Sagen Sie meinen Eltern, dass ich sie liebe"." Der letzte Satz ließ ihre Stimme brechen. „Und dann ist sie gestorben." Die Worte kamen so leise und fast lautlos über ihre Lippen, dass die nachfolgende Stille kaum ein Unterschied war.

„Das ist schrecklich." Neela strich ihr ein paar Stränen aus dem Gesicht und legte ihre Hände in ihren Nacken. „Jenna, Süße, es tut mir so leid." Sie senkte den Kopf. Neela lehnte sich mit der Stirn dagegen und gab ihr Halt. Diese Geste bedeutete ihr in diesem Moment einfach alles.

„Auch deshalb habe ich mir geschworen, niemals Kinder zu haben." Sie lächelte traurig und hob den Kopf. „Ich könnte sie niemals diesem Risiko aussetzen." Neelas trauriges Lächeln verschwand, und für einen Bruchteil der Sekunde schoss ein so unglaublich gequälter Ausdruck in ihre Augen, dass Jenna ihre eigenen Sorgen kurz vergaß. Sie wollte sie gerade darauf ansprechen, als ihre Freundin schon dasselbe tat.

„Du wärst eine großartige Mutter, und das weißt du."

Jenna wusste nicht, ob sie es sich einbildete, aber sie glaubte zu spüren, wie Neelas Hände zitterten. „Du bist wunderbar, weil du dich für andere einsetzt, weil du mutig und unglaublich stark bist."

Das Lächeln trat zurück in ihr Gesicht, wenn es auch kaum sichtbar war. Neela war sensibler als sie, wahrscheinlich hatte die Geschichte sie einfach mitgenommen.

„Wie geht es dir damit?", fragte sie kurz darauf.

Jenna zuckte mit den Schultern. „Ich komme ganz gut damit zurecht. Ich denke nicht mehr darüber nach, jedenfalls nicht mehr häufig. Ich hatte eine PTBS, die Wochen danach ging es mir miserabel, und jedes Mal, wenn ich ein Kind sah, bin ich in Tränen ausgebrochen." Neelas Griff verstärkte sich. „Damien und Captain Hains hatten mir einen Therapeuten empfohlen, und ich bin hingegangen. Sie mussten mich nicht einmal überzeugen." Sie warf Neela einen kurzen Blick zu. „Ich mag dickköpfig sein, aber ich weiß, wo meine Grenzen liegen." Neela lächelte kurz und nickte. Jenna fuhr fort. „Die Therapie hat mir geholfen. Ich habe am Ende selbst vorgeschlagen, für ein paar Tage in einem Kindergarten auszuhelfen. Um mir die Angst vor dem Umgang mit ihnen zu nehmen."

Neela neben ihr kicherte. „Jenna Wackefield als Kindergärtnerin. Eine niedliche Vorstellung."

„Sie war so niedlich, dass ein paar Kollegen sogar vorbeigekommen sind und Fotos geschossen haben." Jenna schüttelte lächelnd den Kopf. „Ich war der Runninggag des Reviers, für ganze vier Wochen. Aber dann hat sich alles eingespielt. Und seitdem hat niemand mehr darüber gesprochen." Sie drehte sich zu Neela. „Auch ich nicht. Das Einzige, das mir geblieben ist, sind die Träume." Sie guckte Neela an, als müsse sie SIE aufmuntern. „Es beeinträchtigt mich nicht", sagte sie zuversichtlich. „Ich bin zwar danach immer etwas am Boden, aber … ich betrachte es als Selbstschutz. Mein Gehirn versucht immer noch, das alles zu verarbeiten, und so lange es das in dieser Form tut ist es mir recht." Sie sah ihre Freundin an, selbst im Dämmerlicht, dass sie nicht überzeugt war. „Neela, glaube mir", wiederholte sie noch einmal. „Ich bin okay. Ab und zu habe ich diese Träume, ich wache auf, aber dann ist es gut. Ich sehe sie als Erinnerung, dass das Leben wertvoll ist. Dass man wachsam sein soll." Sie strich Neelas nackten Arm entlang bis zu ihrem Kinn. „Und, dass man es nutzen und auskosten soll." Sanft küsste sie ihre Freundin auf die Lippen. Neela erwiderte. Als deren Fingerspitzen über ihren Hals fuhren, hatte Jenna das Gefühl, zu verbrennen – auf die positivste und schönste Weise überhaupt.

„Wir sollten schlafen", flüsterte sie gegen Neelas Lippen.

Diese lächelte. „Ja, das sollten wir." Sie fuhr noch einmal über Jennas Kinn, über ihr Schlüsselbein, was ein Kribbeln in ihr auslöste. „Aber lass wenigstens zu, dass ich dich umarme." Jenna guckte ihre Freundin kopfschüttelnd an, als diese den Arm hob, um sie zu sich zu ziehen. Und endlich fanden sie sich beide in einem ruhigen, traumlosen Schlaf wieder.

# Kapitel 17

Freitagnachmittag. Sie hatten sich frei genommen. Und das nicht ohne Grund - Neela hatte am Dienstag endlich den Mut gefunden und mit Gillian O'Hara telefoniert.

Jenna sah es jetzt noch vor sich – sie hatte am Küchentisch gesessen und über Akten gebrütet, während ihre Freundin im Wohnzimmer verschwunden war. Nach einer gefühlten Ewigkeit war sie zurückgekommen, mit geröteten Wangen und einem Funkeln in den Augen, welches Jenna beinahe neidisch werden ließ. Aber nur beinahe. Sie wusste, wie viel diese Frau für ihre Freundin getan hatte. So war es ganz normal, dass sie so aus dem Häuschen war.

Dann hatte sie angefangen, zu weinen. Und Jenna hatte sie in den Arm genommen.

Nun trommelten Neelas schlanke Finger auf dem Holztisch herum und ihre Aura hatte so gar nichts mehr mit der ruhigen und besonnenen Hinduistin zu tun, wie Jenna sie sonst kannte. Es war schon mehr als einfach nur ein erstaunlicher Zufall, dass Gillian ebenfalls nach Vancouver gezogen war.

„Ich bin so nervös. Furchtbar nervös", murmelte Neela. Sie hatten einen Tisch in einem kleinen Café, indem man auch Essen konnte, reserviert. Es war ein Tisch für vier,

184

zwei Stühle und eine Bank, sie saßen so, dass sie den Eingang im Blick hatten. Jenna drückte ihr das Knie und lächelte sie aufmunternd an.

„Nervosität ist gut. Solange es freudige ist." Neela warf ihr einen Blick zu, den sie nicht zu deuten vermochte.

Und auf einmal weiteten sich ihre Augen. Sie spannte sich an, gleichzeitig erschien ein strahlendes Lächeln auf ihren Lippen. Jenna hob den Kopf, folgte ihrem Blick, ließ ihre Augen durch die Menge wandern. Und dann blieb ihr Blick auf jemandem hängen.

Eine Frau war gerade durch die Tür gekommen und stand vor der Theke, während sie sich ihren dunkelkarierten Schal auszog. Sie trug einen schwarzen Mantel mit breitem Kragen, dazu dunkle Jeans und beigefarbene Stiefeletten. Jenna hätte gerne Neelas Hand genommen und sie unterstützend gedrückt, aber sie rührte sich nicht. Sie saß sie einfach nur da und beobachtete. Die Unbekannte schüttelte sich die Haare durch, was an ihr erstaunlich elegant aussah, und sah sich um. Und dann blieben ihre strahlendblauen Augen direkt auf Jenna und Neela geheftet stehen.

Jenna würde gerne behaupten, etwas anderes zu tun, aber „scannen" beschrieb es perfekt. Es war unwirklich, ein seltsam aufregendes Gefühl, sich dieser Frau nun gegenüber zu sehen – diese Frau, die so einen wichtigen Part in Neelas Leben gespielt hatte. In Wirklichkeit sah sie sogar noch besser aus als auf dem Foto und das hätte Jenna auch als Hetero erkennen können. Ein paar vereinzelte Eiskristalle von draußen hatten sich in ihren gewellten, goldblonden Haaren verfangen, und ihr strahlendes Lächeln ergänzte alles zu einem perfekten Bild.

Überhaupt schien in diesem Moment einfach alles perfekt zu sein.

Als sie vor ihnen stand, hatte Jenna für einige Momente das peinliche Gefühl, sich zu benehmen wie ein Besucher im Zoo, der eine seltene Tierart beobachtete. Und deshalb war sie mehr als nur froh, als die Stille endlich gebrochen wurde.

„Sie sind es wirklich." Gillian O'Hara schüttelte den Kopf, noch immer lächelnd, als würde sie es nicht glauben. „Neela. Meine Güte, Sie sind wirklich."

Neela, strahlend wie ein Kind unter dem Weihnachtsbaum, erhob sich. „Miss O'Hara. Ich kann nicht glauben, dass wir uns tatsächlich wiedersehen." Ihre Stimme zitterte leicht, und Jenna hätte es ihr nicht verübelt, wenn sie anfangen würde zu weinen.

Die Lehrerin machte eine wegwerfende Handbewegung. „Ach, lassen wir diese unpersönliche Anrede." Sie griff nach ihren Händen. „Von jetzt an bin ich Gillian."

Auch ihre Augen begannen zu funkeln. Aber ehe eine der Beiden zu emotional werden konnte, umarmte sie Neela. Auf Jennas Lippen erschien ein unbewusstes Lächeln, als sie die herzerwärmende Szene beobachtete. Eine Ahnung tat sich in ihr auf, dass dieses Treffen eine unglaubliche Bedeutung haben würde. Für sie alle.

„Gillian, das ist Jenna." Zum ersten Mal, seit Gillian hier aufgetaucht war, sah Neela sie wieder direkt an. „Meine Freundin."

Jenna schlug das Herz in der Brust wie ein aufgeregter, glücklicher Vogel. Gillians durchdringender Blick blieb nun

186

auf ihr haften. In natura strahlten ihre Augen, sie waren tiefblau wie der Ozean. In ihrem Gesicht stand pure Neugier. Neugier und – war es Erleichterung?

Jenna stand auf und trat um den Tisch herum. „Es ist mir eine Ehre, Sie kennenzulernen", sagte sie und streckte die Hand aus.

Gillian erwiderte. Ihr Händedrück schien sie zu wärmen wie ein Sonnenstrahl inmitten des kalten Winters. „Ganz meinerseits, Jenna", sagte sie, während sie sie aufmerksam musterte. Es war ein angenehmes Mustern, kein skeptisches. Irgendwie wirkte sie auf eine Weise unglaublich interessiert – und spiegelte Jennas Inneres damit bis auf die kleinste Nuance wieder.

Nachdem die Kellnerin ihre Bestellungen aufgenommen hatte und wieder gegangen war, brach auch das letzte Eis zwischen ihnen. Gillian wollte alles wissen, angefangen von Neelas Plänen nach der Schule, was sie gemacht hatte, und als was sie jetzt arbeitete. Und Neela erzählte und erzählte – sie war vollkommen losgelöst, ihre Augen funkelten wie Edelsteine. Jenna ging das Herz auf. Es war ein wundervolles Gefühl, ihre Freundin so glücklich zu sehen.

Schließlich, als Neelas Erzählung zu Ende war, richtete Gillian ihre Augen auf Jenna. „Und Sie, Jenna? Was machen Sie?"

Jenna schluckte ihren Kaffee hinunter und räusperte sich vorsichtshalber. „Ich bin Polizistin beim Vancouver PD", antwortete sie.

Gillians Augen weiteten sich. „Na, wenn das mal nicht ein glücklicher Wink des Schicksals ist", sagte sie mit einem breiten Lächeln.

Jenna legte den Kopf schief und tauschte einen Blick mit Neela. Diese sah genau so verwundert aus. „Warum meinen Sie?", fragte sie also.

„Meine Tochter studiert Kriminologie. Glücklicherweise ist sie ein Ass in Mathe." Gillian hob die Augenbrauen, als glaube sie es selbst nicht. „Das hat sie jedenfalls nicht von mir."

Jennas Augen waren groß geworden während ihrer Erzählung. „Das ist ja ein Zufall", sagte sie verdattert.

„Bestimmt kein Zufall. So etwas gibt es nicht. Meistens jedenfalls." In Gillians Stimme lag eine bedeutungsvolle Schwere. Sie griff nach ihrer Tasse und warf den Beiden einen vielsagenden Blick zu. Jenna wurde misstrauisch.

„Sind Sie Hinduistin oder so etwas in der Art? Sie reden genau wie sie." Sie zeigte mit dem Daumen auf Neela.

Gillian legte den Kopf schief, als müsse sie nachdenken. „Nicht … direkt", sagte sie langsam. „Aber ich bin spirituell. Und ich beschäftige mich sehr mit diesen Dingen. Energien, Karma und dergleichen."

„Das war damals eine Sache gewesen, über die wir ins Gespräch gekommen waren", sagte Neela und Jenna wusste nicht, ob dieser Satz als Erklärung für sie oder eine Erinnerung an alte Zeiten war. Gillian nickte jedenfalls, warf Neela ein warmes Lächeln zu.

„Sagen Sie, wie alt ist Zoey jetzt?", fragte diese da. „Ich kann mich nur noch daran erinnern, dass sie damals noch recht klein gewesen war." Gillian nickte, während Jenna sich wunderte, wie offen und locker Neela war. Die beiden mussten wirklich enorm eng gewesen sein.

„Sie ist jetzt 20."

188

Jenna bekam große Augen. „Sie mussten sie ja sehr früh bekommen haben", stellte sie fest.

Gillian lächelte. „Ich war 26", antwortete sie.

Jenna blinzelte. Das war, als hätte sie jetzt eine neunjährige Tochter. „Oh … wow", war alles, was sie herausbrachte.

Gillian nickte. „Ihr Vater hat uns verlassen, als sie fünf geworden ist", sagte sie dann.

„Das tut mir leid", kam es von Jenna und Neela gleichzeitig, und der Ton in der Stimme ihrer Freundin signalisierte Jenna, dass sie davon keine Ahnung gehabt hatte und es ihr nahe gehen musste.

Die Lehrerin zuckte die Schultern. „Es ist okay. Wir kamen gut über die Runden. Ich brauche keinen Mann in meinem Leben, und Zoey hatte zu ihrem Vater nie eine sonderlich starke Verbindung, da er die meiste Zeit aufgrund seines Berufes unterwegs war."

„Apropos", sagte Jenna langgezogen, um vorsichtig das Thema zu wechseln. „Was unterrichten Sie eigentlich?"

Zwei blaue Saphire trafen nun auf sie. „Sport und Spanisch." Sie nickte zu Neela. „Zu Beginn hatte sie Spanisch bei mir, so haben wir uns kennengelernt." Sie warf ihr ein liebevolles Lächeln zu, wie es beinahe nur eine Mutter konnte.

„Sprichst du es immer noch?", fragte Jenna ihre Freundin.

Neela lachte. „Jenna, das ist eine halbe Ewigkeit her. „Sprechen" ist das falsche Wort."

„Wir können es gerne auffrischen, meine Liebe", grinste Gillian und hob ihr Wasserglas an die Lippen.

Neela hob kapitulierend die Arme. „Oh nein, danke für das Angebot, aber ich passe. Das wollen Sie sich nicht antun!"

Sie unterhielten sich noch eine Weile, jeweils abwechselnd, während dem Essen. Jenna biss in ihr Croissant und kaute genüsslich darauf herum, während sie beobachtete, wie draußen vor dem Fenster die Schneeflocken tanzten. Vielleicht würde sie ihre negative Einstellung bezüglich des Winters doch noch einmal überdenken. Es hingen nun einfach viel zu viele schöne Erinnerungen daran.

Irgendwann erhob sich Neela und verschwand auf der Toilette. Jenna ertappte sich selbst, wie sie auf einmal unruhig wurde. Mit einem Mal fühlte sie sich hilflos, so ganz alleine Gillian gegenüber zu sitzen.

„Jenna."

Die Stimme riss sie aus den Gedanken und sie sah auf. Gillian sah sie an, erneut mit diesem bohrenden Blick, doch diesmal war er eine Nuance anders. Neela hatte recht gehabt, damit, dass man sich hypnotisiert fühlte. Und wenn Gillians Tochter nur halb so aussah wie sie, wäre sie Auge in Auge mit Verdächtigen eine wahre Meisterin. Für einen kurzen Augenblick verschwamm Jenna der Blick und sie sah sich einer 30-jährigen Version von ihr gegenüber.

„Ich hoffe, Sie wissen, was das bedeutet."

Ihre Worte holten Jenna zurück in die Gegenwart.

„Was meinen Sie?"

Gillian lächelte. „Dass Neela sie an sich ranlässt." Sie machte eine kurze Pause. „Im wahrsten Sinne des Wortes." Jenna wurde rot aufgrund der unkaschierten Wahrheit, und Gillian überbrückte den Moment.

190

„Was ich damit sagen will, ist." Sie verschränkte die Hände und beugte sich vor, als versuche sie zu verhindern, dass jemand anderes auch nur ein Wort davon mitbekommen würde. „Ich kannte sie als Teenager. Ich habe erlebt, wie sie zusammengebrochen ist. Ich muss zugeben, dass ich für einige Zeit lang meine Zweifel hatte, ob dieses Mädchen jemals wieder so etwas wie Glück verspüren könnte. Oder den Mut hätte, eine Beziehung zu wagen." Der Ausdruck in ihren blauen Augen wurde noch intensiver. „Drängen Sie sie nicht. Lassen Sie ihr ihren Freiraum, nur dann wird sie Ihnen voll und ganz vertrauen."

Jenna schluckte. So langsam fragte sie sich, ob in Neelas Vergangenheit noch mehr Dinge schief gelaufen und passiert waren, von denen sie keine Ahnung hatte. Dinge, über die nur Gillian Bescheid wusste.

Sie hoffte, es sich einzubilden, aber schien einen Anflug von Eifersucht zu spüren. Doch sofort schob sie diesen Gedanken beiseite. Gillian hatte sie zwei Schuljahre lang gekannt. Mit Neela war sie erst seit Kurzem zusammen, und niemand schüttete in einer solch kurzen Zeit die ganze Lebensgeschichte aus. Erst recht nicht Neela Kumar.

Es stimmte. Sie durfte sie nicht drängen. Also nickte sie.

„Sie können mir glauben. Ich will nichts mehr, als dass sie glücklich ist." Endlich lächelte Gillian wieder, der ernste Ausdruck verschwand aus ihrem Gesicht. Sie sah zufrieden aus.

„Passen Sie auf Sie auf, Jenna. Das ist alles, was ich von Ihnen verlange. Und seien Sie nicht so streng mit ihr oder gar mit sich selbst."

Jenna machte schon den Mund auf, um zu fragen, was

191

sie damit meinte, als Neela zurückkam.

„Jenna, habe ich dir eigentlich schon erzählt, was Gillian und die anderen Lehrer an unserem internen Schulfest machen mussten?"

Gillian gab ein Geräusch von sich. „Oh bitte, nein!", lachte sie. „Ich habe jetzt noch Paraneua vor diesen furchtbaren Gummibändern."

Mit einem frechen Grinsen ließ sich Neela neben sie fallen. „Also", sagte sie langgezogen und quälend. „Das war so."

Während Gillians hochrotes Gesicht hinter ihren Händen verschwand, begann Neela diabolisch grinsend mit der Erzählung.

. . .

Sie verabschiedeten sich nach zweieinhalb Stunden. Sie hatten geredet und geredet, und als Jenna mit Neela nach Hause ging, war sie unglaublich froh, dass ihr Bild von Gillian sich lediglich ins Positive verändert hatte.

Aber eines plagte sie immer noch. Was die Lehrerin ihr mit diesen Worten hatte sagen wollen. Was auch immer es war, es musste bedeutsam sein. So bedeutsam, dass ihr Gehirn sich noch den ganzen Tag damit beschäftigte. Und irgendwie schien es ihr auch im Unterbewusstsein keine Ruhe zu lassen.

# Kapitel 18

Sie sahen sich am Wochenende nicht, weil die Cops einen neuen Fall bekommen hatten und Jenna den halben Samstag bis spät in die Nacht mit Jeff zur Observierung im Auto verbringen musste.

Sie vermisste Neela jetzt schon. Das Einzige, das sie zu trösten schien, war das Wissen, am Montag mit ihr Mittag zu Essen.

. . .

An genau diesem Montag um 11 Uhr klingelte ihr Handy. Jenna sah von dem Protokoll, welches ein Officer über einen Fall geschrieben hatte, auf. Als sie es herumgedreht hatte, sodass sie auf das Display sehen konnte, lächelte sie.

„Hey", sagte sie fröhlich. „Was gibt's?"

„Jenna, es tut mir so leid", kam es von der anderen Seite der Leitung. Jenna zog die Augenbrauen zusammen, kam aber nicht dazu, nachzufragen, denn Neela sprach bereits weiter: „Ich habe ein Meeting mit einem unserer Kunden, wir wollen ihm die Werbung vorstellen. Und das wird wohl den Rest des Tages in Anspruch nehmen."

Jennas Laune sank in den Keller und sie seufzte. „Okay, ich verstehe", sagte sie ehrlich, kaschierte ihre Enttäuschung aber nicht. „Dann Morgen?"

„Morgen."

Also Dienstag.

Glücklicherweise kam jetzt nichts mehr dazwischen, sonst wäre sie wohl auf die Barrikaden gegangen. Pünktlich um halb Zwei verabschiedete sie sich von Jeff, dem sie kurz und knapp verkündete, sich jetzt mit ihrer Freundin zu treffen. Mit einem breiten Grinsen auf den Lippen und dem Wissen, dass er auf Kohlen sitzen würde, bis sie zurückkam, hatte sie noch bessere Laune.

Sie trafen sich in einem kleinen Restaurant. Neela erzählte ihr von der neuen Werbekampagne für den Versicherungsmakler, die sie gestern aufgehalten hatte. Sie hatten beide noch etwas Zeit, weshalb sie dann beschlossen, spazieren zu gehen.

Es fühlte sich unglaublich gut an, Hand in Hand mit ihrer Freundin durch die Straßen zu gehen. Die Stadt schien beinahe wie ausgestorben, kaum jemand war unterwegs. Jenna hob das Gesicht gen Himmel, beobachtete, wie zwischen den Wolken der blaue Himmel sichtbar wurde. Das war die schöne Seite des Winters – weißer Schnee, auf dem die Sonnenstrahlen glitzerten.

Auf einmal bemerkte sie, wie Neela neben ihr sich versteifte. Drei Männer kamen ihnen entgegen, sie tuschelten, und der eine hob die Hand. Im selben Moment ließ Neela Jennas Hand los, so ruckartig, als wäre ein Stromstoß durch sie hindurchgegangen. Jenna zog die Augenbrauen zusammen und sah ihre Freundin an. Sie wollte gerade fragen, was zur Hölle das sollte, als die Drei in Hörweite ka-

194

men.

„Hey Neela", sagte der Größte von ihnen. Auf Neelas Lippen erschien ein Lächeln, aber in ihren Augen las Jenna das komplette Gegenteil.

„Keith, hi." Sie klang, als hätte man sie gerade bei einer außerordentlich peinlichen Aktivität überrascht.

Die drei nickten ihr zu, während Keiths Blick auf Jenna hängen blieb. „Guten Tag", grüßte er.

Seine Augen funkelten, sein Lächeln war freundlich, aber es lag noch etwas anderes darin. Jenna verzog die Lippen zu einem Lächeln und schaffte es beinahe, aufrichtig zu wirken, als es passierte.

„Das ist Jenna. Eine … gute Freundin." Jenna fühlte sich, als wären Neelas Worte Stromstöße von 400 Volt, die durch ihren Körper gejagt wurden. Es war unvorbereitet. Es brachte sie dazu, zusammenzuzucken. Und es war schmerzhaft. Sie konnte gerade noch verhindern, Neela komplett entsetzt anzustarren, und versteckte sich stattdessen hinter ihrem Pokerface.

„Hi", sagte sie und lächelte, aber sie wusste, wie schief und gestellt es war.

„Jenna, das sind Keith, Rick und Jonathan. ITler und Kundenberater", stellte Neela die drei knapp vor. Es war unüberhör- und sehbar, dass hier gerade irgendetwas völlig schief lief. Und sie selbst fühlte sich vollkommen deplatziert.

Jenna wurde erst bewusst, als die drei sich wieder verabschiedeten und Neela sich in Bewegung setzte, dass sie die komplette Konversation verpasst hatte und total im Nichts versunken gewesen war. Wie in Trance tapste sie neben Neela her, die ihre Stimmung entweder nicht bemerkte oder gerade deshalb auf Vorsicht und Abstand ging, indem sie kein Wort sprach.

„Was sollte das vorhin?"
Als sie auf der Steinmauer saßen und auf das Meer hinausstarrten, stellte Jenna endlich die Frage, die ihr seid der Begegnung und Neelas seltsamem Verhalten unter den Nägeln brannte. Sie konnte es nun endlich definieren – es waren Enttäuschung und Wut.

Neela sah sie an. „Was meinst du?"

„'Eine gute Freundin'"? Jenna starrte sie an. „Seit wann bin ich nur das?"

Neelas Gesicht erkaltete zu einer Maske, die für jeden ausdruckslos gewirkt hätte. Aber Jenna war eine Polizistin. Und sie sah genau, was sich in ihrer Freundin abspielte.

„Ich ... bin noch nicht soweit."

Das war alles, was sie sagte. Jenna drehte sich zur ihr.

„Was." Ihr war bewusst, wie trotzig und verletzt sie aussah. „Nicht so weit, das zwischen uns als etwas Ernstes anzusehen?"

Neela seufzte und senkte den Kopf. „Doch", sagte sie niedergeschlagen. „Aber ... nicht, es jedem zu zeigen."

Jennas Herz klopfte schmerzhaft gegen ihren Brustkorb. Sie unterdrückte ein Schlucken.

„Neela, ich liebe dich." Sanft legte sie die Hand auf ihre Sie wusste, dass sie provozierte, und behielt extra deren Gesicht im Auge, um zu testen was sie tat. Neela gab sich größte Mühe, aber dennoch zuckten ihre Augen für einen Moment nach rechts und links. Jenna versuchte, den Stich

196

in ihrem Herzen zu ignorieren. „Ich will nicht, dass wir uns deshalb schämen müssen." Und mit einem frechen Lächeln fügte sie hinzu: „Ich will jedem zeigen, dass du mir gehörst."

Im selben Moment schossen ihr Gillian O'Haras Worte durch den Kopf. *Seien Sie nicht so streng mit ihr,* hatte sie gesagt. Und sofort tat es ihr leid. Doch sie kam nicht dazu, sich zu entschuldigen, denn Neelas Stimme brach die Stille.

„Wir treffen uns heute Abend. Bei dir. Dann erkläre ich dir alles noch einmal in Ruhe."

. . .

Natürlich lautete Jeffs erste Frage, als sie zurückkam, wer ihre Freundin war. Sie hatte sich ausgemalt, wie enthusiastisch sie ihm von Neela erzählen würde, allerdings nur so viel, um ihn leiden zu lassen.

Das alles traf nicht ein. Ihre Antwort bestand aus kurzen Sätzen, und glücklicherweise beließ Jeff es dabei, als er bemerkte, dass sie gerade alles andere als gut darauf zu sprechen war.

Und noch etwas bereitete ihr Magenschmerzen. Die Ungewissheit, was Neela mit diesem gewissen letzten Satz gemeint hatte.

. . .

Sie hatte ihr Abendessen verputzt und fragte sich, ob Neela ihre Worte auch wirklich in die Tat umsetzen würde, als es an ihrer Tür klopfte. Mit einem Gefühl, das sie nicht deuten konnte, tapste sie darauf zu.

„Hey", lautete ihre Begrüßung und sie zwang sich ein Lächeln auf. Neela lächelte nicht. Sie sagte nicht einmal etwas, sondern witschte nur neben ihr in die Wohnung. Etwas perplex blieb Jenna für ein paar Augenblicke stehen, blinzelte, um sich wieder zu fassen.

Kaum hatte sie die Tür hinter sich geschlossen und sich wieder umgedreht, fühlte sie Neelas Hände auf ihrer Taille. Aber es war keine sanfte Berührung wie üblich. Sie war forsch und direkt, überhaupt nichts mehr war geblieben von der Unsicherheit, die sie noch heute Mittag ausgestrahlt hatte. Jenna stolperte rückwärts, bis ihr Rücken die Wand berührte.

„Neela?", fragte sie verwirrt, konnte aber nicht verhindern, dass das seltsame Blitzen in Neelas Augen seltsame Dinge mit ihrem Unterbauch anstellte.

„Ich will dir beweisen, wie sehr ich dich will." Sie hatte geflüstert, aber ihre Worte durchschnitten die Stille wie ein Donnerschlag.

Ohne Jenna noch Zeit zu lassen, die Botschaft dahinter zu interpretieren, fing sie an, ihre Bluse aufzuknöpfen. Jenna seufzte gequält, aber noch etwas anderes klang dabei mit.

„Neela", wollte sie sagen, aber es war kaum mehr als ein Flüstern.

„Was." Neela starrte sie mit glühenden Augen an. „Soll ich aufhören?"

Jenna starrte zurück, aber diesmal war sie es, die brach. Sie lehnte den Kopf zurück gegen die Wand, unterdrückte ein Seufzen. „Nein", flüsterte sie geschlagen.

198

Beide waren still. Jenna spürte, wie ihr bei jedem weiteren Knopf die Kälte in die Glieder fuhr, aber innerlich schien sie zu explodieren. Neela schob ihr die Bluse von den Schultern, ergriff ihre Handgelenke und küsste Jennas empfindlichste Stelle direkt über ihrem BH. Sie keuchte auf. Neelas Griff um ihre Handgelenke wurde stärker.

Und dann erklang ihre Stimme, flüsternd und befehlend: „Wo sind deine Handschellen?"

Jennas Herz machte einen Satz. Sie riss die Augen auf und starrte sie an. „Neela, das ist nicht dein Ernst."

Ihre Freundin lächelte sie an – ein fast diabolisches Lächeln, eines, das jedem Anderen Angst gemacht hätte. Ihre dunklen Augen glühten.

„Bei unserem Gespräch hattest du die Kontrolle." Mit einer schnellen Bewegung löste sie Jennas Gürtel und ließ ihn auf den Boden fallen. „Jetzt bin ich dran." Sie ging in die Knie, und Jennas Herz begann, zu rasen. DAS war anders. Nicht nur die Situation. Neelas Verhalten, alles. Sie wusste, was sie gleich erwarten würde.

Jenna beherrschte sich, nicht zusammenzuzucken, als sie Neelas Lippen auf ihrem Bauchnabel spürte.

„Ich frage nicht noch einmal", ertönte ihre Stimme.

„In … meiner Jackentasche", brachte Jenna zeitversetzt heraus. Nur Sekunden später nahm sie das wohlbekannte Klacken war. Neelas Finger schlossen sich um ihr Handgelenk.

„Schlafzimmer", wies Neela sie an. Jenna gehorchte wie paralysiert.

Sie zitterte und wusste nicht, ob dem so war, weil sie fast

nackt in ihrem Schlafzimmer stand und sie nicht geheizt hatte. Sie wusste nur, dass sie heute eine Seite ihrer Freundin entdecken würde, die sie so nicht kannte. Sie würde es gerne leugnen, aber irgendetwas an der Vorstellung daran, was passieren würde, verursachte ein Brennen in ihr. Neelas Fingernägel wanderten über ihr Rückgrat. Jenna nahm sich zusammen, unterdrückte ein tiefes Einatmen. Es prickelte, überall, wo Neela sie berührte.

„Was hast du vor?", wisperte sie kaum hörbar. Neelas Hand verharrte und legte sich um ihre Taille. Sie trat näher, bis sie sich berührten.

„Als ob du das nicht wüsstest", hauchte sie in Jennas Ohr. Der verführerische Unterton in ihrer Stimme ließ ihr Inneres erbeben. Neelas Hände wanderten unter den Bund ihres Slips, und als sie ihren Nacken sanft mit den Zähnen bearbeitete, schnappte Jenna nach Luft.

„Du … musst das nicht auf diese Weise tun", wisperte sie zittrig und spürte, wie ihre Beine schwammig wurden. Ein Geräusch drang aus Neelas Kehle.

„Ich will es aber." Mit diesen Worten stieß sie sie sanft vorwärts.

Als sich das kühle Metall der Handschellen um Jennas Handgelenke schloss, starrte Neela auf sie herab. Ein beinahe triumphierender Ausdruck lag in ihrem Gesicht. Sie schien es zu genießen, was sie durch ihr Verhalten anrichtete.

Jenna war wie erstarrt. Und schließlich waren die Geräusche, die aus ihrer Kehle kamen, das Einzige, das dafür sorgte, den Raum nicht ganz in der Stille versinken zu lassen.

# Kapitel 19

Als sie am nächsten Morgen aufwachte, schlief Neela neben ihr noch. Leise schlug Jenna die Bettdecke zurück, suchte sich ein paar Klamotten heraus und schlich ins Bad. Dort ließ sie die Dusche an und stellte sich unter den warmen Wasserstrahl. Sie betrachtete ihre Handgelenke, auf denen ein paar leichte, rote Stellen zurückgeblieben waren. Erinnerungen schossen bruchstückweise zurück in ihr Bewusstsein, ließen sie erröten und ihren Körper mit einem Schauer durchfluten. Was bitte sollte sie sagen, wenn sie jemand darauf ansprach? *Meine Freundin hat mich gefesselt und Dinge getan, von denen ihr nur träumen könnt,* wäre die realitätsnahe Antwort.

Als sie zurückkam, schlief ihre Freundin immer noch. Jenna schlüpfte aus dem Zimmer, ging in die Küche und bereitete etwas Kleines zum Essen vor. Sie beschloss, nicht zu warten, zumal sie morgens unter der Woche ohnehin nicht viel Zeit für das Frühstück verschwendete.

Ihre morgendliche Ration an Energie getankt zog sie sich an und tätigte ihre Routine im Bad, alles so leise wie möglich. Als sie alles erledigt hatte, lief sie um das Bett herum und küsste sie Neela sanft auf die Stirn.

„Hey Süße", flüsterte sie. Neelas Augenlieder flackerten, aber sie grummelte nur. „Du solltest aufstehen."

201

Neela gab undefinierbare Geräusche von sich und schüttelte den Kopf. „Später", murmelte sie.

Jenna zog die Augenbrauen zusammen, während sie sich wieder aufrichtete. „Du weißt schon, dass du dich enorm verspätest, wenn du jetzt nicht aufstehst?"

Neela drehte sich herum, ein klares nonverbales Zeichen dafür, dass sie jetzt ihre Ruhe haben wollte. Jenna tat ihr den Gefallen, unterdrückte ein Seufzen und trug stattdessen ihre Materialien zusammen.

„In der Küche liegt noch was zum Essen. Du kannst dich bedienen", sagte sie, während sie ihr Holster umschnallte.

Bereits in der Tür zum Gang blieb sie noch einmal stehen. „Hab einen schönen Tag", sagte sie leise.

Ein gemurmeltes „Du auch", kam als Antwort zurück.


Jenna wusste nicht genau, wie sie Neelas Verhalten beurteilen sollte. Normalerweise war sie diejenige, die morgens nicht aus den Federn kam und schlecht gelaunt war.
Als sie durch die Tiefgarage zu ihrem Auto ging, spekulierte sie sogar, ob Neela vielleicht geschauspielert hatte.
War es ihr doch peinlich gewesen, was gestern passiert war? Wie sie sich beide benommen hatten?

Unbewusst drang ein Seufzer aus ihrer Kehle, als sie die Tür des Chevrolets aufschloss und sich hinter das Lenkrad fallen ließ. Irgendetwas tief in ihr verriet ihr, dass sie sich darüber noch eine ganze Weile lang Gedanken machen würde.

. . .

Der Tag rannte – vielleicht lag es daran, dass sie zum ersten Mal seit langem beinahe den ganzen Tag im Vernehmungsraum und in der Asserwatenkammer verbrachte. Schließlich wurde sie mit Nicolas zusammen sogar noch beaufragt, eine Zeugin zu befragen, die anscheinend einen Überfall mitangesehen hatte.

Es war, als würden die wenigen Verbrecher Kanadas noch die letzten Wochen vor Weihnachten nutzen, um noch einmal richtig Radau zu machen.

. . .

Sie kam später nach Hause als die letzten Tage. Als sie die Tür hinter sich schloss, hörte sie laufendes Wasser. Neela schien unter der Dusche zu sein. Einige Augenblicke lang überlegte Jenna, ob sie sich zu ihr gesellen sollte – aber aus irgendeinem Grund entschied sie sich anders. Sie hatten kaum vollständige Sätze miteinander gesprochen, seit Neela sie … „überrascht“ hatte. Da musste sie nicht gleich damit ankommen, sie unter die Dusche zu begleiten und gar etwas zu signalisieren, was sie eigentlich nicht wollte.

Sie fand noch ein paar Nudeln im Kühlschrank und bereitete eine Soße zu. Essen vorzubereiten war eine weitaus bessere Methode, ihrer Freundin gegenüberzutreten.

Als diese wenig später in ihrem flauschigen, grauen Bademantel in die Küche tapste, schaffte Jenna es auch tatsächlich, sie anzulächeln.

„Hey. Du bist spät“, sagte Neela. Ihre Stimme klang glücklicherweise wieder ganz wie sie selbst. Jenna nickte und schaltete den Herd aus.

„Heute war Hochbetrieb. Jeder scheint nochmal kurz die Gelegenheit zu nutzen, vor dem neuen Jahr das Gesetz zu provozieren."

Neela lächelte, drückte ihr die Hand und nickte zu einem der Schränke.

„Komm, ich helfe dir."

Und damit schien wieder alles beim Alten.

Beinahe. Denn eine Sache kreiste noch immer durch Jennas Kopf.

„Warum schämen wir uns?"

Sie sprach den Satz aus, während sie an die Decke starrte. Neela und sie lagen in ihrem Bett, Neelas Hand auf ihren Rippen, und beide lauschten dem Atem der Anderen. Jedenfalls bis jetzt – jetzt stand Jennas Satz zwischen ihnen, wie eine unsichtbare Sprechblase waberte er durch die Luft. Wie ein rosa Elefant, der nun mit ihnen im Zimmer war, der sich in die wenigen Zentimeter gequetscht hatte, die sie voneinander trennten. Bis zu diesem Moment hatte Jenna gar nicht realisiert, dass er überhaupt existierte. „Wir sind beide zwei erfolgreiche, erwachsene Frauen. Und wir leben in Kanada, einem der tolerantesten Länder der Erde." Sie drehte das Gesicht in Neelas Richtung. „Warum verstecken und schämen wir uns, nur weil wir ein bisschen anders sind als der Rest?"

Erneut kamen ihr O'Haras Worte in den Sinn. Konnte es sein, dass diese Frau etwas wusste, von dem selbst Jenna keine Ahnung hatte?

„Weil ich Angst habe." Neelas Stimme drang so urplötzlich durch die Stille, dass Jenna zusammenzuckte.

Auch die Botschaft dahinter, und die Art, wie sie es betonte, verursachten ihr einen Stich im Herzen.

„Angst?" Sie drehte sich herum. „Süße, Liebe soll dir keine Angst machen."

„Das ist ja das Seltsame."

Jenna zog die Augenbrauen zusammen. „Ich versteh dich nicht."

Neela seufzte und schloss die Augen. „Das Umfeld macht mir Angst. Die Folgen. Aber eigentlich fürchte ich mich nicht, wenn ich bei dir bin."

„Warum? Woher kommt sie, diese Angst?" Sie strich Neela über den Arm. „Ich kann dir helfen. Du musst mir nur sagen, wie."

Ihr Blick wurde bohrender. Neela schluckte und warf ihr einen unsicheren Blick zu.

„Es gibt da noch etwas, das du vielleicht wissen solltest."

Jenna wurde aufmerksam und richtete sich auf. „Erzähl", sagte sie ruhig.

Neela starrte an die Decke. Sie atmete tief ein und aus. Es war nicht zu übersehen, wieviel Kraft ihr das Folgende kostete.

„Ich war seit etwa einem Monat in dem Heim, und ich fand eine Freundin. Sandy war anders als ich, extrovertiert, draufgängerisch und risikofreudig, aber sie beschützte mich auch. Wir erzählten uns alles – naja, fast alles. Ich sagte ihr nicht, dass ich auf Frauen stand. Als sie mich fragte, warum ich hier war, gab ich einfach an, dass meine Eltern mich nicht mehr haben wollten." Sie machte eine kurze Pause. „Was ja auch der Fall war", murmelte sie leise.

Jenna sah zu Boden. Sie drängte sie nicht. „Eines Tages nahm sie mich mit zu ein paar Freunden. Drei Jungs und ein anderes Mädchen waren dabei, wir gingen grillen bei einem der Vier, Jayden. Es war eine schöne Stimmung, bis dann auf einmal alle anfingen, zu rauchen und Alkohol zu trinken. Sie ließen mich in Ruhe, aber ich nahm mir trotzdem was. Das war das erste Mal, dass ich Alkohol angerührt hatte, und ich spürte die Wirkung enorm.

Irgendwann bin ich wohl eingeschlafen. Am nächsten Morgen wachte ich in Jaydens Bett auf, ich hatte nur noch Unterwäsche an."

Neela verstummte, als sie Jennas entsetzten Blick sah. „Keine Angst." Sie lächelte, aber nur sekundenhaft. „Es ist nichts passiert, hatte mir Jayden versichert. Ich musste mich übergeben und mein T-Shirt hatte anscheinend war abbekommen. Er brachte mir Tabletten und bereitete mir was zum Essen vor, aber ich wollte danach nur noch weg. Ein paar Tage lang war alles wie immer. Und dann erfuhr ich, dass Jayden herumerzählt hätte, er hätte mit mir geschlafen, und wie geil es gewesen wäre.

Ich war total panisch und in Tränen aufgelöst, und zum Glück begleitete mich Sandy zum Arzt. Der versicherte mir, dass nichts passiert war. Am nächsten Tag in der Schule verprügelte Sandy Jayden, und ich wusste, dass ich ihr immer vertrauen konnte. Ich hatte meine beste Freundin gefunden."

Neela machte eine Pause, schluckte. Ihre Augen begannen zu funkeln. Als sie weitersprach, klang ihre Stimme belegt. „Dann aber vermasselte ich alles. Meine Gefühle veränderten sich auf einmal. Ich hatte Sandy schon immer hübsch gefunden, aber je öfter wir zusammen waren oder auf dem Sofa zusammen saßen und ab und zu bei der anderen einschliefen, desto mehr wurde mir klar, dass ich mich in sie verliebt hatte.

Eines Abends gingen wir ins Kino, wir schauten einen Horrorfilm, und sie klammerte sich die gefühlte Hälfte an mich. Ich hatte wirklich gedacht, sie würde dasselbe empfinden wie ich."

An dieser Stelle verstummte Neela und rieb sich über die Augen. Jennas Herz klopfte, und in ihr machte sich eine ungute Vorahnung breit. „Wir gingen noch was essen und danach nach Hause – Hand in Hand, wie es Freundinnen taten. Nur deutete ich auch diese Signale falsch. Wir setzten uns auf eine Bank und aßen noch die letzten verbliebenen Süßigkeiten. Da offenbarte ich ihr, dass ich lesbisch war. Sie sagte erstmal gar nichts, aber aus irgendeinem Grund schreckte mich das nicht ab. Als sie mich das nächste Mal, nach einer gefühlten Ewigkeit, wieder ansah, küsste ich sie einfach."

Neela presste die Lippen zusammen und schloss für ein paar Momente die Augen. Jenna tastete nach ihrer Hand, drückte sie, um ihr zu signalisieren, dass sie nicht allein war. „Ich wollte mich umbringen."

Dieser Satz durchschnitt die Luft wie eine Sense. Jenna starrte sie entsetzt an. „Du wolltest was?"

Neela nickte, noch immer mit geschlossenen Augen. „Sandy mied mich, als sei ich radioaktiv, sah mich nicht einmal mehr an. Ich glaube, sie hatte Angst. Ich glaube, sie wollte mir nicht wehtun, und dachte, es sei besser, auf Abstand zu gehen. Was sie nicht wusste war, dass sie mich damit mehr verletzte als wenn sie einfach gesagt hätte, dass sie nichts von mir wollte." Neela fuhr sich über die Augen, ließ einen tiefen Seufzer entweichen. „Womöglich hätte ich es getan."

„Wäre dir Gillian nicht begegnet", beendete Jenna den Satz, weil sie irgendwie wusste, dass genau diese Frau der Grund war.

Neela nickte.

„Danke, dass du es nicht getan hast." Jenna sah ihr fest in die Augen. „Dass du dich nicht umgebracht hast. Was sollte ich sonst ohne dich tun?"

Neela erwiderte ihren Blick, ihre Augen funkelten. Dann schloss sie diese und lehnte sich gegen Jennas Stirn.

Eine ganze Weile verharrten sie so, als Neelas Stimme durch die Dunkelheit streifte. So leise und zittrig, dass Jenna sie kaum verstand.

„Es tut mir leid, dass ich dir das Gefühl gebe, mich zu schämen."

Jenna schüttelte den Kopf. Ein Kloß machte sich in ihrem Hals breit. „Du musst dich nicht schämen." Sie lehnte sich so weit zurück, dass sie Neela in die Augen sehen konnte. „Wir sind, wer wir sind. Und wir sind nicht die Einzigen. Außerdem" Sie strich Neela eine Sträne, die ihr ins Gesicht gefallen war, aus der Stirn und lächelte so liebevoll und wahrhaftig, wie sie es konnte. Es war nicht schwer. „Musst du dich nicht schämen, für den Menschen, der du bist. Du bist wunderbar, mit allen deinen Ecken, Kanten und Farben."

208

# Kapitel 20

Am nächsten Nachmittag bekam Neela eine SMS, die sogar einen Cop wie Jenna verdutzt dreinschauen ließ.

Sie hätte vieles erwartet, nur nicht das.

Hey ihr Beiden,

meine Freundin und ich haben das Bedürfnis, den jungen Jahren nachzufühlen und einen Club zu besuchen. Hättet ihr Lust, uns zu begleiten? Kendra werde ich nicht auf die Tanzfläche bekommen, und ich möchte mich nicht alleine zum Deppen machen.

Gebt mir doch bitte bescheid!

Grüße, Gillian

Neela grinste, während sie noch immer auf das Display guckte. „Sie würde sich niemals zum Depp machen. Die Frau ist Sportlehrerin." Sie sah Jenna an. „Was meinst du?", fragte sie mit einem Funkeln in den Augen.

Jenna dachte eine Weile nach. Sie war keine große Tänzerin, geschweige denn konnte sie es. Aber für Neela würde sie wohl alles tun. Und etwas in ihr freute sich darauf, Gillian wieder zu sehen. Also nickte sie.

Während Neela glücklich und zufrieden eine Antwort

209

zurückschrieb, fiel ihr etwas auf. „Seit wann duzen wir uns?"

Neela zuckte mit den Schultern. „Mir ist es recht. Und immerhin gehen wir tanzen. Da wäre es sonderlich unpassend, sich noch immer so unpersönlich anzusprechen."

Sie legte ihr Handy zurück auf den Tisch und kuschelte sich zurück in die Sofakissen.

„Jenna, eines noch." Sie legte ihr vorsichtig die Hand auf den Arm. „Sei mir nicht böse. Aber können wir so tun, als … seien wir einfach nur befreundet?"

Jenna sah sie an. So lange, dass sie sah, wie sich in Neelas Gesicht ein unsicherer Ausdruck schlich. Aber dann lächelte sie und nickte. „Ich verstehe. Natürlich."

Und zu ihrer Erleichterung tat es nicht einmal weh, diese Worte auszusprechen.

. . .

Sie war kein eitler Mensch, aber sie liebte es, sich für besondere Events aufzubrezeln. So blieb es etwas Besonderes.

Sie war gerade dabei, sich zu überlegen, welchen Lidschatten sie wählen sollte, als Neela in ihr Blickfeld trat. Jenna hielt den Atem an. Sie hatte sich die Haare zu einem Pferdeschwanz zusammengebunden, ihre Augen waren dunkel umrandet und wirkten so noch größer und ausdrucksvoller als sonst.

Jenna starrte sie einige Momente lang nur an, so wunderschön sah sie aus. Sie trug eine Art Blusenkleid, das ihr bis zu den Knien und Ellbogen ging, und genau das richtige Maß an Haut zeigte. Der silberne Lotus funkelte mit ihren

210

Augen und den gleichfarbigen Ohrringen, die Jenna noch nie an ihr gesehen hatte, um die Wette.

„Du siehst … wundervoll aus", brachte sie heraus.

Neela machte einen Knicks. „Dankeschön." Mit einem Lächeln trat sie näher. „Du aber auch." Sie küsste sie auf die Schulter, als ihr Blick auf Jennas Händen verhaftet blieb. „Brauchst du Hilfe?"

Jenna lachte. „Ich bitte darum. Ich habe keine Ahnung, welche Farbe ich wählen soll." Sie ging niemals ohne Wimperntusche aus dem Haus, weil sie wusste, dass ihre Augen sonst zu glühen schienen. Sie brauchte immer einen starken, dunkleren Kontrast. Das war das einzige, das sie bei ihrer Farbwahl zu beachten wusste. Kurz überlegte sie, ob sie das Neela sagen sollte, aber entschied sich dagegen. Wenn jemand etwas von Ästetik verstand, dann war sie es.

Auf einmal guckte Neela sie prüfend an. „Setz dich hin. Du bist zu groß."

Jenna lachte und gehorchte.

„So", sagte Neela eine gefühlte Ewigkeit später. „Sag mir, ob es dir so gefällt."

Jenna schlug die Augen auf und erhob sich. In den Spiegeln sehend schnappte sie nach Luft.

„Wow", war alles, was sie rausbrachte. Auf den ersten Blick erkannte sie sich kaum wieder. Neela hatte ihren schwarzen Kajal nur an der hinteren Seite ihrer Augen verwendet. Er endete in ihren dunkelbraunen Lidschatten, und dieser wurde heller und mündete schließlich in einen blass goldenen, den sie noch nie gesehen hatte. An der Unterseite ihrer Augen hatte Neela noch einen Hauch von dunkelgrün aufgetragen. Jenna bewegte ihre flache Hand vor dem Spiegel hin und her, bis sie schließlich mit dem Zeigefinger darauf zeigte.

„Wer bist du und was hast du mit Jenna Wackefield gemacht?"

Neela neben ihr grinste. „Das liegt an dir." Sie legte den Kopf schief, wie eine Wissenschaftlerin, die ein neues Gen entdeckt hatte und es nun analysierte. „Naja. Und an den Produkten."

Jenna guckte sie spaßig empör an. „Na danke auch!", lachte sie.

Neela gab ihr einen liebevollen Klaps auf den Arm. „Na los, du solltest fertig werden. Wir müssen in zwanzig Minuten los."

Neela hatte auf halb acht ein Taxi bestellt, das sie zum Club bringen würde. Pünktlich standen die Beiden unten am Eingang, Jenna bibberte und hoffte inständig, dass ihre Füße nicht erfrieren würden.

Glücklicherweise mussten sie nicht lange warten. Sie gaben dem Fahrer den Namen durch und dieser brauchte es nicht einmal einzugeben.

Sie würden sich im Club am Eingang treffen, so hatten sie es ausgemacht. Jenna bezahlte den Fahrer, Neela würde die Rückfahrt übernehmen, dieser wünschte Ihnen viel Spaß. Obwohl er sie direkt vor der Tür abgesetzt hatte, spürte Jenna die Kälte in ihre Glieder kriechen. Sie schlang die Arme um sich, bibberte und erntete ein Kopfschütteln von Neela, die die Tür aufstieß.

In dem Moment, als die Tür ins Schloss viel, hoben

212

zwei Frauen den Kopf. Die Kleinere der Beiden erkannte Jenna sofort. Auf Gillians Gesicht erschien ein strahlendes Lächeln. Jenna konnte nicht anders, als zu erwidern.

„Hey!" Sie stolzierte auf die Beiden zu und zog als erstes Neela in eine Umarmung. „Schön, dass ihr gekommen seid."

Als sie auch Jenna umarmte, stieg dieser ein angenehmes, unaufdringliches Parfüm entgegen. Es passte zu ihr, auch wenn Jenna keine Ahnung hatte, was genau die Inhaltsstoffe waren. Gillian entließ sie aus der herzlichen Umarmung und wandte sich der Frau zu, die schräg hinter ihr stand.

„Neela, Jenna. Das ist Kendra", stellte sie diese vor. Gillians Freundin lächelte und streckte den Beiden die Hand hin.

„Hi. Freut mich sehr, euch kennenzulernen." Jenna erwiderte den Gruß zuerst. Kendra war eine sympatische Frau mit dunkelbraunen, langen Haaren, ein wenig älter als Gillian vielleicht. Jenna schien sie jetzt schon zu mögen. Aber sie hätte auch nichts anderes erwartet.

Sie kamen gerade einmal dazu, sich auf den Stühlen niederzulassen, als die Kellnerin schon zu ihnen kam. „Wünschen die Damen schon etwas oder soll ich später noch einmal kommen?"

Die Gastgeberinnen sahen Neela und Jenna an und gaben ihnen so den Vorrang.

„Einen Cosmopolitan für mich, bitte", sagte Neela. Die Kellnerin nickte und wandte sich dann Jenna zu.

„Ich nehme erst einmal ein Wasser", sagte diese. Neela guckte sie vielsagend an, verkniff sich aber eine Bemerkung.

Jenna grinste. „Was denn. Ich vertrage Alkohol nicht sonderlich gut. Ich gehe es lieber langsam an."

Kendra, die sich ihr gegenüber niederließ, lächelte sie an. „Das ist vernünftig. Mir geht es ebenso." Sie wandte sich an die Kellnerin. „Aber trotzdem nehme ich einen Mojito. Heute darf man sich das erlaufen."

„Margarita für mich", gab Gillian als Letzte ihre Bestellung durch, während sie sich die Jacke von den Schultern schob. Jenna kam nicht darum herum zu bemerken, wie die dünnen Träger ihres Kleides ihre Schultern auf eine sehr attraktive Art betonten. Und dann fiel ihr etwas auf, etwas, das ihr ein Lächeln ins Gesicht zauberte. Seit sie selbst eines hatte, fühlte sie sich mit Menschen, die sich ebenfalls etwas in die Haut gravieren ließen, auf eine seltsame Weise verbunden.

Sie war nicht die Einzige, die es bemerkte.

„Seit wann hast du ein Tattoo?" Neela bekam große Augen.

Gillian lächelte, beinahe träumerisch. „Seit zwei Jahren. Meine Tochter hat dasselbe. Es verbindet uns."

*Das ist süß,* dachte Jenna.

„Ich dachte, im öffentlichen Dienst darf man keine sichtbaren Tattoos tragen?", fragte Neela weiter.

*Stimmt,* Jenna nickte zustimmend. Genau das war der Grund gewesen, weshalb sie ihres an eine Stelle gesetzt hatte, die man kaum sah.

„Das ist richtig", klinkte sich Kendra ins Gespräch ein. Sie nickte mit dem Kopf in Gillians Richtung. „Die Gute hatte Glück, dass sich unser Rektor in diesem Sinne als tole-

214

rant erwiesen hat."

Jenna kniff die Augen zusammen, während sie versuchte, das Motiv zu erkennen. „Ist das …"

„Ein Kolibri. Und der Geburtstag meiner Tochter in römischen Zahlen."

Neela neben ihr richtete sich auf. Jenna war aufgefallen, dass sie das unbewusst immer tat, wenn sie etwas hochinteressant fand. „Warum ein Kolibri?", fragte sie.

Gillian verschränkte die Finger ineinander. Jenna viel jetzt schon auf, dass sie das unbewusst immer zu tun schien, wenn sie zu einer Erzählung mit Bedeutung ausholte.

„Die Azteken glaubten, dass Verstorbene als Kolibris wiedergeboren werden. Und sie stehen für Liebe, Hoffnung und das Leben." Sie machte eine Pause, und als sie das nächste Mal aufsah, funkelten ihre Augen. „Meine Tochter ist das Kostbarste auf dieser Welt. Kolibris symbolisieren die Freude am Leben, und sie ist genau das für mich."

Jenna lächelte und nickte langsam.

„Eine schöne Bedeutung", sagte auch Neela. Dann rutschte sie nervös auf ihrem Stuhl hin und her, als überlege sie etwas. Schließlich sah sie Gillian an.

„Darf ich?", fragte sie und streckte die Hand aus.

Gillian lächelte mit einem Nicken und beugte sich ein wenig vor. Jenna überkam ein Kribbeln, als sie beobachtete, wie Neelas Fingerspitzen vorsichtig Gillians Tattoo betasteten und sie es betrachtete. Ein Gefühl des Flashbacks brach über sie herein und sie konnte nicht anders, als wie gebannt zuzusehen, wie Neela sanft über Gillians Schlüsselbein fuhr.

Schlüsselbein.

Der erste Abend kam ihr in den Sinn. Neelas Fantasie … vor ihren Augen verschwamm die Szene. Sie malte sich aus, wie Neelas Lippen Gillians Haut berührten, genau wie sie es bei ihr getan hatte. Ein Schauer rann ihr über den Rücken, eine Hitzewelle schoss durch sie hindurch.

Was zur Hölle passierte hier gerade?

Jenna schluckte und trank einen Schluck von ihrem Wasser. Als sie über den Rand linste, ertappte Kendra sie. Auf deren Lippen erschien ein Schmunzeln, ein wissendes Funkeln trat in ihre Augen. Jenna spürte, wie ihr Gesicht rot anlief und senkte den Blick sofort wieder. Sie konnte sich eigentlich nicht vorstellen, dass Gillian ihr erzählt hatte, dass sie und Neela mehr als nur gewöhnliche Freundinnen waren. Aber was bedeutete dann dieser Blick?

„Jenna, ist alles in Ordnung?"

Neelas Stimme riss sie aus den Gedanken. Sie fuhr zusammen und sah hoch. In Neelas dunklen Augen stand leichte Besorgnis. „Du bist ganz rot. Ist dir nicht gut?"

Dieser Satz führte nur dazu, dass ihr der Blutdruck noch höher stieg.

„Nein. Alles in Ordnung. Wirklich." Während sie noch fieberhaft überlegte, wie sie sich aus dieser Situation retten sollte, trat die Bedienung an ihren Tisch und brachte ihre Getränke. Jenna atmete aus. Mit einem Mal war sie verdammt froh, keinen Alkohol bestellt zu haben.

„Also dann." Kendra erhob ihr Glas und ließ ihren Blick über die drei schweifen. „Auf alte und neue Zeiten."

Als sie sich nach einiger Zeit motiviert hatten, zog es sogar

216

Jenna auf die Tanzfläche. Die Stimmung war großartig. Alle schienen glücklich und ausgelassen – so, als gäbe es in diesem Raum keinerlei negative Energie. Und sie genoss es. Auch wenn sie sich an Neelas Bitte hielt, konnte sie nicht verhindern, ihr immer wieder verstohlene Blicke zuzuwerfen. Sie sah einfach zu umwerfend aus.

Beinahe war sie froh, als sie irgendwann von einem Typen angetanzt wurde und sich so ein wenig ablenken ließ. Er war jünger als sie, es schien ihn aber nicht zu stören. Sie machten Smalltalk, und Jenna fing gerade an, sich zu fragen, was sie auf eine mögliche Anmache hin antworten sollte, als sie eine Hand auf ihrem Arm spürte. Sie drehte sich um, wissend, dass ihr Gesicht langsam rot wurde.

„Ich geselle mich zurück zu Kendra. Gillian ist irgendwo untergetaucht, kommst du mit?"

Neela stand hinter ihr. Jenna verzog den Mund.

„Bist du sauer wenn ich nein sage?", fragte sie, auch wenn es eher ein Brüllen war.

Neela lächelte kopfschüttelnd. „Natürlich nicht. Du weißt ja, wo du uns findest." Und mit diesen Worten verschwand sie.

Der Typ vor ihr grinste sie an. „Ist das Ihre Freundin?"

Für einen kurzen Moment schoss Panik durch sie hindurch. Er konnte es natürlich platonisch gemeint haben. Aber wenn nicht … hatte sie jetzt schon wieder etwas getan, das darauf schließen ließ, dass sie zusammenwaren? Sie entschied sich für einen Konter.

„Warum. Wollen Sie sie etwa kennenlernen?", fragte sie zurück. Er grinste noch mehr.

„Es würde mich wundern, wenn sie noch zu haben wä-

217

re."

Nun breitete sich auf Jennas Lippen ein Grinsen aus. „Sie kommen in der Tat zu spät." Wie gerne hätte sie ihm ins Gesicht gerieben, dass SIE die Glückliche war.

Der Ausdruck in seinem Gesicht änderte sich. „Wer sagt denn, dass das irgendein Hindernis wäre?" Er kam näher. Und Jenna wurde unwohl. Sie wollte einen Schritt zurücktreten, aber ihre physische Hülle rührte sich keinen Zentimeter. Sein Atem roch nach Alkohol, aber nicht so stark, um als betrunken durchzugehen. Eine Gänsehaut wanderte ihr Rückgrat hinunter. Ein vielsagender, doppeldeutiger Ausdruck trat in seine Augen. Auf einen Schlag wurde ihr klar, dass sich das Thema nicht mehr nur um Neela drehte.

Jenna tat nichts, außer, ihn anzustarren. Verdammt, sie musste wirklich mal wieder unter die Leute. Sie ließ sich sogar von einem Typen anpöbeln, ohne eine schlagfertige Antwort parat zu haben.

Und da erblickte sie die Rettung. Gillian tanzte auf sie zu, und es war nicht zu übersehen, wie ihr Beschützerinstinkt erwacht war. Irgendwie war es unheimlich, daran zu denken, dass sie sie womöglich die ganze Zeit beobachtet hatte. Aber in diesem Moment war Jenna mehr als froh darüber.

„Gibt's ein Problem?", fragte sie provokant und blieb neben den Beiden stehen. Ihr eiskalter Blick war auf den jungen Mann gerichtet. Sie sah aus als denke sie „Keinen Schritt weiter, oder ich reiße dich in Fetzen". Spätestens jetzt wurde Henna klar, dass sie diese Frau niemals zur Feindin haben wollte.

Seine Augen zuckten zwischen ihnen hin und her, aber

schließlich zog er wie ein geprügelter Hund ab, ohne irgendetwas zu erwidern. Gillians funkelnde Augen hatten Wirkung gezeigt.

Und dann konnte Jenna nicht anders. Sie fing an, zu kichern. Gillian blickte sie an.

„Ich hätte nicht gedacht, dass ich irgendwann einen Cop beschützen würde", sagte sie, und Jenna konnte nicht herausfiltern, ob sie amüsiert oder besorgt klang.

Sie atmete tief durch. „Ich auch nicht. Danke jedenfalls." Sie lächelte Gillian an. „Ich glaube, jetzt nehme ich doch was Alkoholisches."

Nun lachte auch ihr Gegenüber. Und dann legte sie ihr sogar einen Arm um die Schulter und dirigierte sie vor sich her durch die Menge – so, als würden sie sich schon ewig kennen.

Neela und Kendra hielten mitten in ihrem Gespräch inne. Neela zog die Augenbrauen zusammen.

„Hast du so schnell den Spaß verloren?", fragte sie. „Vor ein paar Sekunden noch wirktest du wie auf einem seelischen Hoch."

Jenna ließ sich neben sie fallen, während sie die Hand hob, um der Kellnerin auf sich aufmerksam zu machen. „Mein seelisches Hoch wurde jäh durch einen aufdringlichen Typen unterbrochen." Sie grinste die blonde Frau schräg gegenüber an. „Gillian hat mich gerettet."

Bevor Neela irgendetwas antworten konnte, kam die Kellnerin kam an ihren Tisch. Sie bestellte einen El Padrino und begann dann – auf Neelas bohrenden Blick hin – zu erzählen, was gerade passiert war.

„Willst du mir im Ernst erzählen, dass du als Polizistin

Hilfe brauchst, um einen Typen abzuwimmeln?", fragte Neela ungläubig.

Jenna nippte an ihrem Drink, als dieser wenig später auf dem Tisch stand.

Sie nickte. „Ich bin das nicht gewöhnt. Jedenfalls … nicht in dem Sinne."

„Du buchtest Kriminelle ein. Und lässt dich trotzdem anquatschen?" Neela schüttelte den Kopf, wirkte aber belustigt.

Glücklicherweise war Jenna nicht mehr länger das Gesprächsthema. Sie danke Kendra innerlich, als diese anfing, von ihrem Sohn zu erzählen, der nun bald seinen Abschluss machen würde. Sie unterhielten sich gut. Eigentlich sogar so gut, dass Jenna sich nicht erinnern konnte, wann sie sich das letzte Mal in einem reinen Frauenkreis so wohl gefühlt hatte.

Der DJ legte ein neues Lied auf und Jenna hielt inne. Den Anfang von „Rhythm is a dancer" würde sie unter Tausenden innerhalb von Sekunden erkennen.

Offenbar war sie nicht die Einzige. Gillians Augen weiteten sich.

„Mein Gott, ich liebe dieses Lied." Sie erhob sich so schwungvoll, dass Jenna für einige Momente befürchtete, sie würde das Gleichgewicht verlieren, und nickte zur Tanzfläche. „Kommt ihr mit?"

Kendra hob abwehrend die Hand. „Ich muss mich erst einmal wieder ein wenig erholen", sagte sie.

Gillian lächelte, den Witz verstehend. „Das ist mir schon klar, du Faulpelz." Sie guckte Jenna und Neela an, hob fragend und zugleich auffordernd die Augenbrauen.

220

„Ich schließe mich Kendra an", sagte Jenna. Neela zeigte auf ihren Cocktail, als ob das eine Antwort wäre.

Gillian seufzte theatralisch. „Na gut, na gut. Dann suche ich mir eben eine andere Begleitung." Und damit verschwand sie.

Es war nicht zu übersehen, dass eine Truppe Männer ihr nach kurzer Zeit die gesamte Aufmerksamkeit schenkte. Irgendwann löste sich auch einer von ihnen aus seinem Starren und sprach sie doch tatsächlich an. Jenna warf Neela und Kendra einen Blick zu. Gillians beste Freundin verdrehte spaßeshalber die Augen.

„Sie war schon immer ein Männermagnet", sagte sie seufzend. Neela und Jenna lachten. Sie wussten genau, was Kendra meinte.

Mit dem Verklingen des Songs kam Gillian zurück. Jenna grinste breit. Gillians Augen funkelten und strahlten, ihre Wangen waren gerötet, und sie sah mit einem Mal aus wie um 10 Jahre jünger geworden. Ihr ganzer Körper strahlte Energie aus und Jenna konnte sich den unartigen Gedanken nicht nehmen lassen, sich vorzustellen, dass zwischen ihr und diesem Mann heute noch etwas passieren könnte. Aber sie verdrängte den Gedanken, so schnell er gekommen war. Es war krank genug, dass sie sich vorhin vorgestellt hatte, wie ihre Freundin sie küsste. Und, dass diese Vorstellung sie auch noch irgendwie angetörnt hatte. Alles andere ging sie nichts an.

Gillian strich sich mit einer Hand ein paar Haarsträhnen aus dem Gesicht und ließ sich mit einem Seufzer in den Sessel fallen. Alle drei guckten sie an, und Kendra grinste.

„Und du willst deinen Verehrer tatsächlich so alleine zu-rücklassen? Jetzt, wo du ihn derart angemacht hast?"

Gillian starrte sie an. „Ich habe ihn gar nicht ange-macht!", empörte sie sich, aber sie wurde noch röter. Jenna unterdrückte ein Lachen, und Neela räusperte sich vielsa-gend. Gillian hob die Arme. „Warum ziehe ich eigentlich die ganze Aufmerksamkeit auf mich, während es euch bei-de gibt?"

Neelas Schultern zuckten, auch wenn ihr Lachen abebb-te. „Weil du attraktiv bist", sagte sie ehrlich. „Und weil du tanzen kannst."

Gillian legte den Kopf schief und lächelte gerührt. „Danke. Aber neben euch bin ich ein Nichts. Seht euch doch einmal an."

„Man sieht aber auf eine Meile, dass ihr Beide gemein-sam hier seid. Und nicht zu haben seid", sagte Kendra da. Jenna spürte, wie sie knallrot wurde, aber konnte sich ein Grinsen nicht verkneifen.

„Das ist nicht wahr", sagte sie mit demselben Ausdruck im Gesicht. Sie drehte sich zu Neela, wollte etwas Witziges sagen, aber dazu kam sie nicht. Neela starrte Kendra an, als hätte diese sie geschlagen. Sie wurde weiß im Gesicht, und in ihren Augen las Jenna pure Panik. Sie sah, wie sie schluckte.

„Entschuldigt ihr mich für einen Moment?"

Ohne auch nur auf eine Antwort zu warten stand sie auf und verschwand eiligen Schrittes.

Jennas Herz pochte. Sie sah die Beiden Frauen sich ge-genüber an. Kendra sah aus, als verstehe sie nicht richtig. Wie auch, Jenna verübelte es ihr nicht. Gillian sah Neela

222

nach. Ein nachdenklicher, besorgter Ausdruck lag auf ihrem Gesicht. Als ihr Blick Jennas traf, wusste diese, dass die ältere Frau an genau dasselbe dachte.

„Hab ich irgendetwas Falsches gesagt?", fragte Kendra. Jenna presste die Lippen zusammen und sah, wie Gillian die Augen niederschlug.

„Nicht ... direkt", sagte sie dann.

Gillian warf Kendra einen Blick zu, wie es nur Freundinnen konnten. Sie sahen sich zwei Sekunden an, dann nickte Kendra. „Ich hole mir mal ein Glas Wasser."

Jenna ertappte sich, wie sie lächelte. Deutlicher konnte sie nicht „Ich lasse euch mit diesem Vorwand alleine, damit ihr reden könnt" ausdrücken, als sie aufstand und den Weg zur Bar einschlug.

Gillian beugte sich vor. Ihre blauen Augen glitzerten, aber zum ersten Mal an diesem Abend lag ein anderer Ausdruck darin.

„Hat sie immer noch solche Angst davor, sich zu outen?", fragte sie mit gesenkter Stimme. Jenna nickte und spürte die altbekannte Traurigkeit in sich aufsteigen.

„Gib ihr Zeit", sagte Gillian einige Zeit später. Ein trauriges, aber aufmunterndes Lächeln erschien auf ihren Lippen. „Irgendwann wird sie so weit sein."

Jenna senkte den Kopf. „Ich frage mich nur, wann „irgendwann" ist", murmelte sie.

Kurz herrschte Stille zwischen ihnen. Alles, was sie wahrnahm, war die Musik.

„Jenna, du bist eine tolle Frau. Und ein guter Mensch. Neela weiß das." Sie griff nach ihren Händen und Jenna durchfuhr ein unbekanntes Gefühl von Geborgenheit. „ICH weiß das." Gillian lächelte sie an, in ihren blauen Augen spiegelten sich die Lichter an der Decke. „Aber du solltest sie nicht drängen. Du darfst nicht."

Jenna schluckte. „Ich dränge sie nicht", murmelte sie. „Jedenfalls … nicht bewusst."

Der Druck um ihre Hände wurde fester, aber nicht unangenehm. „Habt ihr darüber gesprochen?", fragte Gillian sanft.

Jenna hoffte, nicht rot zu werden, als ihr Neelas „Versöhnungsgeschenk" in den Sinn kam. Sie zuckte die Schultern und konzentrierte sich auf den Abend danach.

„Ein bisschen. Sie hat versucht, es mir zu erklären." Sie seufzte, ehe sie Gillian direkt ansah. „Ich verstehe ihre Gründe. Aber das alleine reicht mir einfach nicht."

Gillian nickte. „Ich weiß, was du meinst." Sie sah dem Pfad nach, auf dem Neela verschwunden war. In ihre blauen Augen trat ein aufmunternder Ausdruck. „Geh ihr nach." Sie ließ Jennas Hände los. „Sie sollte nicht das Gefühl bekommen, es sei dir egal. Wenn sie sich zurückzieht, darfst du nicht dasselbe tun. Die Balance ist wichtig."

Jenna nickte. Das stimmte. Langsam erhob sie sich. Ehe sie sich umdrehte, hielt sie noch einmal inne.

„Danke, Gillian", sagte sie und hoffte, dass der paraverbale Ausdruck in ihrer Stimme wiederspiegelte, dass sie damit weitaus mehr meinte als einfach nur diesen Ratschlag. Gillian lächelte.

„Immer doch. Du weißt, was ihr mir bedeutet." Jenna blinzelte, als sie spürte, wie ihr Tränen in die Augen traten. Und um zu verhindern, dass sie tatsächlich noch losheulte, drehte sie sich um und ging Gillians Rat nach.

224

Sie fand sie im Gang, der zu den Toiletten führte. Ihr Herz zog sich zusammen. Sie vermisste die wundervolle Stimmung schon jetzt. Und hatte irgendwie das Gefühl, dass diese für den heutigen Abend nicht wiederkehren würde.

„Hey."

Obwohl sie leise gesprochen hatte, schreckte Neela auf. Jenna trat langsam näher und lehnte sich – in gebührendem Abstand – neben sie gegen die Wand.

„Alles okay?", fragte sie vorsichtig, als von Neela nichts kam.

Diese zuckte die Schultern. Jenna biss sich auf die Lippe.

Da war es wieder. Neela zog sich zurück. Also fasste sie eine Entscheidung.

„Willst du gehen?"

Nun hob Neela den Kopf. Sie sah aus wie ein geprügelter Hund, der sich schämte.

„Wäre das sehr schlimm?", fragte sie leise.

Jenna legte den Kopf schief und seufzte. „Neela, wer redet hier von schlimm. Ich bleibe garantiert nicht hier, wenn ich weiß, dass du dich unwohl fühlst."

Sie wollte sie unbedingt umarmen, wollte ihr über die Wange streicheln, ihr das Gefühl geben, für sie da zu sein. Aber sie wusste, jeden Moment könnte sie jemand stören. Und dann würde Neela endgültig auf Abstand gehen.

„Außerdem kam die Einladung von Gillian. Und ihr bist du nichts schuldig", fügte sie noch hinzu. Neela sah noch immer nicht sonderlich überzeugt aus.

„Und was sagen wir als Begründung? Entschuldigt,

225

Neela hat eine Panikattacke?"

Es war eine seltsame Mixtur aus niedergeschlagen und wütend sein, was sie ausstrahlte. Jenna tippte mit dem Fingernagel gegen die Wand.

„Du brauchst keine Schuldgefühle zu haben, wirklich nicht. Wir sagen einfach …" Sie guckte kurz in die Luft und grinste aufmunternd. „Dass mir eingefallen ist, dass ich den Backofen angelassen habe. Und wir deshalb nach Hause müssen."

Das entlockte Neela ein Lächeln. „Gerade du, du Hausfrau. Das ist das dümmste Alibi, das ich je gehört habe."

„Es muss nur wirken."


Zurück am Ort des Geschehens lief „Go let it out" von Oasis. Jenna unterdrückte ein Seufzen, auch wenn Neela es bestimmt ohnehin nicht gehört hätte in dem Lärm. Irgendwie passte es zu ihrer Situation. Es raus lassen.

Als sie in Sehweite kamen und Gillian und Kendra aufsahen, wusste Jenna, sie den Beiden keine Antwort schuldig waren – weder eine Notlüge noch die Wahrheit. Und dafür war sie mehr als dankbar.

„Wir rufen uns ein Taxi", war dementsprechend alles, was sie sagte. Die Beiden nickten. Kendra langte über den Tisch und hob den noch zu drei Zentimeter vollen El Padrino hoch.

„Möchtest du den noch?", fragte sie. Jenna griff mit einem Lächeln danach und leerte ihn. Der Rum schien ihr mit einem Mal im Hals zu brennen, so sehr, dass sie beinahe hustete.

Nachdem sie sich von Kendra verabschiedet hatte, beo-

226

bachtete Jenna ihre Freundin und die Lehrerin. Sie hätten als Mutter und Tochter durchgehen können, wenn sie nicht so komplett unterschiedlich aussehen würden. Gillian war so liebevoll und führsorglich, und die Art, wie sie Neela umarmte und mit ihr umging, erinnerte Jenna an sich und ihre eigene Mutter. Es war unglaublich – sie hatte diese Frau erst zweimal gesehen, ein paar wenige Stunden, und hatte schon jetzt das Gefühl, ihr alles anvertrauen zu können. Manche Menschen hatten einfach eine Art, dass man sie mochte, ohne sie gleich richtig zu kennen. Kein Wunder, dass sie Neela so viel bedeutete.

Dann legte Gillian ihre Hände um Neelas Gesicht und lächelte sie an. Jenna glaubte zu sehen, wie ihre stahlblauen Augen funkelten. Doch diesmal schienen es Tränen zu sein.

„Ruf mich an, wenn etwas ist", sagte sie leise. Sie sah Jenna an. „Du auch."

Jenna nickte und brachte ein Lächeln zustande. Doch sie wusste, sie würde es wohl nie tun.

# Kapitel 21

Es war ein seltsames Gefühl, seit so langer Zeit wieder in ihrem eigenen Bett zu übernachten. Doch schlafen konnte sie nicht. Den heutigen Tag hatten sie sich nicht gesehen, nur ein paar kurze Worte am Telefon gewechselt. Jenna hatte ein schlechtes Gewissen. Ein furchtbar schlechtes Gewissen.

Neelas Zurückweisung auf der Straße, die sie irgendwie verstehen konnte und sie gleichzeitig verletzte. Und dann, als sie dachte, alles sei in Ordnung, war das in dem Club passiert.

Sie hatte sich entschuldigt – mit einer Geschichte über ihre Vergangenheit, die ihr Verhalten in gewissem Maße rechtfertigte.

Und Sex. Neela glaubte wohl, Jenna so etwas beweisen zu müssen. Und, mein Gott, sie HATTE sich bewiesen. Aber beides machte die ganze Sache schließlich nicht ungeschehen und sie wollte nicht so tun, als wäre nichts passiert. Sie hatten immer noch nicht richtig darüber gesprochen, und Jenna wollte nicht weiterhin ihre Stunden damit verbringen, sich Sorgen zu machen.

Sie wollte nicht mehr warten. Besser spät als nie. Und deshalb beschloss sie als letzten Gedanken, bevor sie ins Land der Träume verschwand, ihre Freundin zu überra-

228

schen.

. . .

Am nächsten Tag besorgte sie eine Schachtel mit der Schokolade, die Neela so gern mochte, und nutzte ihre Mittagspause, um nach Downtown zu fahren. Glücklicherweise
meinte es der Verkehr heute gut mit ihr, und auch sonst lag
die Firma nur etwa 10 Minuten entfernt. Sie parkte ihr Auto
auf einem freien Parkplatz – hoffend, dass sie sich keinen
Strafzettel einkassierte – packte ihr Mitbringsel und lief
über den schon wieder leicht zugeschneiten Platz zum Eingang.

Sogar einen Lift bekam sie sofort. Glücklicherweise
standen die sieben Stockwerke jeweils mit der sich darin
befindenden Abteilung angeschrieben, sonst hätte Jenna
sich durch jedes Einzelne durchklicken und –fragen müssen.

Als sie im vierten Stock ankam und sich der Fahrstuhl
mit einem „Ding" öffnete, trat sie mit einer leichten Nervö-
sität im Bauch heraus. Direkt vor ihr eröffnete sich der
Empfangsbereich, an dem eine Frau saß und gerade an dem
Computer herumtippte.

„Guten Tag", sagte Jenna.

Die Frau sah auf und lächelte sie an. „Guten Tag. Kann
ich etwas für Sie tun?"

Jenna wippte unruhig auf den Füßen. „Ich habe keinen
Termin", fing sie an. „Aber ich würde gerne Neela Kumar
sprechen." Die Dame nickte langsam.

„Okay", sagte sie und warf einen kurzen Blick auf das

Display. Jenna beherrschte sich, nicht darauf zu linsen. Sie musste sich wirklich einmal selbst lehren, sich nicht immer so neugierig und wie ein Cop zu benehmen. „Darf ich fragen, um was es geht?", wurde sie gefragt. *Unsere Beziehung ist kompliziert und wir haben uns nicht ausgesprochen, also bin ich zu ihr gefahren, um ihr Versöhnungsschokolade mitzubringen,* wäre die Wahrheit gewesen. Aber DAS konnte sie ja nun wirklich nicht bringen. Also erlaubte sie sich etwas.

„Ist das Antwort genug?" Sie hob ihre Marke hoch und grinste. Die Frau hob die Augenbrauen, fast erschrocken.

„Ist Miss Kumar in Schwierigkeiten?", fragte sie aufgeregt.

Jenna schüttelte den Kopf. „Nein nein, alles in Ordnung. Das war nur Spaß."

Dem Blick nach zu urteilen, der ihr zugeworfen wurde, war es für ihren Gegenüber keiner. Jenna räusperte sich.

„Es geht um etwas Privates. Wir haben etwas … zu besprechen." Die Augenbrauen der Frau hoben sich erneut – wie schon so oft konnte Jenna nicht leugnen, dass sie Erstaunen, ja beinahe Verwirrung darin erkannte. Gefühle, die sich dann in einen Gesichtsausdruck a la „Aha. So ist das also" veränderten. Egal, wie sie es drehte und wendete, egal, wie oft sie sich einredete, es würde ihr nichts ausmachen – immer noch spürte sie den bekannten Stich im Herzen. Der Stich, der ihr signalisierte, dass sie nicht wie die Anderen war. Oder vielleicht übertrieb sie einfach nur.

„Ich denke, das müsste in Ordnung gehen." Die Stimme kam so plötzlich und wie aus dem Nichts, dass Jenna fast hochgeschreckt wäre. Sie hatte keine Ahnung, wie lange diese Stille gerade eben angedauert hatte. Die Dame stand

**230**

auf. „Ich bringe Sie hin."

Vielleicht nahm sie Jenna den Scherz mit der Polizistennummer übel. Vielleicht aber traute sie ihr aus diesem Grund auch einfach nicht. Oder, sie wollte überprüfen, dass sie nicht über Neela herfiel. Als ihr dieser Gedanke kam, hätte Jenna fast aufgeseufzt. Was kümmerte es sie, was diese Frau dachte? Vor ein paar Tagen noch hatte sie Neela versucht zu bestärken, zu sich zu stehen. Dabei hatte sie dieselben Hemmungen. Manchmal ärgerte sie sich einfach nur über sich selbst. Und ab und zu konnte sie weder ihre Gedanken noch ihr Mundwerk unter Kontrolle halten.

Irgendwann hielt die Sekretärin vor einem Büro an und klopfte. Jenna erhaschte einen Blick auf das weiße Schild mit dem blauen Streifen daran, auf dem „N. Kumar" stand.

*Wow*, dachte Jenna. Sie besuchte ihre Freundin auf der Arbeit. Sie waren wohl wirklich dabei, die Sache ernst zu machen.

Als von drinnen Neelas Stimme ertönte, nickte die Frau ihr zu und öffnete die Tür.

„Miss Kumar, hier ist jemand, der sie sprechen möchte."

Jenna hatte sich den ganzen Tag auf Neelas Lächeln gefreut. Aber was dann passierte, hätte sie nicht erwartet. Statt dem üblichen Tausendwattlächeln, von dem sie geglaubt hatte, es zu bekommen, gefror Neelas aufmerksames Gesicht zu einem beinahe geschockten. Keinem anderen wäre es aufgefallen, aber Jenna war nicht einfach nur jemand anderer. Sie war ein Cop.

Nur für eine Sekunde entglitt Neela das Gesicht. Doch das war ein Moment, der Jenna das Herz zusammenschnüren ließ. Ein zweites Mal.

„Danke Miss Gleeson", sagte sie kurz und knapp. Sie hätte genauso gut „Raus hier, aber sofort!" sagen können. Auch wenn Jenna dann nicht gewusst hätte, ob sie die Sekretärin oder sogar sie selbst gemeint hätte. Gehorsam schloss Miss Gleeson die Tür hinter sich und ließ die Beiden allein.

Jenna sah sich um. „Hübsches Büro", sagte sie. Erstens, weil sie es ernst meinte, und zweitens, weil sie etwas suchte, um sich abzulenken. Neela hatte ihr Lächeln wieder gefunden, auch wenn es heute irgendwie angespannter wirkte als sonst. Mit einem Mal hatte Jenna so gar keine Lust mehr, ihr die Pralinen zu überreichen.

„Ich hab dir was mitgebracht", sagte sie dennoch. Sie hielt ihr die Schachtel hin.

Neela hob die Augenbrauen. „Wofür?"

Tja. Vor ein paar wenigen Augenblicken hätte Jenna noch eine Antwort parat gehabt. Jetzt war sie sich nicht mehr so sicher, ob wirklich sie diejenige war, die sich entschuldigen sollte.

„Einfach so", sagte sie deshalb.

Sie klang gleichgültiger und bissiger, als sie es eigentlich vorgehabt hatte. Neela schien zu spüren, dass irgendetwas in der Luft lag. Sie hob den Kopf und guckte sie aufmerksam an.

„Was ist los?", fragte sie. *Das fragst du mich?* Jenna erwiderte ihren Blick. Sie versuchte, aus Neelas Gesicht etwas herauszulesen, das sie verriet, etwas, an das sie anknüpfen könnte. Aber da war nichts. Hatte sie es sich eingebildet?

„Ich dachte mir … dass wir vielleicht reden sollten",

232

kam dann aus ihrem Mund. Neela richtete sich auf. Es wurde erkennbar, dass sie sich anspannte.

Aber schließlich sagte sie: „Lass und eine Runde spazieren gehen. Ich habe sowieso noch keine Pause gehabt, und ich kann im Sitzen keine guten Gespräche führen." Jenna verkniff sich ein „auf dem Bett in Pyjamas meisterst du das aber ziemlich gut". Waren sie schon so weit oder besser so nah am Ende, dass sie sich überlegen musste, was sie am besten zu ihrer Freundin sagte?

Missmutig folgte sie Neela durch den Gang zurück zu den Fahrstühlen. Sie fuhren im Schweigen, und Jenna hat mit einem Mal auch überhaupt keine Lust, Neelas Taille zu umfassen und sie zu küssen. Sie benahm sich wie ein schmollendes Kind, das sein Spielzeug nicht bekommen hatte. Aber sie wollte es auch nicht ändern. Neela sollte ruhig merken, dass ihr etwas nicht passte.

Und sie tat es.

„Jenna, du sagst ja gar nichts. Was ist denn los?"

Sie waren ein kleines Stück gelaufen, da es heute nicht sonderlich kalt war.

„Warum."

Es war ein einziges Wort, in dem so viele Emotionen lagen, dass Jenna glaubte, es könne sich manifestieren und in einem Feuerwerk aufgehen. Sie sah, wie Neela sich zu ihr drehte.

„Warum was?", fragte sie.

Jennas Inneres krampfte sich zusammen. Wusste sie denn wirklich nicht, was sie meinte?

„Warum hast du mich so absorviert, als ich euren Firmenboden betreten habe?"

233

Neelas Lächeln gefror ein zweites Mal an diesem Tag. Aber diesmal wirkte es nicht entsetzt, sondern eher wie das Gesicht eines Kindes, das man beim Naschen aus der Keksdose erwischt hatte. Sie senkte den Kopf, und Jenna glaubte für einige Momente wirklich, sie würde gar nicht antworten. Also sprach sie selbst: „Neela. Ich bin nicht gekommen, um zu testen, ob du dich schon weit genug fühlst. Ich wollte dich nicht beschämen. Ich bin gekommen, weil ich es nicht mehr ausgehalten habe." Ihr Blick wurde bohrender und zugleich sanfter. „Du denkst, du musst mir etwas beweisen. Dabei bin ich diejenige, die sich im Zaum halten sollte. Du verführst mich, weil du denkst, dass das etwas ändert. Du hast mir erzählt, was passiert ist, und ich verstehe es jetzt. Ich verstehe, warum du Angst hast. Aber das heißt noch lange nicht, dass es mich kalt lässt, wenn ich sehe, dass du entsetzt bist, wenn ich in dein Büro komme."

Neela schwieg eine ganze Weile lang. So lang, dass Jenna mit einem Mal bewusst wurde, wie kalt es doch war. Sie zog ihren Schal enger um sich.

„Mein Chef." Neela seufzte gequält. „Er ist konservativ. Wenn er herausfindet, dass ich lesbisch bin …"

Jenna guckte sie verdattert an. Hatte sie überhaupt zugehört?

„Dir ist aber schon klar, dass er dich deshalb nicht feuern kann?" Jenna beschloss, auf sie einzugehen, anders als Neela es mit ihren Worten tat.

Sie schüttelte den Kopf. „Darum geht es nicht. Viele meiner Kollegen sind so. Und … es geht weniger um Baxter, es geht … um mein Umfeld. Ich weiß nicht, wie ich weiter dort arbeiten könnte."

234

Jennas Blick wurde noch ungläubiger.

„Deine Arbeit ist dir also wichtiger als deine Freundin?" Neela seufzte und sah sie müde an.

„Du bist unfair."

„Ja genau!" Jennas Wut bauschte sich immer mehr auf. „Ich bin unfair. Und weißt du warum? Weil ich wütend bin. Weil ich enttäuscht bin." Sie starrte geradeaus. Gerade hatte sie keine Muße, Neelas Hundeblick stand zu halten. „Das mit dem Händchenhalten verstehe ich, okay. Dass du nicht willst, dass wir uns in einem Club küssen, auch. Aber dass ich dich nicht einmal auf der Arbeit besuchen kann?" Sie verkniff sich, ihre vorherigen Worte zu wiederholen. „Freundinnen tun das. Und damit meine ich Freundinnen auf normaler, nicht gefühlsmäßiger Ebene." Sie starrte Neela an und war sich wohl bewusst, wie bedrohlich sie aussehen musste. „Oder hättest du bei Gillian genauso ein Theater gemacht?"

Neela sah sie gequält an. „Jenna, meine Arbeitskollegen tuscheln sowieso schon. Ich kann mich einfach nicht so gut verstellen wie du. Ich kann meine Gefühle nicht von meinem Äußeren trennen."

„Du findest, ich spiele allen etwas vor?" Jenna schüttelte den Kopf und strich sich eine Strähne hinters Ohr. „Wow. Das ist neu."

Neela seufzte. „Ich bin einfach noch nicht so weit. Es …" Sie schniefte und rieb sich über die Augen. „In der Vergangenheit ist so viel passiert, so oft war das ein Problem, so oft wurde ich von den Leuten in meinem Umfeld enttäuscht …"

„Denkst du etwa, du bist die Einzige, die solche Dinge

einstecken musste?" Jennas Stimme war wieder ruhig, ruhig und verletzt. „Auch meine Großeltern haben mich verachtet. Auch ich hatte damit zu kämpfen, auch ich habe Freunde verloren. Du glaubst nicht, wie oft Verdächtige anzügliche Bemerkungen machen, weil ich eine Frau bin. Ich bin nicht so gefühlskalt und ignorant, wie ich vielleicht scheine!" Sie spürte, wie ihr Tränen in die Augen stiegen. Langsam kam sie von der Spur des Wütend-sein auf die Ebene der Enttäuschung. Trotzig verzog sie das Gesicht. „Neela, ich habe auch Gefühle", sagte sie leise und hoffte, nicht so zu klingen, wie sie sich fühlte. „Das lässt mich nicht kalt, wenn du mich so abservierst. Ich weiß, du meinst es nicht böse, aber …" Sie sprach nicht weiter. Stattdessen ließ sie die Stille für sich sprechen.

„Jenna." Mit einem Mal veränderte sich Neelas Stimme komplett. Tränen standen in ihren Augen. Ihre Stimme beebte. „Jeder, der mir etwas bedeutet hat, ist aus meinem Leben verschwunden. Niemand, den ich einst geliebt habe, ist mir geblieben." Sie wischte sich über die Augen. „Das ist neu für mich. Noch nie war mir etwas so ernst wie das hier. Mit dir." Sie holte zitternd Luft. „Aber du darfst mich nicht einengen." Sie sah Jenna in die Augen. „Bitte."

Jennas Miene wurde weicher. „Ich enge dich ein?", fragte sie und hörte, wie ihre Stimme zitterte.

Neela senkte den Kopf und zuckte die Schultern. „Ein bisschen", murmelte sie kleinlaut.

Und dann schweigen sie. Jenna saß neben ihr auf der Bank und starrte auf das Kopfsteinpflaster vor ihnen. Irgendwann guckte sie Neela wieder an. Diese hatte den Blick gesenkt und auf ihre Hände gerichtet.

236

Und dann umarmte Jenna sie einfach. Wenigstens das ließ Neela zu. Sie verstand wohl, dass man sie beide als Außenstehende auch einfach nur wie zwei Freundinnen, die sich trösteten, sehen konnte.

„Neela, ich kann nicht mit dir zusammen sein, wenn ich nicht weiß, ob du jeden Moment einen Rückzieher machst." Die Worte kamen völlig unbewusst über ihre Lippen, und erst, als sie sie selbst hörte, wurde ihr klar, dass sie es ausgesprochen hatte. Neela entriss sich aus ihrer Umarmung und starrte sie an, als hätte Jenna sie geschlagen. In ihren schokofarbenen Augen lag ein unglaublich verletzter und entsetzter Ausdruck.

Eine halbe Ewigkeit herrschte Stille zwischen den Beiden. Alles, was Jenna wahrnahm, war ihr eigener Herzschlag.

„Heißt das, du willst das hier beenden, bevor wir es überhaupt versucht haben?" Neelas Stimme brach nun endgültig.

Jennas Inneres krampfte sich zusammen. Ihr biologischer Alarm sprang an, ihr Blut rauschte. Sie öffnete den Mund, aber kein Wort kam aus ihrer Kehle. Sie war sprachlos. In einem Moment, in dem sie es nicht sein sollte. Neelas entsetzter Blick wandelte sich um in einen verletzen.

Und dann wurde sie wütend. Jenna lief es eiskalt den Rücken hinunter, aber sie schaffte es weder, sich zu rühren, noch, etwas zu sagen.

„Komm jetzt nicht damit, dass es dir genau so ging wie mir, dass du mich verstehen würdest."

Jenna klappte der Mund auf. „Neela …"

Sie hob die Hand, Jenna verstummte. Was nicht schwer

war, denn sie wusste nicht, ob sie überhaupt mehr als ihren Namen herausgebracht hätte.

„Ich habe keine Familie mehr. Ich habe keine guten Freunde, die mich kennen und akzeptieren, so, wie ich bin." Dann machte sie eine Pause und starrte Jenna direkt in die Augen. „Du hast gesagt, du willst keine Kinder. Weil du GLAUBST, es nicht zu schaffen." Ihre Stimme wurde leise, leise und unendlich traurig, und was sie sagte, ließ Jennas das Herz für einige Momente gefrieren. „Ich habe diese Wahl nicht. Ich kann keine Kinder bekommen."

Das war es also gewesen. Dieser Moment, in dem Neela so unglücklich ausgesehen hatte, damals, mitten in der Nacht, als sie ihr von dem Albtraum erzählt hatte. Jenna rauschte das Blut in den Ohren. Für einige Momente war es totenstill.

„Neela, das tut mir so leid", wisperte sie. Neela starrte auf einen Punkt in der Ferne, und Jenna beobachtete ihr Profil. Der leichte Wind fuhr ihr durch die Haare, ließ eine ihrer kurzen Haarsträhnen tanzen. In jeder anderen Situation hätte Jenna ihr über die Haare gestreichelt und sie geküsst, ihr alle Sorgen genommen – denn das war es, was sie konnte. Menschen das Gefühl geben, dass sie alles unter Kontrolle hatte.

Aber diesmal war es nicht so. Sie hatte keine Ahnung, was sie tun sollte. Sie fühlte sich verloren, als befinde sie sich inmitten eines Labyrinths und wisse nicht mehr ein und aus. Schließlich war es Neela, die sprach. Ihre Stimme war so leise, dass selbst Jenna sie kaum verstand.

„Alles, was ich geliebt habe oder lieben wollte, ist mir genommen worden oder nicht geblieben." Sie schloss die

238

Augen und Jenna sah, wie sehr sie sich zusammenreißen musste. „Es ist, als könne ich nichts von dem behalten, was ich gerne hätte. Und ich verstehe einfach nicht, warum." Jenna biss sich auf die Lippe und spürte, wie ihre Sicht verschwamm. Nein, sie durfte jetzt nicht heulen. Sie durfte nicht diejenige sein, die zusammenbrach. Langsam und bedächtig holte sie Luft.

„Neela, ich …" Neela schüttelte den Kopf. Jenna schluckte. „Ich will nur …"

Ja, was wollte sie? Sie fuhr sich durch die Haare. Sie waren kalt, vom Wind verwirbelt, und sie glaubte, Schneeflocken darin zu spüren. Alles war kalt. Ihr Äußeres. Ihr Herz. Und es tat verdammt weh.

Auf einmal stand Neela auf. Jenna fuhr zusammen und wollte es ihr gleichtun. Aber Neela schüttelte den Kopf.

„Nein Jenna, bitte." Sie sah sie eine ganze Weile lang an, und Jenna starrte zurück. „Ich muss jetzt allein sein."

Mit diesen Worten zog sie ihren Schal zurecht, verbarg die Hände in den Taschen ihres Mantels und ging. Sie ging davon, ohne ein weiteres Wort. Und Jenna blieb sitzen, starrte ins Nichts, während sie spürte, wie ihr eingefrorenes Herz langsam Risse bekam.

Es war lediglich ihr physischer Körper, der zurück zum Dienst erschien. Ihre Seele saß noch immer auf der kalten Bank im Park und fragte sich, was zur Hölle eigentlich passiert war. Wie hatten sie sich so verändern können?

Jeff bemerkte sofort, dass mit ihr etwas nicht in Ordnung war. Ob sie reden wolle, fragte er. Sie schüttelte den Kopf und klemmte sich hinter die Akten. Ihr Betäubungsmittel –

so wie damals, wie ein paar Wochen zuvor, als sie noch geglaubt hatte, einen Fehler gemacht zu haben, weil sie sich verliebt hatte.

Diesmal hatte sie wirklich einen gemacht. Und dieser Fehler lag darin, dass sie Neela zu wenig klar gemacht hatte, wie viel sie ihr bedeutete.

. . .

Nach Dienstschluss fuhr sie wie in Trance nach Hause. Es war ein Wunder, dass sie heil angekommen war, nachdem sie in einer Kurve mit dem Auto gerutscht und fast eine rote Ampel überfahren hätte.

Als die Tür ihrer Wohnung hinter ihr zu fiel, schien es, als beginne ihr Herz langsam, auseinander zu bröckeln.

Es war still. Alles, was sie erwartete, war eine kalte Leere. Sie hängte ihre Jacke an den Hacken und tapste lustlos ins Wohnzimmer.

*„Es ist, als könne ich nichts haben, nicht von dem behalten, was ich gerne hätte."* Der Satz kam ihr so plötzlich ins Gedächtnis, dass sie wie angewurzelt stehen blieb. Jetzt fiel Jenna endlich eine Antwort ein. Die einzige Antwort, die in diesem Moment richtig gewesen wäre: *„Du kannst mich haben."*

Und als ihr klar wurde, dass sie nicht wusste, wie sie das alles wieder gut machen sollte, brach ihre Schutzmauer endgültig. Die Tränen strömten ihr herunter, ihr Herz fühlte sich an, als würde es zerreißen. Jenna schnappte nach Luft, fühlte sich dumm und Elend, dass sie jetzt zusammenbrach. Sie hatte kein Recht dazu. Aber sie konnte nicht

240

mehr. Sie konnte Neela nicht verlieren. Und vielleicht …
vielleicht war das soeben passiert.

Als ihr dieser furchtbare Gedanke kam, sank sie auf den
Boden, lehnte sich gegen die Wand und weinte, als hätte sie
alles verloren.

Denn genau so fühlte es sich an.

# Kapitel 22

Am nächsten Morgen, als sie in der Küche stand, versuchte sie, Neela anzurufen. Sie ging nicht ran. Auf dem Revier dachte sie fieberhaft nach, was sie tun sollte. *Freiraum*, hatte Gillian gesagt. Aber damit hatte sie bestimmt nicht gemeint, aufkommende Probleme einfach totzuschweigen und zu hoffen, dass sie sich so in Luft auflösten.

Um sich abzulenken, stürzte sie sich also wieder in die Arbeit. Sie zog die Rolläden in ihrem Büro nach oben und sah, dass es wieder ein wenig schneite. Es hätte eine wundervolle Stimmung sein können, insbesondere, da es Anfang Dezember war. Die Stadt war im Weihnachtsfieber, es hatte sich innerhalb der letzten Tage ausgebreitet wie eine Seuche, auch wenn Jenna diesen Vergleich niemals laut ausgesprochen hatte und er auch nicht passend gewesen wäre. Jeder liebte Weihnachten, sogar der ab und zu griesgrämige Harry Wheeler lief zu der Zeit fröhlich pfeifend durch das Dezernat.

Für sie allerdings hatte das Fest keine große Bedeutung. Sie wusste nicht, woher es kam – vielleicht, weil an Weihnachten immer die Familie zusammenkam, und man so tat, als täte es einem auf einmal unendlich leid, dass man sich schon seit einem Jahr nicht mehr gesehen hatte. Jenna hasste Heuchelei, und so gut sie in ihrem Job war, bis heute wusste sie nicht, ob es ihrer Verwandtschaft genau so erging wie ihr. Wenn ja, waren sie jedenfalls allesamt hervorragende Schauspieler. Sie hatte keinen sonderlich intensiven Draht zu ihrer Verwandschaft, und es graute ihr schon jetzt davor, die Tausend Karten zu schreiben. Sie war mehr der Silvester-Typ. Sie war ein praktischer und realistischer Mensch, und es kam ihr für sich selbst sinnhafter vor, den Jahreswechsel zu feiern, als ein auf religiösen Bräuchen basierendes Fest. Den Kollegen war es recht – sie wussten, dass Jenna die Feiertage nicht wichtig waren, somit bekam sie zu der Zeit deren Arbeit und konnte dafür Überstunden sammeln. Lieber fuhr sie dafür ein paar Tage ans Meer mit Greg und seiner Familie und nutzte die ersten Sonnenstrahlen.

Jetzt wo sie so daran dachte, viel ihr auf, dass die Sonne schon lange nicht mehr geschienen hatte. Es war ihr nicht aufgefallen, solange sie Neela bei sich gehabt hatte. *Neela bedeutet Mond*, rief sie sich ihre Worte zurück ins Gedächtnis. Unbewusst und traurig lächelte Jenna. Sie brauchte niemanden, der ihr die Tage versüßte, sondern jemanden, der ihre Nächte und die Dunkelheit um sie herum erhellte. Sie brauchte den Mond. Neela war ihr Mond. Jetzt, wo sie sich gezofft hatten, merkte sie auf einmal, wie kalt und leer ihr Leben ohne sie war.

Sie saß gerade über den Akten – Jeff hatte sich kurz eine Pause gegönnt und war mit ein paar Kollegen verschwunden, somit war sie allein – als ihr Handy vibrierte. Sie sah auf das Display und zog die Augenbrauen hoch. Der Anrufer war Logan Evers. Er war ein junger Cop, im letzten Monat als Officer, und sie war seine Ansprechpartnerin bei Problemen gewesen. Leicht verwirrt aber neugierig nahm sie ab.

„Hey Logan", meldete sie sich. „Was gibt's?"

„Jenna, ich brauche Ihre Hilfe." Seine Stimme klang unruhig, beinahe gehetzt. Jenna richtete sich kerzengerade auf.

„Was ist passiert? Wo sind Sie?" Sie achtete darauf, nicht genau so aufgeregt zu klingen wie er. Sie sollte ihn schließlich unterstützen.

„Ziemlich außerhalb von Vancouver", kam es von ihm. „Alte Fabrik. Eine Gang, auf die mich Harrington angesetzt hat. Ich glaube, diesmal könnten wir sie drankriegen."

Jenna nickte, auch wenn sie wusste, dass er sie nicht sehen konnte. „Fordern Sie Verstärkung an. Ich bin so schnell wie möglich bei Ihnen." Mit diesen Worten legte sie auf.

Sie beschloss, nicht auf Jeff zu warten. Sie hatte schließlich ihr eigenes Auto, und wenn er draußen war, war er bestimmt bereits auf dem Weg. Sie schnappte ihre Jacke, schnallte sich das Holster um und steckte sich die Autoschlüssel in die Hosentasche. Ihr Handy vibrierte erneut, und als sie einen Blick darauf warf sah sie, dass Logan ihr die Adresse geschickt hatte. Im Dauerlauf spurtete sie durch das Revier und war so schnell im Fahrstuhl verschwunden, dass niemand sie bemerkte.

. . .

Die Kiessteine knirschten unter den Reifen ihres Autos, als sie auf den Weg einbog, der zur besagten Lagerhalle führte. Sie war schon vor etwa zehn Minuten von der Hauptstraße

244

abgefahren und hatte den Chevrolet eine Ewigkeit lang über mehr Schlaglöcher als Teer gequält, bis sich der Untergrund in Kies umwandelte. Ihr Ziel erwartete sie in der halben Wildnis, es war wirklich „außerhalb von Vancouver". Auch wenn diese Beschreibung ziemlich untertrieben war.

Nach einigem Geruckel sah sie zwischen den Bäumen und Büschen ein Gebäude aufblitzen. Jenna verlangsamte ihr Tempo von 30 auf Schrittgeschwindigkeit, während sie aufmerksam durch die Blätter schielte. Es war ein verlassenes, altes Lagerhaus, wie sie bereits aus der Entfernung erkennen konnte.

Sie hielt neben einer Art Einfahrt an, von der aus sie einen guten Blick hatte, aber dennoch geschützt war. Jenna kontrollierte ihre Waffe und sah sich um. Sie entdeckte keine Polizeiautos, auch kein anderes, das ihr bekannt vorgekommen wäre. Aber, dachte sie sich dann, vielleicht hatten sich ihre Kollegen auch einfach gut versteckt. Vielleicht waren sie bereits drinnen und führten eine Razzia durch.

Also atmete Jenna tief durch und machte sich langsam auf den Weg auf das Gebäude zu. An manchen Stellen bröckelte schon der Putz, und es war unschwer zu übersehen, dass diese Area wohl von niemanden mehr genutzt wurde – außer vielleicht von Kriminellen. Bei diesem Gedanken schrillten in ihr erneut die Alarmglocken auf. Sie sah weder Logan noch irgendjemand anderen.

Sie blieb mit dem Rücken gegen einen Baum stehen, in der Hoffnung, das gebe ihr Sicherheit. Ohne ihre Umgebung aus den Augen zu lassen, tastete sie nach ihrem Handy. Jeffs Kontakt hatte sie am Schnellsten gefunden, weshalb sie ihn anrief. Von Sekunde zu Sekunde unruhiger werdend legte sie das Gerät ans Ohr und ließ ihren Blick weiterhin über den Platz schweifen. Ein paar alte Planen, ein platter Reifen, vermoderte Holzbretter. Dazwischen kompletter Wildwuchs. Ein hervorragendes Versteck für Kriminelle.

Wäre sie kein Cop, hätte sie sich zurück in die sichere Wärme ihres schwarzblauen faradäyschen Käfigs verkrochen und gewartet, bis sich etwas rührte. Aber sie hatte keine Angst, und manchmal fürchtete sie sich genau davor. Sie war nicht naiv, doch ab und zu schien sie die Grenze zwischen gesundem Menschenverstand und übertriebener Risikofreude zu überschreiten. Es war positiv wie auch negativ. Einerseits hatte diese Charaktereigenschaft schon oft ein paar Menschen gerettet, andererseits war sie deshalb beinahe einmal umgekommen und von einer Brücke gestürzt. Im Teenageralter war ihr das schon oft zum Verhängnis geworden, gleichzeitig wurde sie aus diesem Grund zur Stufensprecherin und jeder wusste, dass man sich auf sie verlassen konnte.

Es tutete.

Dreimal.

Viermal.

Jenna biss sich auf die Lippe, ließ wieder los, tippte mit der Hand auf ihrem Oberschenkel herum.

*Komm schon,* murmelte sie innerlich. *Nimm ab.* Sie fragte sich, wo Logan war. Sollte er nicht auf sie warten, sie irgendwo treffen? Im selben Moment fragte sie sich, weshalb er ihr eigentlich nicht gesagt hatte, was er dort machte. Was los war. Worauf sie sich einzustellen hatte. Alles, was sie wusste, war, dass es um eine wohl seit längerem beschattete Bande ging, die gesetzeswidrige Dinge durchzogen – Geldwäsche und dergleichen, wenn nicht noch Schlimmeres.

Schräg hinter ihr knackte es. Jenna, noch immer das Handy in der Hand, fuhr herum. Ihr Herz pochte unruhig, und beinahe unbewusst tastete sie nach ihrer Waffe. Das Anrufzeichen tutete noch immer, bestimmt zum siebten Mal. Verdammt, wo waren die Männer, wenn man sie unbedingt brauchte?

Sie überkam das Bedürfnis, zu rufen, nachzufragen, wer derjenige war. Wie paralysiert starrte sie auf die Stelle, in die Richtung, aus der das Geräusch gekommen war. Die Blätter bewegten sich, aber es windete auch leicht.

Alles blieb ruhig. Bestimmt war es nur ein Tier gewesen. Oder sie fing langsam an, durchzudrehen.

Bedächtig drehte sie sich wieder herum. Noch immer tat sich nichts. Sie hörte keine Autos, kein Rascheln, keine Rufe. Es war mehr als nur seltsam. Logan hatte angespannt geklungen. Und jetzt wirkte alles wie ausgestorben.

Ein erschreckender Gedanke schoss durch ihren Kopf. Was, wenn er überwältigt wurde? Wenn es ihm nicht mehr gereicht hatte, nach draußen zu gehen und sie zu …

Ein Knacken in ihrem Hörer riss sie aus den Gedanken.

„Jenna?", drang Jeffs Stimme an ihr Ohr. Sie fuhr zusammen, wurde aus ihrer Anspannung gerissen.

„Jeff, wo seid ihr?", fragte sie ohne Umschweife. „Logan braucht …"

Weiter kam sie nicht. Denn im nächsten Moment bekam sie einen ungeheuren Schlag auf den Hinterkopf verpasst.

Sie spürte nur noch, wie sie ihr Handy fallen ließ.

. . .

Zuerst dachte sie, sie sei tot. Sie hatte schon oft von Nahtoderfahrungen gehört, von Leuten, die behaupteten, solch ein Erlebnis gehabt zu haben. Die sahen alle ein Licht, ein helles, von einem Punkt ausgehendes Licht, das sie einzuladen schien, in eine unbekannte Welt einzutauchen.

Aber ziemlich schnell wurde ihr klar, dass es in ihrem Fall kein warmes, Frieden signalisierendes Licht war, welches irgendwelchen magischen Ursprungs war. Sie sah sich auch nicht selbst aus der Vogelperspektive. Sie starrte in ein grelles Licht einer Neonleuchte an der Decke.

Jenna kniff die Augen zusammen und verzog das Gesicht. Ihr Kopf dröhnte und schmerzte, und für einige Augenblicke hatte sie keine Ahnung, wo sie eigentlich war.

Dann nahm sie Stimmen war. Die Silhouette eines Mannes erschien in dem grellen Licht. Jenna hielt sich die Hand vor die Augen, versuchte, ihn zu erkennen. Vielleicht war es Logan. Sie öffnete den Mund, um etwas zu sagen, als es passierte.

Ein in einem Brennen endender Schmerz schoss durch sie hindurch. Ein dumpfer Schrei, eine Mixtur aus Schmerz und Wut, drang aus ihrer Kehle. Sie rang nach Luft. Ihr Körper drehte sich wie von selbst auf die Seite und rollte sich schutzsuchend zusammen. Blitzschnell nahm sie ihre Umgebung war – sie lag auf Beton, inmitten der Lagerhalle. Ein paar Füße standen vor ihr.

Kurz war es still.

„Was haben Sie hier zu suchen?", kläffte eine Stimme auf sie herab.

Jenna atmete tief durch, auch, um zu versuchen, den Schmerz auszublenden. Gewöhnlicher Weise half ihr das.

„Das selbe ... könnte ich Sie fragen", sagte sie, aber es klang nicht mehr wie ein Keuchen.

Wütendes Gemurmel verbreitete sich unter den Männern. Jenna wollte mithören, aber der Schmerz vernebelte ihr das Gehirn. Ein Geräusch von klapperndem Leder drang an ihr Ohr und eine eiskalte Erkenntnis schlich sich in sie. Sie hatten ihr die Waffe abgenommen. Ihre letzte Chance, sich irgendwie zu verteidigen, hatte sie somit verpasst.

Der nächste Schlag traf sie in die Seite, eher war es ein Tritt. Jenna schnappte nach Luft, wollte aufschreien, aber kein Ton trat aus ihrer Kehle. Stattdessen schossen Tränen in ihre Augen.

„Ich hab Sie was gefragt!", fuhr derselbe Kerl von vorhin sie an.

Jenna spürte ihren Herzschlag in jeder einzelnen Faser, fühlte, wie ihr Körper pochte und zu explodieren schien. Sie öffnete den Mund, aber alles, was dann aus ihrer Kehle kam, war ein Husten.

„Die Hübsche ist ganz schön kratzbürstig."

Jemand trat ihr gegen den Rippenbogen. Jenna riss den Mund auf und wollte schreien, aber ihr Körper verwehrte es ihr. Ihre Rippe fühlte sich an, als würde sie zerbersten. Tränen vernebelten ihr die Sicht, sie atmete kurz und oberflächlich, weil es bei jedem Heben und Senken wehtat. Ein Zittern lief durch ihren Körper. Die Männer fluchten, aber das nahm sie kaum mehr war. Ein Tritt landete in ihrem Bauch. Ihr wurde übel, ihr Verstand vernebelte sich, vor ihren Augen drehte sich alles. Es fühlte sich an, als wären ihre Organe dabei, zu Brei zu zerlaufen. Der nächste Schlag raubte ihr endgültig den Atem. Panisch schnappte ihr Körper, kaum mehr sie selbst aktiv, nach Luft. Beide Teile, Körper und Geist, schienen sich langsam aber sicher voneinander zu lösen. Sie hatte keine Chance.

„Das hat man davon. Wenn man sich als Frau in solch eine Gegend begibt und seine Nase in Dinge steckt, die einen nichts angehen."

Eine Stimme, die ihr noch nicht bekannt war, sprach nun zu ihr. Ihr Körper bäumte sich auf, versuchte, gegen die Misshandlungen, die ihm angetan wurden, anzukommen. Sie hustete und keuchte, schmeckte Blut. Wäre sie dazu noch im Stande, wäre sie zusammengezuckt, als sie eine Hand an ihrer Wange und dann an ihrem Kinn spürte.

„Was meint ihr, Jungs." Ihr Unterbewusstsein konnte das gehässige Grinsen aus seiner Stimmlage heraushören. „Wollen wir noch ein wenig Spaß mit ihr haben?"

Ihr verschwamm alles vor Augen. Die Kerle lachten. Die Hand wanderte an ihrem Hals hinunter über das einzige Stückchen Haut, das nicht von Kleidung bedeckt war. Sie bewegte sich, eigentlich war es nur eine unkoordinierte Armbewegung. Jemand packte ihr Handgelenk. Ein erneutes Mal bekam sie einen Tritt gegen die Rippen, glaubte, etwas knacken zu fühlen. Ein höllischer Schmerz breitete sich an einer Stelle in ihrem Körper aus, die sie nicht differenzieren konnte.

Aber es machte ihr nichts mehr aus. Die Worte, die an

250

ihr Ohr drangen, klangen immer gedämpfter. Ein Husten drang aus ihrem Hals, das eher einem Krächzen ähnelte. Die Hand, eine eiskalte Hand, fuhr unter ihr Shirt. Sie strengte sich nicht mehr an. Jenna fielen endgültig die Augen zu. Es tat zu sehr weh.

Und dann hörte sie etwas. Ein Geräusch, das sie unter Tausenden erkennen würde, auch, wenn es noch so leise wäre.

Doch dann brach ihr Kreislauf endgültig zusammen. Sie verlor das Bewusstsein und stürzte hinab in ein tiefschwarzes Nichts.

# Kapitel 23

Als der Anruf kam, hatte sie das Gefühl, den Boden unter den Füßen zu verlieren. Womöglich wäre sie umgefallen, wenn sie gestanden hätte.

Neela ließ alles Links liegen, meldete sich ab, sie müsse dringend weg. Ihre Freundin schwebte vielleicht in Lebensgefahr. Ihre Freundin, hatte sie gesagt.

Ihr Element war das Wasser, und es passte zu ihr. Wenn ihr Leben ins Stocken geriet, wurde ihr langweilig, und sie war auch schon immer nah am Wasser gebaut. Sie hatte gedacht, Blau wäre ihre Lieblingsfarbe. Aber nun wusste sie, dass das nicht stimmte. Es war grün. Hellgrün wie Jennas Augen. Diese strahlenden, lebenslustigen Augen in dem wundervollen Gesicht, das Neela keine Ruhe mehr ließ.

Sie dachte daran, wie verletzt Jenna ausgesehen hatte, als sie gegangen war. Sie hatte sich ausgemalt, was sie tun würde. Ob sie sie hassen würde.

Dass sie angerufen hatte, hatte ihr Hoffnung gegeben. Aber sie selbst war noch nicht bereit gewesen, einfach zurück zum Guten zu gehen, als wäre nichts gewesen.

Also hatte sie sich abgeschottet, wie schon so oft in ihrem Leben, hatte die Kalte gespielt, obwohl sie im Inneren in Tränen ausgebrochen war.

Jenna ging auf Konfrontation. Sie sprach aus, was sie dachte. Und sie? Sie war feige. Sie verschanzte sich lieber hinter einem süßen Lächeln und hoffte, niemand könnte durch ihre Schutzhülle sehen.

Bisher hatte das gut geklappt. Aber es gab zwei Menschen, denen sie nichts vormachen konnte.

Eine davon war Gillian. Die andere war Jenna.

Das Problem war nur, dass Gillian sie aus dem Loch namens Selbsthass geholt hatte. Und dass Jenna ihre größte Stärke und Schwäche zugleich war.

Sie hatte ein furchtbar schlechtes Gewissen. Sie wusste, wie Jenna sich fühlen musste – durch ihre distanzierte Art konnte sie in der Tat wirken, als sei es ihr nicht ernst genug. Als sei ihre Angst stärker als ihre Bedürfnisse. Das war schon immer so gewesen – schon immer hatte sie versucht, bei jedem gut dazustehen, auch wenn das bedeutete, sich selbst zu verstellen und zu einer Person zu werden, die sie eigentlich nicht wahr. Jenna liebte sie. Und zwar mehr als jeder andere in ihrem Leben zuvor. Und Neela hätte verdammt nochmal etwas dafür tun müssen, um ihr das zu zeigen.

Sie liebte alles an ihr. Sie liebte ihre Augen. Sie liebte ihre Haare. Sie liebte ihren Geruch. Sie liebte es, wenn sie unsicher wurde und versuchte, das zu verbergen, indem sie in ihre Rolle als Polizistin schlüpfte. Neela hatte es ihr nie gesagt, aber sie bemerkte das jedes Mal. Sie liebte ihr Lachen. Ihre lebensfrohe Art und ihren Mut. Sie liebte ihre Eigenarten. Dass sie Karamell in ihrem Kaffee trank. Sie könnte ewig aufzählen, was es alles war. Sie liebte Jenna, und genau das war der Grund, weshalb sie sich so benahm.

Darin war sie schon immer gut gewesen - Leute dazu zu bringen, dass sie sie nicht mehr leiden konnten.

Im Radio begann ein neues Lied. Sie erkannte es sofort – High Hopes von Kodaline.

Neela spürte, wie ihr eine Träne aus dem Auge rollte, als sie insbesondere den zweiten Vers wahrnahm.

Ja. Es war ihre Schuld. Vielleicht nicht nur, aber insbesondere ihre.

Sie biss sich auf die Lippe, hielt einen Seufzer zurück und konzentrierte sich darauf, ihr Auto heil aus der Tiefgarage auf die Straße zu bugsieren. Und wie ihre Welt sich drehte. War es nun wirklich vorbei?

Ob es Jenna genau so ergangen war? Hatte auch sie … die Hoffnung aufgegeben? Neela wollte es nicht glauben, sie konnte es nicht.

Die zweite Strophe begann. Verdammt, sie hasste Erinnerungen. Warum waren es nur so gut wie immer die schlechten, die einem so im Gedächtnis blieben? Wie Gespenster, die ein und wieder ausgingen in ihren Erinnerungen.

Ihre Familie, die sie verstoßen hatte. Noch heute sah sie deren Gesichter vor sich, auch wenn sie langsam verschwammen. Irgendwann würden diese Blicke sie hoffentlich los lassen, irgendwann, so hoffte sie, würde sie damit leben können.

Ihre Kameraden in der Schule. Jedem, dem sie etwas vorgespielt hatte. Jeder, der sich fragte, warum sie keinem der Jungs eine Chance gegeben hatte.

Sie dachte an Gillian, an die Person, ohne die sie bis heute nicht wusste, ob sie noch leben würde, wenn sie sie

254

nicht getroffen hätte. Neela vermisste sie in diesem Moment so sehr. Fast so sehr wie Jenna.

Sie wischte sich über die Augen. Wieso konnte sie jetzt nicht hier sein? Wieso konnten die beiden Menschen, die ihr alles bedeuteten, jetzt gerade nicht hier sein?

Im letzten Moment trat sie auf die Bremse, als sie realisierte, wie die Ampel rot wurde. Neelas Herz pochte, am liebsten hätte sie geschrieben. Sie dachte hier an sich, schwelgte in Erinnerungen, die sie fertig machten, während sie den wahren Grund ausblendete. Jenna war im Krankenhaus. Jenna, die Frau die sie liebte, schwebte in Lebensgefahr.

Sie war ein Feigling. Sie war es schon immer gewesen, und sie hasste sich dafür.

„High Hopes" sang der Sänger, immer wieder. Es ging um während Hoffnung. Aber für sie fühlte sich an, als hätte sie bereits alles verspielt.

. . .

Sie war sich sicher, einen Strafzettel zu kassieren, so schief wie sie geparkt hatte. Aber das alles war zweitrangig. Sie rannte über den gepflasterten Weg auf das Hauptgebäude zu, an die Zentrale der Notaufnahme. Fragte dort nach Jenna Wackefield, eine Polizistin, die einem Verbrechen zum Opfer gefallen war. Sie könne ihr nichts sagen, meinte die Frau an der Aufnahme, es sei denn, sie gehöre zur Familie.

*Sie ist meine Familie,* dachte Neela und hätte es auch fast gesagt. Sie wollte schreien. Sie wollte verdammt nochmal wissen, was los war. Aber stattdessen nickte sie nur stumm und trat zur Seite.

Da war es wieder. Sie hatte zu sehr Angst vor den Folgen, anstatt sich die Wahrheit einzugestehen. Vielleicht liebte sie Jenna deswegen so sehr, vielleicht sah sie aus diesem Grund zu Gillian auf. Beide waren starke, unabhängige Frauen, die keine Angst davor hatten, sie selbst zu sein. Die für andere einstanden.

Ein Seufzer trat aus ihrer Kehle, der beinahe in einem Schluchzen geendet hätte. Nein, sie würde jetzt nicht heulen. Sie hatte kein Recht dazu.

Und dann fiel ihr etwas ein. Sie kramte ihr Handy hervor, entsperrte es und klickte den Kontakt an.

Es läutete. Einmal. Zweimal. Dreimal.

Nach dem sechsten Mal legte Neela auf, ein erbärmlicher Laut entfuhr ihrer Kehle. Natürlich nahm sie nicht ab, sie hatte Unterricht. Was brachte es auch schon? Sie würde Jenna auch nicht heilen können.

Neela fühlte sich hilflos und allein in dieser verdammten weißen Einöde namens Krankenhausgang. Sie setzte sich nicht ins Wartezimmer, konnte es nicht ertragen, still dazusitzen und ins Nichts zu starren. Stattdessen lief sie auf und ab, wie ein Tiger im Käfig.

Ein weißer Tiger. Wie in dem Lied, das Jenna ihr eines Abends vorgespielt hatte. Als sie Küsse auf ihrem ganzen Körper verteilt hatte, an Stellen, an denen Neela zuvor gar nicht richtig realisiert hatte, dass sie überhaupt da waren. Ein verletzter, sich selbst verfluchender Tiger, der sich nach einer Umarmung sehnte.

Sie brauchte Gillian. Gillian, die ihr Halt gab.

Sie brauchte Jenna. Jenna, die sie liebte.

256

Als sie spürte, wie ihr erneut Tränen kamen, wischte sie sie weg und atmete tief durch. Sie wollte gerade den Gang verlassen und ein wenig draußen in der Kälte herumlaufen, in der Hoffnung sich damit betäuben zu lassen, als sie eine Stimme wahrnahm, die ihren Namen rief.

# Kapitel 24

Neela drehte sich um und wischte sich die Tränen fort. Der Mann, der im Stechschritt auf sie zugelaufen kam und ihren Namen gerufen hatte, war ihr unbekannt. Zudem wunderte sie sich, dass er nicht wie ein Arzt aussah. Im Gegenteil – er trug eine schwarze Jacke über der Schulter und war gekleidet in ein weißes Hemd und eine Anzughose. Er wirkte angespannt und nervös wie sie, aber gefasst. Neela schluckte, prophylaktisch, um zu verhindern, dass ihre Stimme so klang, wie sie sich fühlte.

„Ja bitte?", fragte sie, als er in Hörweite kam.

Seine warmen, blauen Augen richteten sich auf die ihren. Er schien sie unter die Lupe zu nehmen – ob es Interesse war, wusste sie nicht.

Dann streckte er ihr die Hand hin. Es war eine warme, freundlich wirkende Geste, weshalb sie erwiderte.

„Ich bin Damien Murphy." Und nach einer kurzen Pause fügte er hinzu: „Ich bin Jennas Kollege."

Bei dem Klang ihres Namens schienen Neelas Beine zu Pudding zu werden. Sie unterdrückte ein Schluchzen, konnte aber nicht verhindern, wie sich ihre Augen erneut mit Flüssigkeit füllten. Damien schien es zu bemerken. Sanft aber bestimmt griff er nach ihrem Arm.

„Kommen Sie", sagte er. „Wollen wir uns setzen?" Als

258

sie nickte, legte er den Arm um sie. Seine Hand ruhte auf ihrem unteren Rücken, als er sie aus dem Gang führte. Die Geste wirkte zurückhaltend und unterstützend zugleich. Er gab ihr die Stütze, falls sie umfallen sollte. Und die Wahrscheinlichkeit, dass dies passieren könnte, war ziemlich hoch.

Neela hatte sich die letzten Jahre eine außergewöhnlich gute Menschenkenntnis angeeignet. Womöglich war es eine Art Selbstschutz – nach allem, was sie erlebt hatte, war es Zeit geworden, zu wissen, wem man vertrauen konnte und wem nicht. Sie spürte sofort, wenn ihr eine Person sympathisch war, und bisher hatte sie damit Recht behalten.

In Damien Murphys Gegenwart fühlte sie sich wohl. Sie war nie eine der Menschen gewesen, die über Polizisten Witze gerissen oder sie beschimpft hatte, im Gegenteil. Sie schätzte deren Anwesenheit, sie fühlte sich sicher durch sie. Und Damien strahlte eine Ruhe und Kontrolle aus, wie sie es nie zuvor in so kurzer Zeit erlebt hatte.

Eine ganze Weile lang sprach keiner der Beiden ein Wort. Neela starrte auf den schalen, grauen Krankenhausboden, auf dem ihr Schatten lag. Er schien ihre Gefühle widerzuspiegeln – düster, bedrohlich, verschwommen.

„Sie schafft das." Damiens Stimme durchschnitt die Stille.

Neela hob den Kopf. Er lächelte, seine blauen Augen funkelten aufmunternd. „Sie ist eine Kämpferin."

SIe wollte ihm glauben, wirkte er doch so ehrlich und zuversichtlich, aber es gelang ihr nicht. Im Gegenteil – seine Worte ließen ihr das Herz zusammenkrampfen.

„Genau das ist es ja", sagte sie leise. Sie spürte Damiens

Blick auf sich gerichtet, auffordernd, dass sie weiterspre-chen möge.

„Was meinen Sie?"

Neela hob den Kopf und sah Damien erneut an. Ir-gendwie hatte sie das Gefühl, ihm alles erzählen zu können.

„Ich bin es nicht. Ich bin keine Kämpferin." Sie schluck-te. „Das ist der Grund, weshalb wir uns … gestritten ha-ben." Und dann, flüsternd und so schwach, wie sie sich fühlte, sagte sie: „Der Grund, weshalb ich sie nicht verdient habe."

Sie spürte, wie ihr eine Träne aus dem Auge rollte und sah, wie Damien seine Hand ausstreckte. Als sie seine trös-tende Berührung auf ihrem Arm spürte, glaubte sie, inner-lich zu zerbersten. Sie wollte kein Mitleid. Sie hatte es nicht verdient. Ein Gedanke schoss zurück in ihr Gedächtnis, der Gedanke, der ihr das Herz zerbrechen ließ. Ihre Stimme zitterte, als sie den furchtbaren Satz aussprach: „Was, wenn es das letzte Mal war …"

„So dürfen Sie nicht denken." Die Unterbrechung hing zwischen ihnen wie ein Vakuum. Es lag eine solche Stärke, ja beinahe Befehlskraft in seinen Worten, dass Neela für einige Momente nichts anderes tun konnte, außer ihn anzu-starren.

Sie wollte nicht weinen. Nicht schon wieder. Ihr ganzer Körper schmerzte – aber insbesondere ihr Herz und ihre Seele. Neela wollte etwas erwidern, irgendetwas, um die Stille zu unterbrechen, als sie Schritte wahrnahm. Sie hob den Kopf und sah, wie ein anderer Mann, etwas jünger vielleicht als Damien, ihre Richtung einschlug. In der Hand hielt er drei Kaffeebecher in einem Pappbehälter. Sein ge-

260

pflegter, kurz gehaltener Bart unterstrich seine markanten Gesichtszüge. Die braunen Haare hatte er nach hinten gegeelt, nicht übertrieben wie diese Jugendlichen es taten, sondern dezent, um ihn ordentlich erscheinen zu lassen. In seinen dunklen Augen lag Mitgefühl und noch etwas anderes, etwas, das sie in Damiens nicht gesehen hatte: Unsicherheit. Er schien sie anzustarren und gleichzeitig zu versuchen, es nicht zu tun. Als er näher kam und bemerkte, dass sie ihn ansah, erschien ein Lächeln auf seinen Lippen. Es war zurückhaltend, und irgendetwas in Neela schien ihr zu signalisieren, dass er das nicht oft tat. Er wirkte unsicher, eben genau weil er sich so verhielt.

„Ich hoffe, der Kaffee schmeckt besser, als der Automat aussieht", sagte er.

Neela wollte lächeln, aber erneut gelang ihr auch das nicht. Der Mann blieb vor ihr stehen und hielt ihr einen der Becher hin.

„Sie sind Jennas Freundin Neela?", fragte er, auch wenn er die Antwort bereits zu kennen schien.

Neela nickte. Zum ersten Mal in ihrem Leben hatte sie das vor jemandem, der ihr unbekannt war, zugegeben. Was sie dabei fühlte, konnte sie nicht beschreiben. Eigentlich fühlte sie gar nichts.

„Ich bin Jeff. Jeff Wellington. Ich teile mir das Büro mit ihr." Neela nickte erneut, Interesse schlich sich in sie, da sie nun endlich ein Gesicht den Erzählungen zuordnen konnte.

„Freut mich", sagte sie leise und verfluchte sich beinahe dafür, wie zittrig ihre Stimme klang. Aber keiner der beiden Polizisten schien es ihr übel zu nehmen.

Neela beobachtete, wie die Oberfläche ihres Kaffees immer wieder von Zuckungen durchlaufen wurde. Sie war sich ziemlich sicher, dass sie der Grund dafür war. Es war furchtbar, wie langsam die Zeit verging, wenn man sich in einer unangenehmen Situation befand. Sie konnte Jenna eine Ewigkeit in die Augen sehen und sich dabei fühlen, als wären es Sekunden, dabei waren Minuten vergangen.

Jetzt saß sie hier, neben ihr und gegenüber zwei ihr völlig unbekannte Männer, die so vieles mit Jenna erlebt hatten, und hatte das Gefühl, jede Sekunde dauere eine Ewigkeit.

„Was hat sie dort gemacht?"

Erst, als sie ihre eigene Stimme wahrnahm, realisierte sie, dass sie die Frage tatsächlich ausgesprochen hatte. Sie starrte noch immer geradeaus, erkannte aber, dass sich die Männer Blicke zuwarfen.

„Wir bekamen einen Anruf von einem Officer, der undercover gearbeitet hat, um eine kriminelle Bande hochnehmen zu lassen", sagte schließlich Damien. Seine Stimme klang beruhigend und sanft, fast wie Samt. „Jenna war als erste am Tatort und wurde von ihnen überrascht."

Er verstummte, als er sah, dass Neela sich erneut anspannte. Das genügte ihr. Es konnte ihr egal sein, was passiert war. Es zählte allein die grauenhafte Vorstellung, dass ihre Freundin einige Zimmer weiter in einem OP-Saal um ihr Leben kämpfte.

„Apropos, Logan ist auf dem Weg der Besserung", sagte Jeff an Damien gerichtet. „Er bleibt noch eine Nacht hier zu Beobachtung, morgen wollen sie ihn entlassen. Außer Blutergüssen, einem verstauchten Arm und einem schlechten

262

Gewissen geht's ihm ganz gut."

Neela sah, wie Damien nickte. „Logan ist der Officer", erklärte er ihr. Sie nickte auch und nahm einen Schluck von ihrem Kaffee. Es war ihr egal.

„Jenna war schon immer jemand, der sich bedingungslos für andere eingesetzt hat", sagte Damien auf einmal. Neela hob den Kopf und sah Jeff, der ihr gegenüber saß, im gleichen Moment schmunzeln. „Einmal wäre sie fast auf einen Kerl losgegangen, der eine junge Frau dumm angemacht hat", sagte er an sie gewandt. „Sie ist sich für nichts zu schade, solange es der Gerechtigkeit dient."

Neela lächelte und unterdrückte ein Schniefen. Neben ihr legte Damien seine Jacke ab, griff in seine Hosentasche und holte ein schwarzes Portemonnaie hervor. Er klappte es auf und zog ein Foto heraus.

„Das wurde an unserer Jahresfeier gemacht. Sie war damals seit einem halben Jahr bei uns."

Damien reichte ihr das Bild. Neelas Hand zitterte noch immer, als sie es entgegennahm. Sie musste sich auf die Lippe beißen, um zu verhindern, dass ihr ein Geräusch entrutschte. Das kleine Foto zeigte Damien, Jeff, zwei andere Männer und eine blonde Frau mit einem strahlenden Lächeln. Sie alle waren sichtbar einige Jahre jünger, Jenna wirkte beinahe wie ein Teenager, glücklich und fridel, als würde sie so etwas wie Traurigkeit nicht kennen. Als Neelas Gehirn durchdrehte und in ihrem Kopf Jennas Lachen ertönte, schluckte sie die erneut aufkommende Angst hinunter. Schnell gab sie Damien das Foto zurück, um zu verhindern, dass sie völlig in Tränen ausbrach.

Natürlich konnte sie in Gegenwart zweier Detectives,

die darauf trainiert waren, Menschen und deren Körpersprache zu beobachten und analysieren, nicht davon ausgehen, unbemerkt zu bleiben.

„Soll ich Ihnen eine Geschichte erzählen?"

Neela strengte sich an, tapfer zu sein, und sah Jeff an. Seine Augen funkelten.

„Was für eine Geschichte?", fragte sie heiser.

„Ach." Auf Jeffs Lippen erschien ein Grinsen. Jetzt verstand sie, was Jenna mit ihren Erzählungen über ihn gemeint hatte. „Darüber, wie Jenna sich den Spitznamen „Matschmonster" eingehandelt hat."

Normalerweise war Neela nicht der Typ dafür, sich auf Kosten anderer zu amüsieren. Aber wenn sie eines verstand, dann, dass Jenna diesen beiden Männern sehr am Herzen lag und Jeff Wellington nur versuchte, die Stimmung aufzulockern. Und außerdem interessierte es sie. Also nickte sie.

„Es war einer ihrer ersten Fälle. Ihr dritter glaube ich sogar, wenn ich mich recht entsinne."

„Es war ihr dritter." Damien neben ihr nickte, auch er grinste nun, ließ aber Jeff den Vortritt.

„Wir hatten einen Tipp von der Streife bekommen. Außerhalb der Stadt wurde unser Verdächtiger gesichtet, den wir schon lange verfolgt haben. Wir sind hingefahren und schließlich vor einem einsamen Häuschen mitten im Wald gelandet. Dort hatte er sich verbarrikadiert. Bevor wir auch nur handeln konnten, ist der Kerl abgehauen. Jenna ist sofort hinter ihm hergerannt, ohne auf uns zu warten."

„"Lahmarschig" hat sie uns genannt", empörte sich Damien.

264

Neela brachte ein Lächeln zustande.

Jeff fuhr fort: „Der Rest von uns begann gerade, sich aufzuteilen und nach den Beiden zu suchen. Es kam nämlich eine Ewigkeit kein Lebenszeichen zurück. Und dann auf einmal" Er richtete sich auf und machte untermalende Handbewegungen und Mimiken, „teilte sich das Gebüsch und hinaus traten zwei mit braunem Matsch übersäte Gestalten – das etwa doppelt so große wurde von dem kleinen, von dem fast nichts mehr erkennbar war, geführt. Dann rief es mit Jennas Stimme „Kann mir den mal irgendjemand abnehmen?" Und wir grölten natürlich alle los.

Jenna meinte zu ihrer Rechtfertigung, sie habe den Typ verfolgt und per Hechsprung die Verhaftung eingeleitet. Dabei seien sie beide in einer riesen Matschpütze gelandet. Natürlich hatte sich der gute Kerl noch ein wenig gewehrt, weshalb sie so verdreckt waren. Nachdem wir diese Geschichte kannten und uns alle ein wundervolles Kopfkino vorstellen konnten, war es noch amüsanter."

Neela grinste tatsächlich. Sie konnte es sich nur zu gut vorstellen.

„Auf dem Revier haben wir eine Pinnwand, auf der immer die Fotos der neu im Dienst erschienenen und der in Rente gegangenen für ein paar Monate hängen", fügte Damien hinzu. „Nicolas, ein anderer Kollege, hat von Jenna ein Foto gemacht. Und das hing dann eine ganze Weile lang unter ihrem richtigen Bild an dieser Wand, mit der Unterschrift „Ein Hoch auf das Matschmonster und seine erste Verhaftung."

Neela schüttelte leise lachend den Kopf.

Dann sprachen sie nichts mehr. Neela bemerkte, wie ihr Körper nach Erholung schrie, aber ihr Inneres ließ es nicht zu. Auch wenn die Geschichte die Situation aufgelockert hatte, beruhigt war sie noch lange nicht.

Sie hatte keine Ahnung, wie spät es war. Sie waren allein in dem Gang, nicht einmal in dem am nächsten liegenden Aufenthaltsraum saß jemand, weshalb sie die nervösen, schnellen Schritte sofort bemerkte. Neela sah auf, genauso wie Damien und Jeff. Genau im richtigen Moment, um zu sehen, wie ein blonder, völlig aufgelöster Mann um die Ecke gelaufen kam.

Neela rutschte das Herz in die Hose, als sie ihn erkannte.

„Greg", wollte sie sagen, aber es kam kein Ton aus ihrer Kehle.

„Was ist passiert?" Gregs Stimme klang leise und beinahe bedrohlich. In seinen Augen spiegelten sich Neelas Gefühle wieder. Die Wirkung, die Jeff und Damien mit der Geschichte auslösen wollten, war im Nichts verflogen. Damien neben ihr erhob sich und trat auf ihn zu.

„Greg ..."

„Sag es mir, Damien!" Greg funkelte ihn an. Noch nie hatte Neela den Bruder ihrer Freundin so wütend gesehen. Wütend und besorgt. „Wo ist meine Schwester, wie geht es ihr?"

Er sah aus, als könne er jeden Augenblick auf Damien losgehen. Die beiden Polizisten warfen sich Blicke zu, die Neela als einen stummen Streit darüber interpretierte, wer ihm die Nachricht überbringen sollte.

„Sie wurde zusammengeschlagen", begann Damien. „Sie ist jetzt im OP und wird untersucht. Wir wissen noch

266

nicht, was ihr fehlt."

Nun klinkte sich Jeff ein. „Wir kamen vielleicht noch rechtzeitig. Sonst hätten diese Kerle … sich womöglich noch an ihr vergangen." Neelas Herz setzte einen Schlag lang aus. Das hatte sie nicht gewusst. Sie fuhr zu Jeff herum und starrte ihn an.

„Was?" Ihre Stimme war kaum mehr als ein Wispern. Jeff erwiderte ihren Blick. Sein Kiefer spannte sich an, in seinen Augen lag ein Ausdruck, als wolle er sich entschuldigen.

„Diese verdammten Schweine!" Gregs Stimme brach. Sein Gesicht verschwand hinter seinen Händen.

Mit einem Mal wurde Neela wütend. Sie wollte einfach nur schreien. Am liebsten würde sie diese Kerle höchstpersönlich für das bestrafen, was sie Jenna angetan hatten. Aber das würde sie von keinem anderen unterscheiden. Und sie wusste, dass es nichts brachte, auszurasten.

„Wo wart ihr, verdammt nochmal?!" Eine Träne lief aus ihren Augen, als sie Gregs Stimme erneut wahrnahm. Er funkelte die beiden Polizisten an, als seien sie an allem Schuld. „Wo wart ihr, als sie euch gebraucht hat?"

Neela presste die Lippen aufeinander. Sie wünschte sich mit einem Mal, sie könne einfach so im Erdboden versinken. Es brach ihr das Herz, Jennas Bruder in diesem Zustand zu sehen. Die Luft schien zu knistern. Neela hielt den Atem an. Auf einmal trat Greg vor, auf Damien zu. Ohne eine weitere Sekunde untätig herumzusitzen sprang sie auf, um zu verhindern, dass die Situation aus dem Ruder laufen würde.

„Greg!"

267

Ihre Stimme ließ die drei Männer verstummen. Greg hielt inne, als sei er gegen eine Wand gelaufen. Zum ersten Mal, seit er hier war, sah er sie direkt an. Seine Augen loderten.

„Greg, das bringt nichts."

Neela sprach in einer Tonlage, die sie selbst überraschte. Sie klang ruhig und gefasst, als versuche sie, sich selbst damit zu beruhigen. Sie trat auf Greg zu, nahm sein Kinn in beide Hände und brachte ihn dazu, sie anzusehen. Seine Augen, die statt Jennas grünen blau waren, schimmerten verdächtig. „Ich mache mir genau solche Sorgen um sie wie du." Neela blinzelte und biss sich auf die Lippe. „Aber das bringt doch nichts."

Greg schluckte und er fuhr sich über die Augen. Neela umarmte ihn und spürte, wie angespannt er war und zitterte. Als seine Hände sich um sie schlangen und er sie in eine feste Umarmung zog, brach auch sie zusammen. Die Tränen strömten ihr wie Wasserfälle aus den Augen, aber sie weinte leise.

Eine gefühlte Ewigkeit lagen sie sich in den Armen und hätten dies womöglich noch den ganzen Abend bis in die Nacht getan, hätten ihre Beine nicht irgendwann angefangen, schwach zu werden. Greg noch immer nicht komplett loslassend setzten sie sich zurück auf die Bank. Sie schwiegen. Irgendwie tat es Neela gut, seine Hand zu halten – als gäbe ihr das ein wenig Trost, es war, als sei ein Teil von Jenna hier bei ihr. Jeff bot Greg an, ihm einen Kaffee zu holen. Er lehnte ab. Einschlafen würde er ohnehin nicht, sagte er. Neela gab ihm recht.

Damien erzählte schließlich von einem Ritual - Jeff und

er, plus Jenna und den vierten im Bunde, der Kollege namens Nicolas Dupré, trafen sich jeden Monat und unternahmen gemeinsam etwas. Das konnten Barbesuche sein, wobei die unmöglichsten Geschichten flossen, oder sie spielten Tischfußball oder Poker in Damiens Wohnung, die die Größte von allen vieren war. Ab und zu besuchten sie ein Spiel, Baseball war es vor einem halben Jahr gewesen. Nicolas kannte jemanden, der Karten verkaufte. Manchmal, sagte Damien, saßen sie auch nur faul auf dem Sofa mit einem oder mehreren Sixpacks Bier herum.

„Freundschaft ist, wenn man über die dümmsten Dinge lachen, über dieselben Dinge weinen und manchmal auch einfach schweigen kann, ohne dass es unangenehm ist." Mit diesen Worten beendete Damien die Erzählung.

Neela nickte langsam. Das stimmte. Und es stimmte auch, was Jenna damals gesagt hatte: Freundschaft ist Liebe auf seelischer Ebene, Liebe war es, wenn die körperliche und das Äußere noch dazu kam.

Sie vermisste Jennas Stimme. Sie vermisste die angenehme Stille, das Wissen, dass sie einfach da war. Jetzt war sie es nicht. Aber alles, was Neela für sie tun konnte, war, immerhin ihr das Gefühl geben, dass sie auf sie wartete.

Und dann nahm sie Schritte war. Alle gemeinsam sahen sie auf, und Neela fühlte ihr Herz pochen. Eine dunkelhäutige Krankenschwester kam, mit einem Klemmbrett unter dem Arm, auf sie zu.

„Sie sind hier wegen Miss Wackefield, richtig?", fragte sie, als sie in Hörweite kam. Sie erntete vierstimmiges Nicken. Neelas Herz begann, aufgeregt zu klopfen. „Sie ist noch im Aufwachzimmer, aber sie wird bald in ihr Zimmer gebracht."

Ein Aufatmen ging durch die vier hindurch. Neela schlug sich die Hand vor den Mund, um das Geräusch zu ersticken, das ihr aus dem Mund entwich. Sie atmete auf. Das war die beste Nachricht, die sie jemals bekommen hatte. Das Schlimmste war überstanden. Ihre größte Furcht war nicht eingetreten.

„Was hat sie?", fragte Greg dann sofort.

„Ich weiß nur, dass sie eine geprellte Rippe und eine Milzruptur hat. Zunächst bestand aus diesem Grund das Risiko auf innere Blutungen, was aber dann verworfen wurde. Auch ein MRT wurde gemacht, um eine Kopfverletzung auszuschließen."

Neela lief eine Gänsehaut über das Rückgrat.

„Und was bedeutet das?", fragte sie, auf den ersten Teil bezogen.

Die Schwester richtete den Blick auf sie. Sie lächelte ein wenig. „Es klingt schlimmer als es ist. Die Milz ist zwar ein empfindliches Organ, aber der Riss war nicht groß. Bei der Operation wird ein sich mit der Zeit selbst auflösender Gewebekleber benutzt, der das Organ zusammenhält, bis es wieder verheilt ist. Aber Genaueres kann Ihnen ihr behandelnder Arzt sagen."

Neela wollte aufatmen, aber der Gedanke daran, was Jenna erlebt haben musste, drehte ihr den Magen um.

Die Schwester sprach weiter: „Eine Person darf ich zu ihr lassen. Am besten jemand, der ihr am nächsten steht." Sie sah zwischen ihnen hin und her und richtete dann speziell den Fokus auf die drei Männer. „Vielleicht ihr Freund,

270

oder Verlobter, oder …“

„Sie hat keinen Freund.“ Damien richtete seine Augen auf sie, Jeff folgte. Neela wurde es heiß und kalt zugleich, aber was genau der Grund dafür war, wusste sie nicht. Die Krankenschwester blinzelte und sah ein paar Mal zwischen ihnen hin und her, so, als verstehe sie nicht richtig. Neela war es egal. Zum ersten Mal in ihrem Leben war es ihr egal. Sie wollte nur zu Jenna.

Aber dann rief sie sich den Mann vor Augen, der neben ihr stand und dessen Arm sie noch immer umklammert hielt. Neela sah zu ihm auf.

Greg lächelte sie unter Tränen an. „Geh“, sagte er sanft. „Dich wird sie lieber sehen als mich.“

Neela blinzelte. „Aber sie ist deine Schwester“, sagte sie leise und irritiert.

Greg wischte sich über die Augen und grinste. „Genau deshalb. Ich kenne sie. Jemanden aus ihrer Familie würde sie wegschicken, weil sie nicht wollen würde, dass man sich Sorgen oder ihr gar Vorwürfe macht.“

„Wieso Vorwürfe?“ Neela blinzelte. „Sie hat sich nicht extra verprügeln lassen.“

Greg umfasste ihre Handgelenke. „Glaub mir einfach“, sagte er sanft. „Ich weiß, wie sie in solchen Situationen tickt. Du bist die Einzige, die sie nicht wegschicken wird.“

Neelas Augen wurden feucht, ihre Lippe begann zu zittern. „Ich habe Sie enttäuscht“, flüsterte sie. „Wie kannst du dir so sicher sein, dass sie mich sehen will?“

Auf Gregs Lippen trat ein trauriges Lächeln. „Selbst wenn das so wäre.“ Er streckte die Hand aus und strich ihr eine Träne, die auf dem Weg zu ihrem Kinn über ihre Wange lief, fort. „So und nicht besser kannst du es wieder gut machen."

Sie schienen mit einem Mal die Rollen getauscht zu haben. Auf einmal war sie die Aufgelöste, und er war der ruhige Fels in der Brandung. „Und außerdem werde ich zuhause mehr gebraucht", fügte er hinzu, als hätte er gemerkt, dass ihr diese Erklärung nicht genügte. „Isabella ist allein, und wenn Jenna wüsste, dass ich ihretwegen meine Tochter vernachlässige, würde sie im Dreieck springen."

Neela gab sich geschlagen. Sie drückte Greg die Hand, schenkte ihm ein Lächeln, das mehr sagte als tausend Worte, und drehte sich dann zu der Krankenschwester um.

„Ich bin soweit", sagte sie und war erstaunt, wie fest ihre Stimme klang.

Die Schwester nickte. „Folgen Sie mir", sagte sie lächelnd. Es klang warm und aufmunternd. Kein bisschen skeptisch oder gar abwertend. Mit dem Auftrag der Männer, Jenna gute Genesung zu wünschen, ging sie neben der Krankenschwester her und ließ sich von ihr führen.

„Wir haben sie bereits in ihr Zimmer gebracht", durchbrach die Stimme der Schwester irgendwann die Stille. Zu Beginn der „Wanderung" hatte sie Neela nach ihrem Namen gefragt. „Sie wird wahrscheinlich noch eine Weile brauchen, bis sie aufwacht, und danach wird sie womöglich sehr schwach sein. Lassen Sie ihr einfach Zeit."

Sie blieb vor einer Tür stehen und legte die Hand auf die Klinke. Dann sah sie Neela an und lächelte. „Aber ich schätze Sie auch nicht als Jemanden ein, der sie mit Fragen bombadiert und ihr keine Ruhe lässt. Ich muss sagen, ich bin froh, dass sie eine Frau sind. Sie lasse ich um einiges

272

lieber zu ihr." Mit diesen Worten trat sie ein.

In einer anderen Situation hätte Neela wahrscheinlich nachgefragt, was genau sie meinte, aber der Gedanke an ihre Worte verschwand sofort.

Sie blieb stehen wie gegen eine Wand gelaufen und starrte die Person in dem Krankenbett an. Ihre Augen wurden wässrig, ihre Sicht verschwamm. Jenna sah so hilflos aus, so schwach. Ihr Zeigefinger steckte in einer Art Klemme, in ihrem Handrücken steckte eine Kanüle, verbunden mit dem Infusionschlauch und den Schmerzmitteln, die unaufhörlich in ihren Körper tropften. Am liebsten wäre Neela heulend zusammengebrochen.

„Es wird ihr bald wieder gut gehen." Die sanfte Stimme der Schwester drang an ihr Ohr. Nur schwer riss Neela sich von Jennas Anblick los und sah sie an. „Sprechen Sie mit ihr. Das wird ihr guttun." Ihre dunklen Augen funkelten. „Sie wird wieder gesund. Sie braucht nur Zeit."

Vielleicht lag es an der ruhigen Aura, die die Schwester ausstrahlte, oder an der Art, wie sie sprach. Sie klang sicher und zuversichtlich, und das war in diesem Moment alles, was Neela benötigte. Als sie der Reflex des Blinzelns überkam, rollte ihr eine Träne aus dem Auge.

Die Schwester berührte sie am Arm. Es war eine warme, ermutigende Geste, die sie aber nur noch zerbrechlicher zu machen schien. „Miss Kumar, es wird alles gut."

Neela schloss die Augen und ließ eine weitere Träne fallen. Sie holte tief Luft.

„Ich weiß", hauchte sie.

Der Griff der Krankenschwester wurde fester. „Sie brauchen sich ihrer Tränen nicht zu schämen", sagte sie sanft. „Es ist gut, dass Sie es herauslassen. Sie sind hier, bei ihr. Das ist alles, was Sie tun können. Für sie da sein, wenn sie aufwacht."

Eine weitere Träne lief aus Neelas Auge, aber sie nickte. Sie wischte sich über die Augen und brachte es zustande, die Schwester anzulächeln.

„Danke, Schwester. Für alles."

Deren Lippen verzogen sich zu einem Grinsen. „Ich habe nichts getan. Bedanken Sie sich bei dem Arzt Ihrer Freundin." Sie nickte Richtung Decke. „Und bei deren Schutzengel." *Das werde ich,* flüsterte eine Stimme in Neelas Innerem.

„Rufen Sie, falls Sie etwas brauchen."

Und mit diesen Worten ließ die Schwester sie mit Jenna allein.

Als die Tür leise ins Schloss fiel, stand Neela noch immer eine Weile unbewegt da und betrachtete das beinahe leblose Häufchen Elend in dem weißen Krankenhausbett. Langsam trat sie näher. Zittrig streckte die Hand aus und streichelte Jenna über die blasse Stirn, eine Strähne zurück aus ihrem Gesicht.

Und dann ließ sie ihren Tränen freien Lauf.

Aber diesmal waren sie nicht von schlechter Natur.

# Kapitel 25

Noch bevor sie die Augen aufschlug, noch bevor sie irgendetwas hören, schmecken oder riechen konnte, wurde ihr klar, dass sie nicht tot war. Denn alles tat weh. Ihre Organe fühlten sich an wie Brei, ihr Kopf brummte. Übel war ihr auch. Ihr Gehirn arbeitete auf Hochtouren, und dann kehrten ganz langsam die Erinnerungen zurück in ihr Bewusstsein.

Logans Anruf.

Der Schlag gegen den Kopf.

Die Lagerhalle.

Die Tritte.

Jenna wollte sich bewegen, als ein Schmerz durch ihren Unterbauch fuhr. Sie stöhnte und öffnete blinzelnd die Augen. Ihre Lider waren schwer, aber dennoch erkannte sie, dass sie in einem schlichten, weißen Zimmer lag, in dem es totenstill war. Langsam und vorsichtig, um den seltsamen Schmerz in sich nicht noch mehr zu provozieren, drehte sie den Kopf. Ihr Herz machte einen Sprung, als sie die Person erkannte, die neben ihrem Bett saß. Sie hatte den Kopf gesenkt, ihre Hand lag auf Jennas eigener.

„Neela", wisperte sie heiser. Die schwarzhaarige Frau schreckte auf, als hätte sie geschrien.

Sie sah aus wie eine Mixtur zwischen Mensch und

Waschbär. Ein wunderschöner, verheulter Waschbär. Ihre sonst so klaren Augen waren gerötet, ihre Schminke verlaufen. Sie hatte definitiv mehr als nur ein bisschen geweint, und wahrscheinlich hätte es Jenna das Herz gebrochen, wäre ihr nicht so schummrig zumute.

„Hey", flüsterte Neela erstickt. Jenna blinzelte, um sich selbst wach zu bekommen. Sie war wohl vollgepumpt mit Schmerzmitteln, immer noch ein wenig benommen. Draußen war es dunkel.

„Wie spät ist es?", fragte sie deshalb.

„Fast acht Uhr."

Jenna fuhr herum und starrte sie an. Neela nickte, als sie die Botschaft dahinter verstand.

„Die OP ging etwas länger. Ich …" Sie brach den Satz ab, ihre Augen füllten sich mit Tränen, aber sie blieb stark. Jenna wusste, was sie sagen wollte.

„Wieso ging es so lange?", fragte sie.

Neela wischte sich über die Augen. „Sie haben dich eine Ewigkeit lang untersucht, weil sie nicht riskieren wollten, etwas zu übersehen. Sie haben sogar ein MRT gemacht, um zu kontrollieren, ob du eine Kopfverletzung hast."

Unbewusst hob Jenna den Arm, fühlte ihren Hinterkopf. Eine Erinnerung schoss ihr durchs Gedächtnis. Glücklicherweise erinnerte sie sich nicht mehr an diesen Schmerz.

„Und was habe ich?", fragte sie eine Weile später. „Wurde ich operiert?"

Neela atmete hörbar aus, aber es klang angespannt. Sie nickte. Jennas Sinne schalteten auf Alarm.

„Eine geprellte Rippe und Blutergüsse. Du könntest von Bauchschmerzen geplagt werden. Und …" Sie sah, wie

276

Neela schluckte. „Deine Milz hatte einen Riss. Sie mussten sie mit einem sogenannten Gewebekleber zusammenflicken." Jenna war selbst erstaunt, wie ruhig sie die Nachricht aufnahm. Aber wahrscheinlich war sie einfach viel zu benebelt. Alles, was sie zustande brachte, war ein verzogenes Gesicht.

„Aha. Deshalb diese seltsamen Schmerzen."

„Tut es sehr weh?", fragte Neela besorgt.

Jenna schloss die Augen, atmete tief ein und aus, und horchte in sich hinein. „Es geht", sagte sie dann. „Dadurch, dass ich weiß, dass es normal ist und heilen muss, ist es nicht so schlimm."

Neela nickte und lächelte verkrampft. „Schön, dass wenigstens eine von uns so rational darüber denken kann."

Sie griff nach dem Stuhl, der neben einem kleinen Tisch stand, und stellte diesen so nahe wie nur möglich an das Krankenhausbett heran. Vorsichtig legte sie ihre Hand auf Jennas Arm.

„Greg war auch da, deine Eltern konnten nicht erreicht werden."

Jenna gab ein erleichtertes Seufzen von sich. „Oh Gott sei dank." Sie fuhr sich über die Augen. „Die sind in Kalifornien. Machen sich ein paar schöne Tage in der Wärme."

„Die Familie Wackefield scheint dem Winter zu entfliehen, was?", fragte Neela lächelnd.

Jenna erwiderte und spürte, wie ihr die Augen schon wieder beinahe zufielen.

„Ich sagte dir doch. Wir sind keine Wintertypen." Sie hielt kurz inne, sammelte ihre Kräfte und stellte dann die Frage, die ihr auf der Zunge brannte: „Greg war da, hast du gesagt?"

Neela nickte. „Die Schwestern haben ihn angerufen. Er ist kurz nach mir angekommen." Ein gerührtes Lächeln trat auf ihre Lippen. „Er hat mir den Vortritt gelassen, als es um die Entscheidung ging, wer dich zuerst besucht. Er meinte, du würdest mich lieber sehen als ihn. Allerdings soll ich ihm sofort Bescheid geben, wenn du wach bist." Mit diesen Worten holte sie ihr Handy heraus. „Und das werde ich jetzt tun."

Jenna brachte ein Lächeln zustande. Er kannte sie wirklich gut. Sie war in der Tat froh, dass Neela die Einzige Anwesende war.

„Sagst du ihm, dass er morgen kommen sollen?", sagte sie. „Ich bin ziemlich k.o."

Neela nickte lächelnd. „Natürlich."

Als Jenna das leise Tippen wahrnahm, viel Jenna etwas ein. „Verdammt, Logan!"

Sie sah so ruckartig auf, dass ihr ein Schmerz durch den Kopf schoss. Für einige Momente länger als üblich schloss sie die Augen. Neela legte ihr die Hand auf die Schulter und machte beruhigende Geräusche.

„Deine Kollegen haben es mir erzählt. Er wurde von diesen Kriminellen ertappt, als er dich angerufen hat. Deshalb konnte er nur dir bescheid geben."

„Und ich bin direkt in die Falle gegangen." Ungläubig, ärgerlich über sich selbst, schüttelte sie den Kopf.

„Damien hatte Recht." Neela lächelte. „Er sagte, du würdest es wissen wollen, sobald du wieder einen klaren Kopf hättest."

Jenna rieb sich über die Stirn. „Und wie geht es ihm?"

278

„Sie haben ihn auch zusammengeschlagen, aber er ist schon wieder auf den Beinen." Sie tätschelte Jennas Hand. „Er wollte anscheinend unbedingt zu dir, als er wieder ansprechbar war. Mach dir keine Sorgen."

Erst, als mit ihrem nächsten Atem hörbar Luft entweichen ließ, bemerkte sie, dass sie in der Tat die Luft angehalten hatte.

„Du hast Damien getroffen?", fragte sie dann und konnte das Erstaunen nicht aus ihrer Stimme heraushalten. „Wann?"

„Er war auch da, zusammen mit deinem anderen Kollegen, Jeff. Sie haben mich aufgegabelt und … ein wenig abgelenkt."

Jenna hob die Augenbrauen. „Oh mann. Ich will nicht wissen, womit."

Neelas Grinsen kam zurück. Wie sehr liebte Jenna das Funkeln in ihren Augen. Sie würde jegliche peinliche Situation erdulden, nur um diesen Ausdruck zu sehen.

„Gott, ich bin beschissen müde", sagte sie irgendwann.

Neela lächelte. „Du fluchst. Das heißt, das ist wohl ernst zu nehmen." Sie stand auf und zog den Stuhl näher ans Bett. „Schlaf. Du hast es dir verdient."

Neela küsste sie auf die Stirn und Jenna drehte den Kopf, bis sie deren offene Haare an ihrer Wange fühlte.

Und dann merkte sie, wie alles Adrenalin aus ihrem Körper wich – sie hatte verdammtes Glück gehabt. Es hätte so viel passieren können. Sie hätte tot sein können.

Eine Träne kullerte aus ihrem Auge, und irgendwie war sie froh, dass Neela es nicht sah. Sie dämmerte langsam weg, konnte die Augen nicht mehr offen lassen. Dann auf einmal nahm sie Neelas leise Stimme wahr.

„Jenna", wisperte sie. Kurze Pause. „Ich liebe dich."

Jenna war zu müde, um darauf zu antworten. Aber bevor der Schlaf sie endgültig holte, zauberten diese Worte ein Lächeln in ihr Gesicht.

. . .

Am nächsten Morgen wachte Jenna davon auf, dass ihr die Sonne ins Gesicht schien. Missmutig blinzelte sie und drehte sich weg. Sie liebte die Sonne ja, aber nicht, wenn sie auf diese Weise aus dem Schlaf gerissen wurde.

Etwas kitzelte sie an der Nase. Jenna kniff die Augen zusammen, ihre Nase begann zu kribbeln, und sie nieste. Neela schrak hoch, eine Strähne viel ihr in das verschlafene Gesicht, aber das bekam Jenna nur einen Bruchteil lang mit.

„Au", sagte sie langgezogen und verzog das Gesicht.

Mitfühlend guckte Neela sie an.

„Alles okay?", fragte sie nach einigen Momenten. Jenna nickte, allerdings nicht sonderlich überzeugend. Glücklicherweise verschwand der Schmerz so schnell, wie er gekommen war.

Und dann fiel ihr etwas ein. „Ich liebe dich auch, Neela", sagte sie.

Neela blinzelte, fast, als wäre sie verwirrt, dann weiteten sich ihre Augen. Jenna schaffte es tatsächlich, zu grinsen und den Schmerz für einen Moment zu vergessen.

„Was", sagte sie ein wenig provozierend. „So überrascht?"

Neela schüttelte den Kopf. „Ich dachte nur … nach al-

280

lem, was passiert ist …"

Jenna war mit einem Mal hellwach und richtete sich so weit in dem Krankenhausbett auf, wie es ihr möglich war. „Denkst du etwa, ich gebe eine Frau wie dich so schnell auf? Wegen ein paar Kleinigkeiten?"

Gut, es waren keine gewesen, aber jetzt wurde sie daran erinnert, was die großen Dinge waren – was wirklich zählte. Und was wichtige war, dass Neela sie noch immer liebte.

Sie lächelte traurig. „Es tut mir leid", flüsterte sie. „Alles. Es tut mir leid, dass ich dir das Gefühl gegeben habe, mich für unsere Beziehung zu schämen. Ich habe die dümmsten Fehler gemacht, und ich habe dich verletzt. Das ist mir klar. Und …"

„Stop." Jenna griff nach ihrer Hand und fixierte sie mit ihren Augen. „Ich liege hier in einem Krankenhausbett, ich wurde verprügelt. Meine Milz leidet. Ich habe keine Lust auf Entschuldigungen und auf Gespräche über die Vergangenheit." Sie sah Neela so fest an, wie es ihr möglich war. „Wichtig ist, dass du bei mir bist. Und dass du mir bewiesen hast, dass ich auf dich zählen kann." Sie warf einen Blick mit hochgezogenen Augenbrauen auf den Stuhl, auf dem Neela saß. „Zum Beispiel dadurch, dass du mir zuliebe auf einem sehr unbequem aussehenden Holzstuhl geschlafen hast." Aber dann überkam auch sie das Bedürfnis, noch etwas klarzustellen. „Ich habe dich gedrängt, und das tut auch mir leid", sagte sie.

Neela drückte ihr die Hand und Jenna erwiderte ihren Griff.

„Übrigens, wenn es mir gerade einfällt", brach Neela

die Stille. „Ich denke, wir sollten deinen Kollegen bescheid geben. Die Ärzte haben gestern nur mich zu dir gelassen, und ich weiß nicht, ob Greg es ihnen mitgeteilt hat, dass du wieder unter den Ansprechbaren weilst."

Jenna hob die Augenbrauen. „Wie hast du das geschafft?", fragte sie, nur auf den Anfang des zweiten Satzes Bezug nehmend.

Auf Neelas Gesicht breitete sich ein liebevolles Lächeln aus. „Ich habe die Wahrheit gesagt. Dass ich deine Freundin bin."

Jenna starrte sie an, während ihr Gehirn langsam zu verstehen begann, was Neela mit diesem Satz gerade ausdrückte. Aber sie kam nicht dazu, etwas zu erwidern. Denn auf einmal vibrierte Neelas Handy.

Sie lächelte entschuldigend und kramte es hervor. Als sie auf den Bildschirm sah entfuhr ihr ein Geräusch.

Jenna hob die Augenbrauen. „Was ist los?", fragte sie und hätte den vorherigen Satz beinahe vergessen, wäre da nicht die Aufregung in ihr. Neela lächelte sie nur an, hielt die Hand hoch, und nahm ab.

„Gillian, hallo", sagte sie. Jenna entspannte sich und wartete ab. Irgendwann nickte Neela.

„Ja, es ist alles in Ordnung. Ich wollte nur …" Sie warf Jenna einen Blick zu. „Ich hatte einen kleinen Zusammenbruch, und du warst die Einzige, die mir dabei hätte zur Seite stehen können." Sie verstummte einige Zeit, dann nickte sie. „Mache ich. Und vielen Dank für deinen Rückruf. Machs gut." Und dann legte sie auf. „Liebe Grüße von Gillian", sagte sie.

Jenna nickte dankend. Irgendwie war sie froh, dass

282

Neela nicht auch ihr erzählte, was passiert war.

„Entschuldige", sagte sie dann, als Neela ihr Handy verstaut hatte.

Diese lächelte liebevoll und tadelnd zugleich. „Ich kann mir nicht vorstellen, dass du dich absichtlich verprügeln hast lassen. Es gibt keinen Grund, dass du dich entschuldigst."

Ehe Jenna noch etwas erwidern konnte, klopfte es. Eine ältere Krankenschwester kam herein.

„Hallo Miss Wackefield", sagte sie freundlich. „Wie fühlen Sie sich?"

Auch Neela nickte sie begrüßend zu. Jenna zuckte die Schultern. „Naja. Den Umständen entsprechend ganz gut."

Die Schwester lächelte. „Sie brauchen jetzt einfach noch Ruhe und sollten sich nicht zu sehr beanspruchen. Ihr Zustand ist stabil, aber wir können noch nicht wissen, ob es psychologische Auswirkungen gibt."

„Eine PTBS werde ich bestimmt nicht noch einmal einkassieren", murmelte Jenna. Auf den Blick der Schwester hin fügte sie hinzu: „Lange Geschichte. Das Leben eines Detective."

Sie bekam ein mitfühlendes Lächeln zurück, auch wenn es mehr Traurigkeit als ein Lächeln war.

„Versprechen Sie mir, dass sie sich schonen, in Ordnung?", fügte die Schwester mit einem Unterton hinzu, der beinahe streng klang.

Jenna nickte. Und Neela nickte auch.

„Ich werde auf sie aufpassen. Ich bin die Erste, die sie morgens sieht, und die Letzte, die ihr vor dem Einschlafen noch Befehle erteilen kann."

Jenna starrte sie an. Ihre Freundin lächelte und drückte ihre Hand. Und dann kapierte Jenna, was sie ihr damit sagte. Die Augen der Krankenschwester blitzten.

„Sie Beide …" Sie machte eine vielsagende Pause. Jenna nickte, Neela nickte.

„Ja. Wir beide." Neelas Lächeln wurde tiefer.

Jenna konnte es nicht abwarten, wieder gesund zu werden und ihr mit jeder Faser ihres Körpers und ihrer Seele zu beweisen, wie viel ihr das bedeutete.

„Glückwunsch." Als die Worte der Schwester durch den Raum klangen, erinnerte sich Jenna erst wieder daran, was sie gesagt hatte. Erstaunt blinzelte sie.

„Danke", sagte sie.

Die Schwester lächelte. „Mein Sohn ist schwul. Ich weiß, wie manche Leute damit umgehen."

Sie tätschelte Jenna vorsichtig den Arm. „Lassen Sie sich nicht unterkriegen. Sie Beide sind ein wundervolles Pärchen."

Jenna gab es ungern zu, aber ihre Worte trieben ihr fast die Tränen in die Augen.

Die Schwester wandte sich Neela zu. „Passen Sie auf sie auf."

Neela erwiderte deren Lächeln und nickte. „Das werde ich." Sie sah Jenna an und auf ihren Lippen breitete sich das schönste Lächeln aus, dass Jenna je gesehen hatte. „Ich verspreche es."

Kurz darauf brachte eine ihnen unbekannte Schwester das Frühstück. Erst bei dessen Anblick wurde Jenna bewusst, dass sie Hunger hatte. Neela holte sich etwas aus der Cafeteria und sie aßen zusammen. Etwas später bekamen sie Besuch von Doctor Lundin, dem Arzt, der sie operiert hatte. Er erklärte ihr noch einmal ausführlich, was bei ihrer OP gemacht wurde, wie lange ihre Genesung in etwa dauern würde, und und und. Mit seinem schwedischen Akzent und der sympathischen Art, die er ausstrahlte, fühlte Jenna sich in guten Händen. Er wollte sie noch ein paar Tage und Nächte dabehalten, aber mit der Gesellschaft, die sie bekam, machte ihr das nichts aus.

Neela musste um ein Uhr zur Arbeit, aber danach kam Greg. Er brachte ihr Lieblingsbuch mit – jetzt war sie froh, dass er einen Ersatzschlüssel für ihre Wohnung hatte - sodass sie immer etwas zu tun hatte. Er hatte Isabella mitgenommen. Die Beiden brachten Jenna so sehr zum Lachen, dass ihr am Ende des Besuchs die Rippen erneut wehtaten. Aber es war ein Schmerz, den sie nicht missen wollte.

Am Nachmittag kamen Damien, Nicolas und Jeff, richteten Genesungswünsche von den Kollegen, inklusive Hains und Evie, aus, und brachten sie auf den neuesten Stand. Die Bande war geschnappt worden und saß nun im Gefängnis. Nicolas zog grinsend einen Donut hervor.

„Mit besten Grüßen von Evie, Cherie", sagte er.

Später bekam sie auch noch von Logan Besuch. Er hatte ihr einen Blumenstrauß mitgebracht und es war ihm deutlich anzusehen, dass er ein furchtbar schlechtes Gewissen hatte. Sie beruhigte ihn – in der Tat ging es ihr den Umständen entsprechend ziemlich gut. Vielleicht lag es aber auch einfach daran, dass sie wusste, dass sie Menschen um sich herum hatte, die sich um sie kümmerten und denen sie etwas bedeutete.

. . .

Tage danach begrüßte sie ihre Wohnung mit einem lauten, erleichterten Seufzer. Noch nie hatte sie sich so gefreut, nach Hause zu kommen. Sie war eigentlich bis zum neuen Jahr krankgeschrieben, hatte aber beschlossen, in einer Woche immerhin ein paar wenige Stunden im Büro zu verbringen. Doctor Lundin hatte ihr lediglich körperliche Aktivitäten verboten, und daran würde sie sich halten.

Am dritten Tag zuhause glaubte sie, bald an Langeweile zu sterben. Sie war kein Mensch, der lang stillsitzen konnte.

Aber glücklicherweise hatten ihre Freundin und ihre Kollegen etwas geplant. Eines Abends standen Jeff, Damien und Nicolas vor ihrer Wohnung und quartierten sich kurzerhand mit Proviant und einem Dartspiel ein – wie es ihr monatliches Ritual vorgab. Jenna wollte sich wiedersetzen, da sie keine Lust hatte, untätig herumzusitzen und sich bedienen zu lassen, aber dann drohte Jeff ihr, sie huckepack zu nehmen und einzusperren, bis alles vorbereitet war. Also gab sie sich geschlagen. Sogar Neela klinkte sich ein, sie hatte die Nacht- und Nebelaktion mit den Männern zusammen vorbereitet. Ihre Freundin schien sich hervorragend mit ihren Kollegen zu verstehen – es war, als habe die Angst um sie die vier zusammengeschweißt. Und als sie so an diesem Abend in dieser Runde saßen und Jeffs absurden Geschichten lauschten, konnte Jenna nur lächeln. Sie wollte nirgendwo anders sein.

Neela hatte sich für die zweite Woche bei ihr einquartiert – wohl auch, um sie zu überwachen. Und als sie ein paar Tage darauf Jennas Winterkleidung aus dem Schrank kramte und ihr vorschlug, spatzieren zu gehen, zog Jenna sie in eine Umarmung und küsste sie, als würde sie es das erste Mal tun.

Eines Morgens – sie lungerte auf dem Sofa herum und aß ein paar der Käsestangen, die sie in der Küche aufgetrieben hatte – erreichte sie eine SMS von Neela.

Hey Süße
Darf ich dich heute Abend entführen?

Jenna hob erwartungsvoll die Augenbrauen und schmunzelte.

Na sehr gerne
Darf ich auch wissen, wo hin?
Dann wäre es keine Entführung
schrieb sie.
Ich hole dich ab. 17:30 Uhr, in Ordnung?

Jenna wollte gerade antworten, als noch eine Nachricht kam.

Und pack deinen schönsten Bikini und Kosmetikartikel ein. Wir bleiben über Nacht.

# Kapitel 26

„Würdest du mir freundlicherweise endlich verraten, was du mit mir vorhast?" Jenna drehte den Kopf zu Neela. Diese grinste nur, während sie weiter den Blick auf die Straße gerichtet hielt.

„Sei nicht so ungeduldig. Du wirst es noch früh genug erfahren."

Jenna verdrehte mit einem Seufzen die Augen und lehnte sich gegen den Türrahmen. Die Wolkendecke war vor ein paar Stunden aufgebrochen, weshalb sie sich eine Joggingtour mit Damien gegönnt hatte. Draußen war es bereits dunkel, und obwohl sie eigentlich erschöpft war, brannte sie innerlich vor Aufregung vor dem, was Neela mit ihr vorhatte.

Irgendwann setzte sie den Blinker und fuhr nach rechts, hinab in eine Tiefgarage. Jenna bedachte sie mit dem skeptischen Blick, der sie unverwechselbar machte.

„Du hast aber niemanden ermordet, oder?", fragte sie.

Neela lachte, aber es war ein anderes Lachen als ihr übliches. Tiefer und kehliger – es jagte Jenna eine angenehme Gänsehaut über den Rücken.

Glücklicherweise blieben sie nicht in dem Parkhaus. Neela fand einen Platz nahe der Treppe, sie packten ihr Gepäck aus, und als sie nach oben gingen, griff sie nach

Jennas Hand. Nun war es an Jenna, zu grinsen.

„Ich sollte mich wohl öfter verprügeln lassen", witzelte sie. „Toll, wie du dich um mich sorgst."

Neela funkelte sie an. „Wage es ja nicht", sagte sie und öffnete die Tür, wobei sie sich dagegen lehnen musste.

Draußen begrüßte sie der übliche Straßenlärm. Glücklicherweise führte Neela sie gleich wieder von dem Gehsteig weg, durch eine gläserne Drehtür.

Und dann starrte Jenna einfach nur. Beinahe klappte ihr der Mund auf. Sie standen in einem Hotel.

„Oh … wow. Das hätte ich nicht erwartet", stammelte sie. Neela neben ihr grinste – es war deutlich zu erkennen, dass sie sehr zufrieden mit sich war.

„Du kannst gerne hier warten. Ich bin gleich wieder da." Jenna bekam kaum mit, dass Neela zur Rezeption ging. Sie war zu beschäftigt damit, die Lobby zu bewundern. Sie konnte sich nicht erinnern, wann sie das letzte Mal ein so schickes Hotel betreten hatte.

Erst, als Neela sie anstupste und zu den Aufzügen zog, wurde ihr bewusst, dass sie wirklich dabei waren, hier zu übernachten.

„Mach deine Augen zu", sagte Neela auf einmal und drückte auf den Knopf der 5. Etage. Jenna guckte sie mit hochgezogenen Augenbrauen an.

„Wieso?"

Neelas Antwort darauf war es, ihr die Augen zuzuhalten.

„Ist ja gut, ist ja gut!" Jenna fuchtelte in der Luft herum und griff nach ihren Händen. „Ich mach sie ja schon zu, versprochen."

Nur Augenblicke später hielt der Fahrstuhl an und ein „Bing" signalisierte ihr, dass sich die Türen öffneten. Neela griff nach ihrer Hand und zog sie mit sich.

„Wenn uns jetzt jemanden entgegen kommt, denkt der auch, dass wir sie nicht mehr alle haben", meinte Jenna.

„Ich möchte lediglich das Überraschungsmoment auf meiner Seite haben", kam es von Neela.

Sie gingen eine Weile schweigend weiter, das einzig wahrnehmbare Geräusch war das dumpfe Klappern der Koffer auf dem Teppichboden.

„So, wir sind da", sagte Neela. Jenna blieb stehen. Sie hörte ein leises Klicken, dann, wie eine Tür aufging. Auf einen Schlag wurde sie nervös. „Warte hier, bis ich dich hole."

Mit diesen Worten befreite Neela ihre Hand von dem Koffer und schien wohl im Zimmer zu verschwinden. Jenna lehnte sich gegen die Wand und hielt sich die Hände vor die Augen.

„Wie lange darf ich denn noch nicht gucken?", fragte sie ins Nichts. Einige Momente lang passierte gar nichts, dann hörte sie Schritte.

„Der Countdown läuft." Neela ergriff ihre Hand und zog sie mit. Sie führte sie eine Weile lang gerade aus, dann blieb sie stehen. Jennas Herz klopfte aufgeregt, als Neela sich hinter sie stellte und die Arme um ihre Hüfte schlang. „So. Jetzt kannst du sie aufmachen."

Jenna blinzelte langsam, sodass sich ihre Augen wieder an das Licht gewöhnen konnten.

Und dann schnappte sie nach Luft. Sie stand vor einer riesigen Glaswand eines Hotelzimmers. Es hatte eine Ter-

290

rasse. Unter einem Dach. Und in die Terrasse eingebaut blubberte ein Wirlpool, um dessen Rand herum ein Duzend Sonnenblumen verstreut lagen. Jenna glaubte, zu träumen.

„Neela, das ist …" Sie brachte den Satz nicht zu Ende. Stattdessen strahlte sie ihre Freundin an. Neela lächelte, ein verträumter Ausdruck auf dem Gesicht.

„Nicht halb so schön wie du, wenn es das ist, was du sagen wolltest." Sie küsste sie. „Na los. Ziehen wir uns um."

Als Jenna sich nicht rührte, griff Neela nach ihrem Pullover und zog ihn ihr über ihren Kopf. Jenna sah an sich hinunter, warf einen Blick auf die kaum sichtbare Narbe unter ihrem linken Rippenbogen. Neela bemerkte es. Sanft fuhr sie mit den Fingerspitzen über ihren Arm.

„Ich dachte mir, etwas Besonderes zur Erholung würde dir gut tun. Außerdem hilft Wärme und Wasser bekanntlich bei Verspannungen." Jenna sah sie an und lächelte.

„Du weißt schon, dass ich nächste Woche wieder Dienst habe?"

„Genau. Aber jetzt ist Samstag, und du solltest das hier genießen. Dich einmal richtig entspannen. Wir haben das ganze Wochenende für uns." Sie tat einen Schritt auf Jenna zu. „Nur du" Ein Kuss landete auf ihrer Schulter. „Ich" Sie zog auch ihr Shirt aus, nahm dann Jennas Hände und lächelte sie an. „Und dieses wundervolle Zimmer."

Dann trat sie zur Seite und öffnete ihren Koffer. Jenna sah noch eine Weile hinaus, betrachtete die Umgebung. Bedächtig schüttelte sie den Kopf.

„Du bist unglaublich, weißt du das?" Mit einem Lächeln drehte sie sich herum und begegnete dem Blick ihrer

291

Freundin. Diese erwiderte ihr Lächeln.

„Nur, weil du es bist." Ein freches Grinsen trat auf ihr Gesicht. „Und jetzt zieh dich endlich aus!"

Jenna lachte auf und ging der Bitte nach.


Neela band sich die Bänder ihres bordeaufarbenen Bikinis zu und streckte ihr dann die Hand hin. Jenna ergriff sie und ließ sich hinausführen.

Die Kälte schlug ihr wie ein Hammer entgegen, und sie fröstelte. Vorsichtig streckte sie die Zehenspitzen aus und testete das Wasser. Sie zuckte zurück und verzog das Gesicht. „Ist das nicht ein wenig zu heiß?"

Neela, die sich bereits am Rand niederließ und mit der Hand durchs Wasser fuhr, schüttelte den Kopf.

„Das denkst du zu Beginn. Aber nach kurzer Zeit wird dir einfach schummrig warm, und es wird angenehm sein. Außerdem" Kurzerhand setzte sie den ganzen Fuß in das Wasser. „Darf es nicht auskühlen. Sonst holen wir uns eine furchtbare Erkältung, so kalt wie es hier draußen ist."

Aufmunternd und mit einem Funkeln in den Augen sah sie zu Jenna auf. „Na komm. Du wirst es lieben, ich garantiere es dir."

Sie wusste nicht warum. Aber es schien richtig, dass sie beide einen Bikini trugen und nicht nackt waren. So war es das klare Signal für Entspannung. Und außerdem hätte Jenna nicht gewusst, ob sie sich hätte entspannen können, wenn Neelas bloßer Körper nur wenige Zentimeter von ihr entfernt war. Außerdem bewies es, dass sie mehr sein konnten als nur Geliebte. Sie waren Freundinnen, die füreinander da waren. Die über alles reden konnten. Die auch ein-

292

fach mal nichts sagen und nur in den Himmel sehen konnten. Deren Beziehung nicht nur auf Sex und Leidenschaft begrenzt war. Vielleicht, dachte Jenna, als sie ihre Hand durch das Wasser gleiten ließ, war der Winter doch schöner, als sie immer gedacht hatte. Jedenfalls würde er sie immer daran erinnern, wie es war, hier im Jetzt zu sein, gemeinsam mit der umwerfenden Frau neben ihr, die ihr Herz erobert hatte.

Nachdem sie sich ordentlich entspannt und aufgewärmt hatten, saßen sie auf dem Bett, beide in flauschigen Bademänteln, mit etwas zu Trinken auf den Nachttischen und der Chipstüte aus der Minibar zwischen ihnen.

„Sag mal." Jenna sah sich um. „Hat dieses Luxuszimmer hier etwa keinen Fernseher?"

Neela begann zu grinsen. So breit, dass Jenna, wäre sie nicht so wunderschön, diesen Gesichtsausdruck als Haifisch-Grinsen bezeichnet hätte.

„Sehen und staunen Sie, Detective."

Sie griff nach einem kleinen, schwarzen Etwas, das auf ihrer Seite des Bettes lag, und zeigte damit geradeaus. Jenna folgte ihrer Bewegung. Das Fußende des Bettes – oder besser, der Rahmen herum – klappte auf. Und heraus fuhr, wie in einem futuristischen Science-fiktion-Film, ein riesiger Fernseher. Jenna saß da und guckte wie ein Huhn auf der Stange, dem etwas vor die Füße gelegt wurde, was es noch nie gesehen hatte.

Und dann lachte sie los. Und Neela lachte mit.

„Meine Güte, was ist das denn?"

„Ich würde das technologischen Fortschritt nennen",

293

meinte Neela und rieb sich über die Augen. Jenna schüttelte sprachlos den Kopf. Dann guckte sie ihre Freundin an.

„Du überraschst mich wirklich immer wieder aufs Neue."

Neela grinste sie an und nickte in Richtung Fernseher. „Lass mal sehen, vielleicht haben wir ja Glück uns es läuft ein guter Film."

Sie hatte Recht. Jenna war kein sonderlicher Fan von Liebesfilmen, aber „Pretty Woman" hatte sie immer gemocht. Und in einen Bademantel gewickelt, ihre Freundin neben sich zu haben, ließ ihn noch besser werden.

Als die Endcredits liefen, schaltete Jenna den Bildschirm aus. Ohne ein weiteres Wort legte sie die Fernbedienung zur Seite und drehte sich dann zu Neela herum. In deren Augen lag etwas Fragendes. Jenna sah sie eine ganze Weile lang an. Ihr Entschluss stand fest.

„Du hast mich den ganzen Abend verwöhnt", flüsterte sie.

Neela sah sie an und Jenna konnte beim besten Willen nicht deuten, ob sie wusste, was jetzt kam, oder ob sie wirklich keine Ahnung hatte. Ihre Augenbrauen hoben sich leicht, nur ein ganz kleines bisschen, und ihre Lippen kräuselten sich. Jenna wollte sie einfach nur küssen. Sie wollte sie küssen, bis sie beide nicht mehr atmen konnten.

Aber sie wartete damit. Stattdessen richtete sie sich auf und verlagerte ihre Position, bis sie über ihr kniete und ihr direkt in die Augen sehen konnte. Neelas Pupillen, die in ihren dunklen Augen fast nicht zu erkennen waren, verengten sich, ihre Augen wurden größer.

„Und?", flüsterte sie, als Jenna eine ganze Weile so verharrt und sie angestarrt hatte.

Sie lächelte. „Jetzt bin ich dran."

Sie hatte nicht die Absicht gehabt, dass ihre Stimme so tief und beinahe kratzig klang, aber es schien eine interessante Wirkung auf Neela zu haben. Jenna verlagerte ihr Gewicht auf die linke, gesunde Hälfte, und öffnete Neelas Bademantelgürtel. Diese sog die Luft ein, als Jennas Hand ihre Haut berührte. Sie sah Neela die ganze Zeit an, während ihre Hand zwischen ihren Brüsten über ihren Bauch wanderte. Sie wollte ihr zeigen, dass sie die Kontrolle hatte. Eine Kontrolle im guten Maße, in einem Maße, das sie beide genießen würden.

Sie hatte es noch nie gesagt, dachte es aber jedes Mal. Sie liebte es, wie Neelas Atem schneller wurde, sobald sie sie berührte. Wie sie zitterte, ganz leicht, eher war es ein Vibrieren, wenn Jenna ihre empfindlichsten Stellen erwischte. Sie liebte es das Flackern ihrer Augen. Wenn ihr Atmen zu einem leisen Stöhnen wurde, das mehr ein Seufzen war. Leise, zurückhaltend, und dennoch voller Gefühl. Als Neela die Augen schloss und den Kopf zurücknahm, küsste Jenna sie auf den Hals, dann auf die Stelle zwischen dem Schlüsselbein, an der man den Puls fühlen konnte. Sie fühlte Neelas Atem an ihrer rechten Gesichtshälfte, spürte ihr eigenes Herz immer schneller werdend.

Sie war vollkommen. Sie war so glücklich und fühlte sich so vollkommen wie noch nie zuvor in ihrem Leben.

. . .

„Deine Feinmotorik wurde durch die Operation jedenfalls

schon einmal nicht eingeschränkt", sagte Neela. Ihre Stimme klang tiefer als sonst, irgendwie heiser, und verursachte Jenna ein Kribbeln, das ihr über die gesamte Wirbelsäule lief.

Es war unglaublich. Wenn es um Sex ging, schien Neela ihr einfach immer einen Schritt voraus zu sein.

Sie lagen einander zugewandt auf dem Bett, die Beine ineinander verschlungen, Jennas Arm um Neelas Körper, ihre Hand zwischen ihren Schulterblättern ruhend. Die Bademäntel waren irgendwann inmitten ihrer Aktivität abhandengekommen und auf dem Boden gelandet.

Jenna grinste. „Meine Feinmotorik war schon immer allererste Sahne. Da braucht es schon mehr, um mir das abzutrainieren."

Neela wackelte mit den Augenbrauen. „Ich nehme mal ganz frech an, dass ich dein Coach und deine Inspiration war."

Jenna tat dasselbe, und schüttelte den Kopf. „Wie machst du das nur, dass alles, egal, wie versaut es ist, aus deinem Mund wie ein reines Gebet klingt?", wisperte sie gegen Neelas Lippen, ehe sie sich zu einem Kuss vereinten.

„Ganz einfach", flüsterte Neela dazwischen. Ihr Daumen strich über Jennas Wange, als sie sie erneut zu sich heranzog. „Ich bin einfach Ehrlich. Und Ehrlichkeit ist eine Tugend." Und dann schien sie innezuhalten und biss sich auf die Lippe. „Hey, wenn wir gerade bei Ehrlichkeiten sind …" Sie guckte Jenna durch die Wimpern an. „Ich habe kein Geschenk für dich."

Jenna starrte sie an. Und dann lachte sie.

„Warum ein Geschenk? Für was denn?"

296

Neela hob die Schultern, aber nicht fragend, sondern um die Aussage zu untermalen. „Weihnachten?", sagte sie. „Ich dachte, dazu schenkt man seiner Freundin etwas."

Jenna legte den Kopf schief. „Es ist süß, dass du daran denkst, aber ich feiere Weihnachten nicht sonderlich. Aber …" Sie drehte Neelas Hand und fuhr die Linien darin ab. „Was hältst du davon. Wir schenken uns einfach etwas zu Silvester."

Neela lächelte glücklich. „Eine gute Idee." Und die Worte besiegelnd versanken sie in einem Kuss. Das alte Jahr konnte gar nicht besser aufhören.

# Kapitel 27

Zwei Tage später kamen Mister und Misses Wacke-field aus dem Urlaub zurück. Als sie bei ihrer Tochter anriefen und sie bezüglich des Weihnachtsfests einluden, begann ihr Herz so schnell zu schlagen, dass sie glaubte, es könne ihr gleich aus der Brust springen.

Ihre Eltern hatten keine Ahnung, dass sie eine Freundin hatte. Und sie konnte sich nicht vorstellen, dass Greg es ihnen erzählt hatte. Sie wussten so vieles nicht.

Aber sie würden es erfahren, am eigenen Leib, wie Jenna sogleich beschloss. Sie sagte zu, und als sie auflegte, lächelte sie so breit, als wäre sie die Sonne höchstpersönlich.

. . .

Als Jenna – passiv - zurück zum Dienst erschien, wurde sie von einem Blumenstrauß und ein paar Karten begrüßt. Sie lachte sogar ein paar Mal auf, als sie sie aufklappte und durchlas. Polizistenhumor konnte schwarz sein wie die Nacht, aber dennoch war das Departement wie eine Art riesige Familie. Man zeigte sich das fast nie – und wenn, dann mit sarkastischen Sprüchen, die Außenstehende als so gar nicht mitfühlend aufnahmen. Wenn es allerdings hart auf hart kam, war jeder für jeden da.

298

Sie traf sich wieder mit Neela zum Mittagessen – es war zu ihrem Ritual geworden, zweimal in der Woche. Sie taten das nicht jeden Tag, denn sie beide wussten, ein wenig Abstand war genauso wichtig für eine Beziehung wie Ehrlichkeit und Akzeptanz.

Ehrlichkeit war ein gutes Stichwort. Als sie sich zum Nachtisch in ein Café setzten, wagte Jenna den Schritt, den sie schon seit dem Tag der Einladung ihrer Eltern hatte gehen wollen und bisher immer ein wenig vor sich hergeschoben hatte.

„Hast du über die Feiertage etwas vor?", begann sie. Neela trank einen Schluck von ihrem Kaffee und schüttelte den Kopf.

„Nichts Wichtiges. Ich werde vielleicht ein paar Überstunden sammeln, es ist ja sonst keiner im Büro." Sie lächelte. „Es hat auch seine guten Seiten, wenn man nicht wie der Rest der Abteilung dieselben Feste feiert." Sie legte den Kopf schief. „Wieso?"

Jenna grinste und nickte zufrieden. Neela ihr gegenüber kaute nachdenklich.

„Was hast du vor?", fragte sie mit einem Schmunzeln auf dem Gesicht. Jennas Lächeln wurde tiefer. In ihr breitete sich ein Glücksgefühl aus.

„Ich feiere Weihnachten mit meinen Eltern, Greg und Victorias Familie", fing sie an. Sie sah, wie Neela sich aufrichtete und aufmerksamer wurde. Jenna biss sich auf die Lippe, hoffte, dass sie nicht zu weit gehen würde, dann holte sie tief Luft. „Und ich wollte dich fragen, ob du Lust hast, mich zu begleiten", sagte sie bestimmt.

Neela starrte sie an. Ihre dunklen Augen weiteten sich,

und wie in Zeitlupe senkte sie ihre Tasse. Für einige Momente hatte Jenna Angst, sie würde aufspringen und wegrennen. Ihre Freundin blinzelte.

„Du willst, dass ich deine Familie kennenlerne?", fragte sie verblüfft. Jenna nickte, innerlich flehend um ein Ja. Neela starrte sie eine halbe Ewigkeit lang an, und Jenna hoffte innständig, nicht zu weit gegangen zu sein und schon wieder alles vermasselt zu haben.

Nach einer gefühlten Ewigkeit gab Neela ein Geräusch von sich und eine Träne lief aus ihrem Auge.

„Jenna Wackefield, weißt du eigentlich, wie glücklich du mich machst?"

Jenna blinzelte, und das wunderbare Gefühl in ihr schien sich in jede ihrer Zellen auszubreiten. Sie lächelte strahlend. „Dann ist das ein Ja?", fragte sie hoffnungsvoll.

Neela senkte den Blick, aber Jenna sah, wie sie noch immer lächelte. Dann griff sie über den Tisch und umschloss Jennas Hand mit ihrer. In aller Öffentlichkeit. Jenna hatte das Gefühl, ihr gehe die Luft aus. Endlich sah Neela wieder auf.

„Ja."

Und es war eines der wunderschönsten Wörter, die sie je gehört hatte.


Nicht einmal die Akten, die auf ihrem Schreibtisch lagen und nach Ordnung verlangten, konnten Jenna das Lächeln vermiesen. Jeff sah sie mit hochgezogenen Augenbrauen an.

„Hattest du gerade einen Quicky mit Neela oder warum bist du so gut gelaunt und energiegeladen?" In einer anderen Situation mit einem anderen Menschen hätte Jenna ihm

300

eine gescheuert oder ihm sogar die Nase gebrochen. Jetzt aber konnte sie einfach nur grinsen. Sie stand auf, lief auf Jeff zu, nahm sein Gesicht in beide Hände und drückte ihm einen Kuss auf die Lippen.

„Nein", sagte dann. „Ich bin einfach nur glücklich."

Und dann, als wäre nichts gewesen, drehte sie sich grinsend wieder um und marschierte zurück zu ihrem Platz. Jeff tippte sich an die Lippen, fassungslos, und sah sie dann an.

„Hui", sagte er und fächelte sich gespielt Luft zu. Schließlich drehte er sich Richtung Tür. „Hey, Neela!", rief er, gerade noch leise genug, dass es niemand von außen hörte. „Deine Freundin betrügt dich!"

Jenna zerknüllte ein altes Blatt Papier und schmiss es nach ihm.

„Du bist ein Idiot", lachte sie. Doch keinen Idioten liebte sie mehr wie ihn.

. . .

Am Morgen des 24. Septembers wachte Jenna mit einem Kribbeln im Bauch auf, von dem sie eigentlich geglaubt hatte, es verlernt zu haben. Sie war erfüllt mit freudiger Nervosität.

Das war ein unglaublicher Schritt. Sie stellte ihren Eltern ihre Freundin vor. Und Neela gestand es sich ein und hatte dazu eingewilligt. Sie würde um Zwölf zu ihr kommen, damit sie noch etwas Zeit für sich hatten.

Als es klopfte, stürmte Jenna wie ein kleines Kind zur Tür.

„Komm, ich nehm dir was ab", sagte sie nach dem Begrüßungskuss. Sie griff nach der großen Tasche und stellte sie wie automatisiert in ihrem Schlafzimmer ab.

Als sie zurückkam, saß Neela auf dem Sofa. Auf ihrem Schoß lag etwas. Jenna blieb stehen, als sie erkannte, was es war.

„Neela", sagte sie warnend. „Wir hatten abgesprochen, uns etwas Kleines zu Silvester zu schenken."

Neela sah auf und grinste. „Das ist nicht für dich." Sie drehte es herum, als sehe sie es zum ersten Mal. „Es lag vorgestern vor meiner Tür. Mit einem Zettel darauf, auf dem stand ‚Erst am 24sten öffnen. Vorsicht, zerbrechlich.'." Jenna ließ sich neben sie fallen und betrachtete das viereckige, in dunkelgrünes Papier eingepackte Päckchen. Es war etwa drei Zentimeter dick, mit silbernem Geschenkband umwickelt und dazwischen klemmte ein Briefumschlag. Jenna hob die Augenbrauen und setzte sich im Schneidersitz neben sie.

„Kein Absender?", fragte sie.

Neela schüttelte den Kopf. „Nein, aber irgendetwas sagt mir, dass ich diese Schrift kenne."

Sie kniff die Augen zusammen und hielt das Päckchen prüfend vor sich. Jenna wurde unruhig.

„Wieso packen wir es dann nicht einfach aus?", fragte sie. Neela hielt inne und lächelte sie an.

„Ich hatte gehofft, dass du das sagst. Ich glaube, lange hätte ich es nicht mehr ausgehalten." Sie legte das Päckchen vorsichtig auf den Tisch zu ihren Füßen und zog den Briefumschlag heraus. Jenna rutschte näher zu ihr und guckte gespannt zu, als Neela ihn öffnete. Zu beider Erstaunen war

302

es aber keine Weihnachtskarte. Es war ein Brief.

*Liebe Neela, liebe Jenna*

*Für viele Menschen gilt Weihnachten als das Fest der Liebe. Ich weiß nicht, ob das wahr ist, aber ich sehe es als einen guten Anlass, um euch zu sagen, wie glücklich ihr mich macht. Neela – du hast einen festen Platz in meinem Herzen. Du warst das unglaublichste Mädchen, dem ich jemals begegnet bin. Dich Wiederzusehen und zu wissen, dass deine Zukunft dir Gutes beschehrt hat, ist mein größtes Geschenk.*

*Jenna – ich danke dir. Danke, dass du auf sie aufpasst. Ich glaube fest daran, dass alles einen Grund hat und unser Weg uns dort hinführt, wo wir am Ende zu sein haben. Und ich bin froh, dass Deiner dich hier her gebracht hat.*

*Ich wünsche euch Beiden nur das Allerbeste. Denkt daran, ihr könnt alles schaffen, was ihr euch vornehmt. Mut ist, die Furcht zu fühlen, es aber dennoch zu tun.*

*Ihr beide habt euch, und solange ihr zusammenhaltet, kann euch niemand etwas anhaben. Und ihr habt mich. Wenn ihr reden wollt, bin ich da.*

*Für immer.*

*Gillian*

Neela, die vorgelesen hatte, verstummte. Der Raum versank in Stille. Jenna starrte auf den Brief und versuchte, die wundervolle Botschaft dahinter zu verarbeiten.

Auf einmal schluchzte ihre Freundin auf. In ihren Augen standen Tränen, und sie hielt sich die Hand vor den Mund, während sie auf den Brief starrte. Sie schloss die dunklen Augen und eine Träne rollte ihr aus dem Augenwinkel. Jenna strich sie ihr fort und legte den Arm um sie.

Neela zitterte, und auch in ihr machte sich ein Kloß breit. Sie schluckte und bemerkte, wie auch ihr die Sicht verschwamm. Schnell blinzelte sie und entschied sich für einen kleinen Scherz.

„Ich glaube, ich habe ich verliebt", sagte sie leise. Neela lachte erstickt, aber glücklich.

„Um nicht ganz in der Melancholie zu verschwinden schlage ich vor, wir widmen uns dem Etwas, das noch immer in Geschenkpapier eingepackt auf deinem Schoß liegt", brach Jenna die Stille. Neela wischte sich über die Augen und nickte mit einem Lächeln.

„Darf ich es aufmachen?", fragte Jenna sofort. Neela lachte. „Du klingst wie ein kleines Kind. Das ist süß."

„Ich bin nur aufgeregt, nichts weiter." Sie machte Kulleraugen. „Bitte."

Neela verdrehte lachend die Augen, reichte ihr das Päckchen aber hinüber.

Es war ein Foto, eingerahmt in Holz. Jenna blinzelte, und dann riss sie die Augen auf.

„Ist das ..." Sie blinzelte. „Bist du das?"

304

Sie starrte Neela an. Diese sah nicht minder überrascht aus.

„Ja, das bin ich", sagte sie stockend. Sie starrte das Foto an, ehe ganz langsam ein Strahlen auf ihrem Gesicht erschien. Als würde sie es selbst nicht glauben, schüttelte sie den Kopf.

„Dieses Bild wurde an unserem Abschlussfest gemacht. Als wir verabschiedet wurden und die Lehrer mit uns gefeiert hatten."

Jenna starrte noch immer auf das Foto. Es zeigte zwei Personen – die eine war eine etwa 18 Jahre alte Neela. Ihre Haare trug sie offen, sie fielen ihr bis fast zu den Ellenbogen über die Schultern. Sie strahlte wie der pure Sonnenschein, ihre Augen funkelten. Es war unverkennbar, wie glücklich sie in diesem Moment gewesen sein musste.

Dann fiel ihr Blick auf die andere Person. Sie benötigte nur ein paar Augenblicke, um zu realisieren, dass es Gillian war. Neela hatte gesagt, sie musste damals um die 30 gewesen sein. Ihre blonden Haare waren etwas dunkler als jetzt und so lang, dass sie ihr in einem geflochtenen Zopf nach vorne über die Schulter fielen. Die Beiden saßen auf etwas, das aussah wie eine metallene Treppe. Gillian hatte ein paar Stufen über Neela Platz genommen und hatte die Arme um ihre Schultern geschlungen, Neelas Hand lag auf ihrer. Man hätte sie locker für beste Freundinnen halten können, wäre da nicht der Altersunterschied. Beide lachten in die Kamera, als hätte sie der Fotograf gerade bei einer unglaublich lustigen Geschichte, die eine der anderen erzählte, unterbrochen.

„Ein wunderschönes Foto", sagte Jenna lächelnd. „Wer

hat es gemacht?"

Sie musste ein paar Sekunden warten, ehe sie eine Antwort bekam. „Es war der Fotograf, der für diesen Tag engangiert wurde." Neela senkte den Blick und lächelte, als ihr die Erinnerung kam. „Ich saß auf dieser Treppe und habe mir überlegt, wie es nun weitergehen sollte. Ob es wohl schwer werden würde, aus diesem Umfeld zu verschwinden. Dann kam Gillian zu mir, hat sich neben mich gesetzt und wir haben einfach geschwiegen. Sie hat mir von einer Anekdote aus ihrer eigenen Schulzeit erzählt, ene lustige Geschichte. Irgendwie musste der Fotograf gemerkt haben, dass wir uns so gut verstanden, und nutzte uns als Fotomodell." Neela nahm das Bild in die Hand und sah es eine ganze Weile lang an. „Ich hatte keine Ahnung, dass sie die Aufnahmen angefordert und bekommen hat."

„Das beweist, dass sie dich wirklich nie vergessen hat", sagte Jenna leise.

Neela nickte. Sie fuhr sich über die Augen. „Und ich sie auch nicht." Dann hielt sie inne und versank wieder in Gedanken. Jenna gewährte ihr diesen Moment, und saß einfach nur still neben ihr.

Dann kam ihr ein Gedanke. „Hey", sagte sie vorsichtig, um Neela nicht aus der Situation zu reißen. Sie sprach erst, als sie sich ihr zuwandte. „Ich glaube, ich sollte mir die Beine ein wenig vertreten. Und ich bekomme Hunger."

Neela erwiderte ihren Blick und lächelte dann. „Eine gute Idee. Und ich sehne mich nach etwas frischer Luft." Sie legte das Bild zur Seite, vorsichtig, als könne es zerbrechen, und stand auf. „Was hältst du von einem Spaziergang durch das weihnachtliche Vancouver?"

306

. . .

Gesagt, getan. Während sie sich beide warm anzogen, versuchte Jenna, einen Blick in Neelas große Tasche zu werfen. Sie brannte vor Aufregung an das, was sie heute Abend tragen würde. Vielleicht aber auch an den Gedanken, wie es wäre, sie genau davon dann zu befreien.

Neela flocht sich die Haare zu einem Zopf, während Jenna eine Thermoskanne und ein wenig Geld einpackte. Diesmal waren weder Tee noch Kaffee der Inhalt, sondern Früchtepunsch. Greg hatte ihr diesen geschenkt, da er wusste, wie sehr sie ihn liebte. Es erinnerte sie immer ein wenig an die gute, alte Zeit.

Sie spazierten irgendwo ins Nirgendwo. Sie hatten beide keinen Plan, kein Ziel, aber das brauchten sie auch nicht.

Nach wenigen Minuten schob Neela ihren Arm durch Jennas, den sie angewinkelt hatte, da ihre Hände in den Jackentaschen steckten. Jenna genoss ihre Wärme und insbesondere das andere Gefühl, das sie ihr dadurch vermittelte – nämlich, dass sie keine Angst mehr hatte, dass jeder sehen konnte, was zwischen ihnen war.

Eine der großen Straßen war gesperrt. Die Gehwege waren übersät mit Menschen und kleinen Ständen, an denen Maronen und gebrannte Mandeln verkauft wurden. Trotz ihrer Liebe zu Tim Hortons wurde Jenna heute nicht von dessen roter Schrift angezogen – ein verführerischer Duft lag in der Luft, und mit einem Mal fragte sie sich, wie sie das alles die Jahre zuvor so verpasst hatte und gar nicht wahrnehmen konnte. Im Hintergrund ertönten die Klänge der Weihnachtslieder, Kinder rannten lachend herum, zwei versuchten, aus einem Haufen Schneematsch Schneebälle zu formen. Es war eine wunderschöne Stimmung. Und noch schöner war es, diesen Moment mit dem Menschen zu verbringen, der ihre Welt im positivsten Sinne auf den Kopf gestellt hatte.

„Ich liebe dieses Lied", sagte Neela auf einmal.

Erst jetzt fiel Jenna auf, dass sie noch immer eng aneinanderklebend die Straßen entlang gingen. Den Song, der lief, erkannte sie sofort. Sie lauschte der angenehmen Stimme Michael Bubles und sang eine Weile lautlos mit. Bis Neela neben ihr auf einmal die Stimme erhob.

Vollkommen erstaunt und mehr als positiv überrascht starrte sie Neela an, während diese weitersang:

„There's no sense in hanging stocking, there upon the fireplace." Neela grinste sie von der Seite her an. „Santa Claus won't make me happy, with a toy on Christmas day."

Während sie sang, drehte sie sich zu ihr, sodass sie sich gegenüberstanden. Neelas Hände wanderten um ihren Nacken und verharrten dort.

„I just want you here tonight, holding on to me so tight" Ihr Blick wurde intensiver und auf ihrem Lippen breitete sich ein wundervolles Lächeln aus, das Jennas Inneres zum Hüpfen veranlasste.

„Girl what can I do." Sie kam näher, so nahe, dass Jenna ihren Atem spüren konnte. Mit einem sanften Flüstern sang sie den letzten Satz:

„You know that all I want for Christmas is you."

Und dann küsste sie sie. Inmitten einer Menschenmenge.

308

Es stimmte, was Gillian geschrieben hatte - Weihnachten war das Fest der Liebe, egal, welcher Religion man angehörte, egal, wen oder was man liebte. Liebe war universell, ebenso wie Dankbarkeit. Und genau das würden sie nun jedem beweisen.

# Kapitel 28

Sie würden bei Greg und Victoria feiern. Jenna hatte angeboten, ja gebettelt, auch etwas dazu beizutragen. Aber Greg hatte ihr befohlen, nichts vorzubereiten. Sie war sich ziemlich sicher, dass er das aus dem Grund tat, was ihr wiederfahren war und er sie noch immer mit Samthandschuhen anfasste, wann immer sie sich sahen. Zwar war sie fast wieder ganz gesund, die blauen Flecken waren verschwunden, aber ab und an spürte sie ihre misshandelten Rippen und die Narbe noch immer. Also genoss sie es ausnahmsweise wirklich einmal, umsorgt zu werden.

Nachdem Neela und sie an einem der Stände etwas gegessen hatten – und erstaunlicherweise kaum beachtet wurden - hatten sie sich vorbereitet. Jenna hätte niemals im Traum daran gedacht, sich wieder einmal freiwillig für eine Feier schick zu machen. Es stimmte – Neela überraschte sie. Insbesondere, dass sie es schaffte, umwerfend auszusehen in einem ganz normalen dunkelblauen Strickpullover und einer schlichten Jeans. Und auch sie überraschte sich selbst immer mehr. Überrascht würden auch ihre Eltern sein, das wusste sie. Alles was sie gesagt hatte, war, dass sie noch jemanden mitbringen würden.

. . .

310

Greg und Victoria wohnten mit Isabella in einem kleinen, aber schönen Häuschen in einer ruhigen Gegend Vancouvers – fernab von all den Hochhäusern und dem Straßenlärm. Im Sommer besuchte Jenna die Familie oft, sie saßen dann bis spät in die Nacht auf den Gartenstühlen im Gras und sahen auf zu den Sternen. Vielleicht war das ein weiterer Grund, weshalb sie den Sommer liebte. Sie hoffte mehr als alles andere, dass sie genau diese Momente in der Zukunft auch mit Neela teilen würde.

Während der Autofahrt sprachen sie nicht viel. Jenna wusste, was der Grund war – sie selbst war aufgeregt und angespannt, und Neela musste es wohl doppelt so ergehen. Sie würde gleich vier Unbekannte treffen, sie würde mit einer Familie konfrontiert werden – etwas, das sie seit vielen Jahren nicht mehr gekannt hatte.

Als sie auf die Haustür zugingen, sah Jenna zu ihr hinüber.

„Alles okay bei dir?", sprach sie es endlich aus.

Neela lächelte leicht verkrampft. „Ich bin nervös", gab sie zu und zog den Kragen ihres Mantels zu.

Jenna drückte ihr die Hand. „Keine Sorge. Meine Eltern sind nicht halb so schlimm, wie du sie dir vorstellst."

Neela lachte. Es klang wie Musik in Jennas Ohren. „Na danke, das ist ja beruhigend!"

Jenna grinste. „Ich meine es ernst. Sie werden dich mögen. Sie waren nicht einmal panisch, als Greg mit 14 Jahren nach einer Nacht des Fernbleibens erzählte, dass er seit Wochen eine Freundin hatte. Also werden sie dich mit offenen Armen begrüßen."

Wie es mit Victorias Eltern stand, wusste sie nicht. Aber

311

Gregs Ehefrau hatte ihre Toleranz nicht von irgendwo her, also mussten sie sich diesbezüglich keine Sorgen machen.

„Außerdem liebt meine Mutter dich spätestens dann, wenn du ihr verkündest, dass du Yoga machst und Vegetarierin bist", fügte sie noch hinzu.

Mit diesen Worten drückte sie auf die Klingel. In genau demselben Moment hängte Neela sich bei ihr ein und drückte ihr einen Kuss auf die Wange.

„Ich liebe dich, Jenna", wisperte sie. „Danke, dass ich das hier mit dir teilen darf."

Jennas Wange prickelte. Sie drehte das Gesicht und lächelte Neela an. „Ich danke dir für dein Vertrauen. Und alles, was du mir zurückgibst."

Ihre Lippen trafen für einen zärtlichen Kuss aufeinander. Sie lösten sich genau eine Sekunde, bevor sich jemand an der Tür zu schaffen machte. Im nächsten Augenblick sahen sie sich einer strahlenden Brünetten gegenüber.

„Schön, dass ihr gekommen seid!" Victoria schloss Jenna in eine feste Umarmung. Erneut musste sie lächeln und wurde in ihren Gründen bestärkt, Victoria so sehr zu mögen. Sie begrüßte sie nicht mit einem „Fröhliche Weihnachten", sondern mit etwas viel Wichtigerem. „Und schön, dass du sie mitgebracht hast", flüsterte sie in ihr Ohr.

Jenna grinste über ihre Schulter. Während Victoria auch Neela begrüßte, ertönte ein lautes Poltern auf der Treppe. Jenna konnte gerade noch rechtzeitig aufsehen, als Isabella schon die letzten Stufen hinuntersprang und auf sie zugerannt kam. Sie trug einen dunkelgrünen Pulli mit Rudolphgesicht. Es sah zu niedlich aus.

„Mama und ich haben Plätzchen gemacht!" Sie streckte

den beiden eine dunkelblaue Box mit Sternen darauf hin. Victoria lachte und legte den Arm um sie.

„Bella, lass die beiden doch erst einmal ankommen." Sie tätschelte ihr die Schulter. „Sie werden noch genug Zeit haben, die Plätzchen zu genießen."

Jenna hielt ihr das Geschenk hin, das Neela und sie gekauft hatten. „Hier. Das ist von Neela und mir. Du kannst es auspacken."

Isabella nahm es strahlend entgegen. „Jetzt gleich?", fragte sie aufgeregt.

Jenna grinste. „Ja, jetzt gleich. Sonst isst du ja nichts."

Mit einem „Danke!" rannte Isabella davon. Lachend schüttelte Victoria den Kopf.

„Sie ist schon den ganzen Tag so aufdreht. Greg und ich hatten ein paar Minuten lang wirklich mit dem Gedanken gespielt, sie in ihrem Zimmer einzusperren."

Jenna half Neela aus der Jacke und grinste. „Solange ihr nur darüber nachdenkt, ist das okay. Es dann zu tun, das ist wieder eine ganz andere Sache."

Victoria führte sie ins Esszimmer, welches mit dem Wohnzimmer verbunden war und in dem bereits der gedeckte Tisch stand. Jennas Blick fiel sofort auf das Salatbuffet und auf Victorias berühmten Reissalat. Dieses Gericht war das Highlight und die Tradition in ihrer Familie.

„Ich habe den Schinken weggelassen. Du bist ja Vegetarierin, richtig?", sagte Victoria an Neela gewandt. Jenna und sie guckten sie an, gerührt und beinahe perplex.

„Danke", stammelte Neela. Sie klang sprachlos. Jenna sah Victoria einfach nur an. Sie brauchte nichts zu sagen. Der Ausdruck in ihren Augen sprach Bände. Diese Frau war nicht nur aufmerksam, sie dachte einfach an alles.

„Alles Liebe, Schwesterlein." Jenna kam gerade noch dazu, sich umzudrehen, als sie sich in Gregs Umarmung wiederfand. Sie drückte ihn und küsste ihn auf die Wange.

„Danke, Brüderlein. Gleichfalls." Als sie sich wieder losließen, sah Jenna sich um. „Sind Mum und Dad schon da?"

Greg nickte und zeigte in die Küche. „Ja. Und man sieht meilenweit, dass sie im Süden waren. Ich bin richtig neidisch."

Jenna boxte ihm gegen die Schulter, flüsterte ihm ein „Kein Wort über meinen Krankenhausaufenthalt, das muss nicht heute sein" und wollte gerade nach Neela rufen, als Isabella erneut angerannt kam. Nun hielt sie eine große, grauweiße Plüschtiereule in den Armen und ihre Augen strahlten mit ihrem Lächeln um die Wette.

„Guckt mal Mommy, Daddy!" Sie streckte das Plüschtier hoch, damit Greg und Victoria es ansehen konnten.

„Gefällt sie dir?", fragte Neela lächelnd. Isabella nickte. „Ja, total!" Sie umklammerte die Eule so fest, als wolle sie sie nie wieder loslassen. Jenna war sich sicher, dass sie das für die nächsten Tage auch nicht mehr tun würde. Greg fuhr ihr liebevoll durch die Haare und warf Victoria das stolze Lächeln eines Vaters zu.

Jenna streckte Neela die Hand hin.

„Bist du bereit?"

Neela sah ihr in die Augen. Als sie ihre Hand ergriff, bemerkte Jenna, wie sie zitterte.

„Ja", sagte sie, auch wenn es eher so klang, als müsse sie sich selbst ermutigen.

314

Jenna drückte sie. „Sei einfach du selbst", sagte sie. „Dann wird nichts schiefgehen."

Auf dem Weg in die Küche begann Jennas Herz mit jedem Moment schneller zu klopfen. Das war ein bedeutsamer Schritt. Insbesondere, weil sie nicht wussten, was die Zukunft ihnen noch bescheren würde.

Kurz vor der Küche stolperte sie beinahe über Isabella, die auf einmal an ihr vorbeirannte.

„Langsam, meine Große!", lachte sie, als das Mädchen in der Küche verschwand. Sogleich erklang ihr aufgeregtes „Grandma, Grandpa, schaut mal!"

Nun lachte auch Neela. Jenna war froh darum. Isabella lockerte die ganze Situation auf. Von drinnen erklang eine Frauenstimme, die Jenna als ihre Mutter erkannte: „Na, das ist ja eine süße Eule!" Und gleich darauf von ihrem Vater: „Von wem hast du die denn bekommen, Isabella?"

Nun erschienen auch die Beiden im Türrahmen. Im selben Moment drehte Isabella sich herum und zeigte auf sie.

„Von Tante Jenna und Tante Neela!", sagte sie.

Die beiden älteren Herrschaften hoben ruckartig die Köpfe. Jenna hielt ihre Hände in Abwehrhaltung vor sich.

„SO weit sind wir noch nicht!", lachte sie. Für einige Momente ließ sie Neela stehen und lief auf ihre Eltern zu.

„Hey Mum, hey Dad."

„Jenna, mein Schatz." Grace umarmte sie fest und küsste sie auf die Wange. „Ich freue mich so, dich zu sehen."

Anthony legte seine Hände um ihr Gesicht und lächelte. „Du wirst immer schöner, meine Große."

Jenna legte den Kopf schief. „Ach Dad."

„Keine falsche Bescheidenheit. Komm her!" Er zog sie

an sich und drückte sie fest.

Die Begrüßungsrunde beendet, fiel der Blick ihrer Mutter auf Neela. „Jenna, wer ist diese hübsche junge Dame?", fragte sie und sah neugierig an ihr rauf und runter.

Jenna wandte sich ihrer Freundin zu, über deren Wangen sich eine Röte zog. Innerlich räusperte sie sich.

„Mum, Dad." Sie legte Neela die Hand auf den unteren Rücken und schob sie neben sich. Dann sprach sie, als beginne sie eine feierliche, lange Rede. „Das ist Neela, meine Freundin."

Kurz entstand Stille. Die Beiden guckten zwischen ihr ihrer Freund hin und her, es war, als ratterten die Zahnräder in ihren Köpfen. Dann begann ihre Mutter zu strahlen, als hätte Jenna gerade verkündet, sie hätte im Lotto gewonnen. Nun – in gewisser Weise hatte sie das goldene Los auch wirklich gezogen. Ihr Vater lächelte. Der glückliche Ausdruck in seinen Augen ließ Jennas Herz erwärmen.

„Neela, meine Eltern. Grace und Anthony." Neela, die sichtlich schüchtern war, trat vor und streckte die Hand aus.

„Es freut mich sehr, Sie kennenzulernen", sagte sie. Grace war nicht halb so zurückhaltend – eine Eigenschaft, die Jenna an ihrer Mutter schätzte. Sie bekam jedes Mal die Kurve zwischen unverblümter Offenheit und Freundlichkeit. Sie erwiderte Neelas Gruß und umschloss ihre Hand mit Beiden.

„Die Freude ist ganz auf unserer Seite", sagte sie mit leuchtenden Augen. Die Begeisterung, die in ihrer Stimme mitklang, ließ Jenna aufatmen. Auch Anthonys Gesicht war warm und offenherzig.

316

„Sie sind also die mysteriöse Begleitung unserer Jenna?", sagte er und grinste vielsagend.

Neela erwiderte und schien sich zu lockern. „Ja, das bin ich wohl." Sie drehte sich zu ihr um. „Du hast deinen Eltern nichts von mir erzählt?", fragte sie mit einem neckenden Unterton in der Stimme.

Jenna grinste wie ein Honigkuchenpferd. „Diesmal bin ich dran mit dem Überraschungsmoment", sagte sie und küsste sie auf die Wange.

Ein Klingeln riss sie aus der Runde.

„Das müssen Evelyn und William sein", sagte Anthony. Er sah zwischen den drei Frauen hin und her und zeigte dann auf Tochter und Freundin. „Wir sprechen nacher. Ich will alles wissen." Und dann lächelte er, den Blick direkt auf Neela gerichtet. „Darf ich die Dame zum Buffet geleiten?"

Anthony hielt ihr den Arm hin. Diese lächelte strahlend und hackte sich unter. „Aber Sehr gerne, der Herr", erwiderte Neela seine förmliche Ausdrucksweise. Mit einem Mal schien sie komplett aufzublühen.

Anthony führte sie zu den Tischen, Jenna wollte sich gerade dazugesellen, als ihre Mutter nach ihrem Arm griff.

„Du hast eine gute Wahl getroffen", flüsterte sie in ihr Ohr. „Sie scheint umwerfend zu sein."

Jenna grinste. „Oh ja, das ist sie."


Bevor sie sich über das Essen hermachten, begrüßten sie Victorias Eltern. Jenna hatte die Beiden schon seit einer Ewigkeit nicht mehr gesehen, weshalb sie erst einmal erzählen musste, wie es ihr ging, was der Job machte, und alles weitere. Natürlich ließ sie auch hier das kleine Detail des Fast-Abkratzens weg. Das Thema „Milzoperation" musste nicht unbedingt an Weihnachten angeschnitten oder gar während des Essens besprochen werden. Sie hätte dafür noch genug Zeit.

Victorias Eltern schienen genau so begeistert über ihren Beziehungsstatus wie Grace und Anthony, freute Jenna sich, während sie sich das Essen auf den Teller lud.

„Hey", sie stupste Neela an. „Geht's dir gut?"

Ihre Freundin lächelte sie an, ihre dunklen Augen funkelten lebhaft.

„Es könnte mir nicht besser gehen." Sie ergriff Jennas Hand mit ihrer linken. „Deine Familie ist so wundervoll."

Jenna nickte mit einem Lächeln. Das war sie wirklich.


„Wie war eigentlich euer Urlaub?", fragte Jenna an ihre Eltern gewannt, als sich alle zu Tisch begeben hatten und sich setzen.

„Wundervoll!", sagte Grace und untermalte das Wort mit Gestiken. „Traumhaft, wirklich!"

„Der Strand war wunderschön. Und unser Hotel lag ideal. Wir hatten unsere Ruhe und konnten ganz entspannt die Sonne genießen", sagte Anthony. Er lächelte Tochter und Sohn an. „Es hätte euch gefallen", sagte er.

Jenna grinste. „Also, ich werde bestimmt meine Ferien irgendwann auch in einem Land mit Sonne, Strand und Meer verbringen", sagte sie und schielte zu ihrer Nebensitzerin hinüber. Neela begegnete ihrem Blick und lächelte verschwörerisch. Sie verstand, was Jenna meinte.

„Am besten gehen wir nach Goa. Dort sind die Strände

318

am Schönsten", spielte sie mit.

Jenna spürte sechs Augenpaare auf sich und Neela gerichtet – und das war nicht, weil sie sich beinahe schon wieder mit Blicken auffraßen. Sie wusste wirklich nicht, wie sie es schaffen sollte, sich im konservativen Indien auch nur soweit zurückhalten zu können, dass nicht jeder sah, was zwischen ihnen war.

„Hast du etwas geplant?", fragte Victoria neugierig.

Greg guckte Anthony und Grace sprachlos an. „Also, ich weiß ja nicht was Neela mit ihr angestellt hat, aber Jenna bleibt freiwillig vom Dienst daheim?"

Jenna nickte. „Das werde ich dann wohl tun." Sie lächelte Neela an. „Mein nächstes Ziel wird Indien sein."

„Ha! Ich wusste doch, dass ihre Herkunft irgendetwas südländisches sein muss!", rief Grace aus. Sie lächelte Neela an. „Die indische Kultur fasziniert mich. Yoga ist seit Jahren ein großes Hobby meinerseits."

„Entschuldigt den aprupten Themawechsel, aber ich bin wirklich neugierig." Anthony faltete die Hände und durchbohrte Jenna und Neela förmlich. „Wie habt ihr beiden euch kennengelernt?"

Jenna grinste Neela an. „Willst du oder ich?", fragte sie.

Neela nickte ihr zu. „Du. Ich muss das Essen genießen." Dann hielt sie mit der Gabel in der Hand inne und sah sich im Kreis um. „Vielen Dank übrigens, dass ich heute hier sein darf. Das bedeutet mir sehr viel."

„Und uns erst, Schätzchen." Grace, die Neela gegenüber saß, beugte sich vor und tätschelte ihr die Hand. „Danke, dass du unsere Tochter so glücklich machst."

Jenna war froh, dass ihre Mutter Neela so schnell das

„Du" anbot. Und sie bemerkte erleichtert, dass Neela sich von Sekunde zu Sekunde mehr entspannte.

Sie räusperte sich. „Nun denn", begann sie, und der ganze Tisch richtete die Augen auf sie. „Alles begann mit einer Nachricht für meinen Captain und einer Anhäufung von Zufällen."

„Mit anderen Worten: Das Schicksal führte uns zusammen", konnte Neela nicht verhindern, zu sagen, und lächelte bedeutungsvoll. Und Jenna begann mit der Erzählung.

Nach der Geschichte lockerten die Gespräche sich auf; das Ehepaar Wackefield erzählte noch ein wenig vom Urlaub, die Jones von einem Treffen mit Williams Kollegen vom Musikverein, Victoria von einem neuen Projekt, das sie in der Firma planten, und und und.

Nach ihrem Reisebericht wollten Grace und Anthony alles über Neela wissen. Und wie Jenna vorausgesagt hatte – ihre Mutter wurde ganz begeistert, als Neela ihr nur zu gerne davon berichtete. Greg erzählte davon, wie er mit Isabella und ihren Freundinnen in den Wald gefahren und Schneemänner gebaut hatte. Was Jenna wiederum an eine Geschichte erinnerte.

„Als Greg 20 wurde, haben wir unsere Kameraden geschnappt und sind raus in den Wald gefahren", erzählte sie Neela. „Damals lag noch Schnee. Wir haben eine große Hütte bezogen, unseren Proviant und ein paar Musikboxen hinaufgefahren und dort gefeiert."

Neela lächelte. „Wie in dem Video von Last Christmas, was?"

320

Jenna zog die Augenbrauen hoch. „Du bist Hinduistin und kennst das Musikvideo zu einem Weihnachtslied?"

Neela zuckte die Schultern. „Ich bin nun einmal interessiert an anderen Kulturen", sagte sie und schob sich eine Gabel Salat in den Mund.

Auf einmal rutschte Isabella von ihrem Stuhl, lief um den Tisch herum und zupfte an Neelas Ärmel.

„Ja?", fragte diese, sich ihr zuwendend.

Isabella sah mit großen Augen zu ihr auf. „Neela, warum feierst du kein Weihnachten?"

Es war faszinierend, wie viel kleine Kinder mitbekommen konnten, auch wenn sie spielten. Wie ein Schwamm sogen sie alles auf. Neela guckte in die Luft, dachte wohl nach, wie sie dem Mädchen dies am besten erklären sollte. Schließlich schien sie passende Worte gefunden zu haben.

„Weißt du, Isabella, ich komme aus einem Land, in dem andere Bräuche herrschen. Ich glaube an etwas anderes als ihr."

Isabella legte den Kopf schief. „Was heißt das?"

„Nunja." Neela drehte sich zu ihr und beugte sich hinunter. „Ihr glaubt an Gott und an Jesus, nicht wahr?"

Isabella nickte.

„Für mich sind euer Gott und euer Jesus auf viele verschiedene Personen oder Götter verteilt. Wir nennen sie Devas. Deshalb feiere ich kein Weihnachten, weil es diesen Tag in unserer Kultur nicht gibt. Aber ich freue mich sehr, hier zu sein und diesen Tag mit euch zu feiern."

Isabella sah noch immer erstaunt und hochinteressiert aus. „Und was feierst du dann?"

Jenna sah, wie Victoria und Greg sich Blicke zuwarfen.

Sie waren unmissverständlich dabei, stumm zu diskutieren, ob sie Isabella Einhalt gebieten sollten. Jenna schüttelte lächelnd den Kopf und machte eine Handbewegung. Sie wusste, dass Isabellas Aufmerksamkeit Neela guttat. Und ihr Bruder und seine Frau verstanden.

„Wir feiern sehr vieles." Neela überlegte einige Momente. „Für uns ist zum Beispiel das Holi-Fest sehr bedeutsam."

„Was macht man da?", fragte Isabella wie aus der Pistole geschossen.

Jenna biss in ihr Baguette und grinste innerlich bis über beide Ohren. Sie liebte dieses Mädchen. Sie war zwar nicht der Typus Mensch, der kreischte wenn er ein Baby sah, aber sie schätzte die Ehrlichkeit und Lebensfreude von Kindern.

Neela schmunzelte. „Man bewirft sich mit farbigem Puder. Deshalb nennt es sich auch „Das Fest der Farben". Es wird im Frühling gefeiert und symbolisiert den Kampf des Guten über das Böse." Sie tippte Isabella auf die Nase. „Danach ist man ganz bunt. Man siehst aus, als wäre man in einen riesigen Farbeimer gefallen."

Isabella kicherte und nickte aufgeregt. „Das find ich toll, das will ich auch machen!"

Neela lachte und auch die restlichen Nebensitzer konnten sich ein Schmunzeln nicht verkneifen. Jennas Herz hüpfte, als sie Neela lachen hörte.

„Wie wäre es, wenn wir das an deinem Geburtstag machen, Bella?", schlug Grace vor.

Isabella strahlte. „Oh ja, bitte!" Sie griff nach Neelas Händen und hüpfte auf der Stelle. „Und du musst unbedingt auch kommen!"

322

Neela lächelte und tätschelte ihr die Hand. „Natürlich werde ich das. Ich lasse mir doch nicht das Holi-Festival zu Ehren der großen Isabella entgehen!"

Jenna schüttelte lächelnd den Kopf, als Isabella mit einem Strahlen Neelas Hand losließ und aus dem Raum rannte. Als Neela wieder aufsah, funkelten ihre Augen.

„Sie ist umwerfend", sagte sie liebevoll an Greg und Victoria gerichtet. Die Beiden lächelten sich an. Jenna hoffte sehr, dass Neela und sie nach einigen Jahren Beziehung noch genau so glücklich und zufrieden wären wie diese Beiden.

Es ging kaum zwei Minuten, als Isabella zurückkam - mit einem roten Stift in der Hand.

„Neela, darf ich dir was auf die Backe malen?", fragte sie.

Neela hob die Augenbrauen, wandte sich ihr aber zu. „Aber sicher. Solange es etwas Nettes ist."

Isabella grinste breit und nickte so heftig, dass ihre blonden Haare auf und ab wippten. Sie streckte die Hand aus, malte Neela vorsichtig ein Herz auf die Wange und hielt dann ihr den Stift hin. „Jetzt du. Ich will auch eins." Und sie hielt ihre Wange hin.

Neela lächelte, griff nach dem Stift und malte dasselbe Zeichen auf ihr Gesicht. Dann hielt sie inne. „Die andere Seite auch?"

Isabella nickte natürlich.

Neugierig linste Jenna über Neelas Schulter - und staunte. Das, was sie auf Isabellas andere Wange malte, war kein Herz. Es waren indische Schriftzeichen.

„Das ist Hindi. Die Sprache meines Landes. Es bedeutet Jaaneman." Obwohl sie ihr Gesicht nicht sah, ließ allein der Tonfall in ihrer Stimme Jennas Inneres erwärmen. „Die genaue Übersetzung lautet „Meine Seele"." Sie tippte Isabella auf die Nase. „Es lässt sich aber verstehen als Liebling."

Jenna biss sich auf die Lippe, um zu verhindern, dass sie emotional wurde. Isabella tippte sich vorsichtig auf die Wange, strahlte dann. Und dann schlang sie die Arme um Neela.

„Ich hab dich lieb, Neela", sagte sie leise, aber jeder hörte es. Neela streichelte über Isabellas Rücken, ehe sie aufsah und Jennas Blick begegnete. Das unsichtbare Band, das zwischen ihnen entstand, benötigte keine Worte.

Irgendwann wurde die Stille durch Neela unterbrochen. „Isabella, du müsstest mich leider loslassen", sagte sie leise.

„Warum?", kam es von dieser zurück.

„Ich muss auf die Toilette."

Alles lachte. Und die melancholische Stimmung war vorbei.

„Das Bad ist neben der Treppe, die blaue Tür", dirigierte Greg sie, während er seine Tochter in den Arm nahm, die ihm freudestrahlend die Kunstwerke auf ihrem Gesicht präsentierte und noch einmal jedes Wort wiederholte.

Jenna sah Neela hinterher. Mit ihrem Dauerlächeln kam sie sich vor wie ein dazu programmierter Roboter.

„Sie ist einfach wundervoll, Liebes", riss eine Stimme sie aus den Gedanken. Ihre Mutter lächelte sie an und Jennas eigenes wurde zu einem Strahlen.

„Schön, dass ihr das auch findet."

Ihre Eltern lächelten sie an, Grace umarmte sie schließlich.

„Halte sie gut fest", flüsterte sie.

Jenna nickte. „Das werde ich. Um keinen Preis der Welt werde ich sie gehen lassen."

Anthony drückte ihr die Hand, bevor er aufstand, um sich dem zweiten Gang zu widmen. „Den guten Geschmack hast du auf jeden Fall von mir", sagte er lächelnd.


Und auf einmal realisierte Jenna es. Sie hatte alles, was Neela nicht hatte.

Kollegen. Freunde. Familie. Eine Nichte.

Neela hatte keine Familie mehr. Sie hatte keine Kinder und niemals die Chance dazu. Ihre Kollegen kannten ihr „Geheimnis" nicht. Sie lebte ein Leben, das ihr nicht gerecht wurde.

Jenna spürte ein Stechen in ihrer Brust. Jahrelang hatte sie sich beschwert, wollte sich vor diesen Familienfeiern drücken, und hatte sich stattdessen in die Arbeit gestürzt. Sie war vor dem echten Leben da draußen geflohen, vor IHREM Leben, und hatte nicht gemerkt, was ihr entging. Was wichtig war. Was für ein Glück sie eigentlich hatte.

Erst, als ihre Wange feucht wurde und ihr die Sicht verschwamm, bemerkte sie, dass ihr eine Träne aus dem Augen rollte. Schnell wischte Jenna sie weg und ertränkte die Melancholie in einem Schluck von ihrem Sekt. Sie spürte ein Augenpaar auf sich ruhen und sah auf.

„Jenna, geht es dir gut?" Die Stimme ihrer Mutter klang besorgt.

Jenna wischte sich über die Augen und nickte. „Ja." Sie

sah ihre Mutter an, während ihr die Sicht erneut verschwamm. Unter Tränen lächelte sie. „Ich bin einfach nur glücklich."

# Kapitel 29

Silvester.

Der Tag, auf den Jenna gewartet hatte. Seit sie ein kleines Mädchen gewesen war hatten Raketen sie fasziniert. Sie wollte alles darüber wissen, wie sie funktionierten, aus was sie gebaut wurden. Natürlich hatte sie die chemischen und physischen Prozesse dahinter nie kapiert, aber das hatte ihrer Faszination dafür keinen Einhalt geboten. Einmal hatte sie sich verletzt – noch heute hatte sie eine winzig kleine Narbe an der Hand, die man nur sah, wenn man es wusste und darauf achtete.

Das erzählte sie Neela, als sie aufwachten. Sie hatten lange geschlafen, es war kurz vor Zehn, als Jenna auf den Wecker sah.

„Raketen sind wunderschön. Sie verwandeln den Himmel in ein Meer aus Lichtern. Wie ein überdimensionalen Gemälde."

Neela grinste sie an. „Wirst du etwa sentimental?", fragte sie mit einem kecken Unterton in der Stimme.

Jenna seufzte theatralisch und schob sich den Arm unter den Kopf. „Vielleicht." Sie drehte den Kopf zu Neela, sodass sie sie angrinsen konnte. „Alles deine Schuld. Du hast meine emotionale Seite geweckt."

Neela drehte sich auf die Seite, schlang einen Arm um

327

ihre Taille und küsste sie auf die Wange. „Ich bereue keine Sekunde davon", flüsterte sie und kuschelte sich an sie.

Nach dem Frühstück fuhren sie hinaus in den Wald. Der Schnee begann, langsam abzutauen, da es die letzten Tage über nicht mehr geschneit hatte, aber das machte Jenna nichts aus. Wichtig allein war die Person, die neben ihr herging. Die ihre Hand hielt. Die ihr Herz hatte.

. . .

Zurück in der Wohnung überzog Jenna ein Schauer und sie gab ein Geräusch von sich. Neela guckte sie mitleidig an.

„Durchgefroren?", fragte sie.

Jenna nickte. „Jedenfalls fühle ich mich so." Sie zog sich den Schal vom Hals und rieb sich über die Arme.

Neelas Augen blitzten, als sie nach ihrer Hand griff. „Na los, das schreit nach einer heißen Dusche."

Jenna hob die Augenbrauen. „Meinst du mit „heiß" die Temperatur oder unsere körperliche Verbindung?"

Neela grinste und wackelte mit den Augenbrauen. „Wer weiß", sagte sie und stolzierte mit beinahe aufreizendem Hüftschwung Richtung Badezimmer.

Jenna schüttelte perplex den Kopf. „Meine Dusche ist zu klein für irgendwelche Aktivitäten!", rief sie hinter ihr her.

Die einzige Aktivität, die schließlich zwischen ihnen entstand, waren Küsse. Sie standen eine Ewigkeit unter dem heißen Wasserstrahl und und ließen immer wieder ihre Lippen zueinander finden. Sie seiften sich ein, lachten über

Dinge, die eigentlich nicht halb so lustig waren. Jenna strich durch Neelas schwarze Haare, schloss die Augen, als ihr ein paar Wassertropfen über die Stirn perlten. Sie spürte Neelas Herzschlag und ihren eigenen, wollte testen, welcher schneller ging, aber verlor sich schließlich. Sie war glücklich. Glücklicher als nie zuvor in ihrem Leben.

Als sie wenig später mit einer Tasse Kaffee und einer heißen Schokolade auf dem Sofa saßen, fühlte Jenna sich so eingelullt von der Wärme und Neelas Anwesenheit, sodass sie am liebsten auf der Stelle an deren Schulter eingeschlafen wäre.

Aber nein. Heute war Silvester. Sie würde den wichtigsten Tag des Jahres mit ihrer Freundin verbringen und keine Sekunde davon verpassen wollen, weil sie wegknackte.

Da riss Neela sie aus den Gedanken, als sie ihr auf die Schulter tippte. „Hey Süße", sagte sie leise.

Jenna grummelte ein „Hm?"

Sie glaubte, Neela grinsen zu sehen.

„Sollen wir uns mal an die Geschenke machen?"

Jetzt war sie hellwach. Sie riss die Augen auf und wurde auf einen Schlag aufgeregt. „Hervorragende Idee." Sie sprang auf und zog Neela geradezu mit. „Wer zuerst?", fragte sie, während sie Neelas Geschenk aus der obersten Schublade ihres Schranks kramte.

Neela, die es sich bereits wieder auf dem Sofa gemütlich gemacht hatte, nickte ihr zu. „Du zuerst."

Das war Jenna recht. Sie hopste neben sie und sie wechselten die Geschenke.

Das erste war ein Päckchen, etwa zwei oder drei Zentimeter dick. Darauf lag eine Art kleiner Umschlag.

„Das Große zuerst", sagte Neela. Das hätte sie ihr nicht sagen brauchen, das hätte sie ohnehin getan. Jenna öffnete das Geschenk an den Ecken, dann längs und zog es heraus.

Sie schnappte nach Luft. Es war ein Reiseführer. Ihr Herz klopfte noch aufgeregter, als sie den kleinen Umschlag öffnete. Ein rechteckiges Stück Papier flatterte ihr entgegen. Es zwar nur ein Muster, aber es war ein Ticket.

Und das Ziel lautete Neu-Delhi.

Jenna war zwar keine Expertin in Geografie, aber sie war sich ziemlich sicher, WO Neu-Delhi lag. Sie blinzelte, während sie langsam anfing, zu kapieren. „Heißt das ..." Sie starrte Neela an. „Du willst wirklich mit mir nach Indien?"

Neela lächelte. „Ich war lange nicht mehr da. Ich habe mich zu sehr distanziert. Und du hast gesagt, du möchtest mehr über mich erfahren." Sie warf einen Blick auf das Geschenk. „Und was könnte dir besser dabei helfen, als mein Gedankenbuch und das Land meiner Herkunft?"

Jenna grinste überglücklich. „Fast, als hättest du meine Gedanken beim Weihnachtsessen erraten." Dann atmete sie hörbar aus. „Wie soll meines nur dagegen ankommen."

Neela lächelte aufmunternd. „Ich bin mir sicher, das wird es. Außerdem" Sie wedelte mit ihrem Handgelenk, an dem sie durchgehend das Armband mit der Thin-Blue-Line trug. „Hast du mir bereits das geschenkt. Der wahre Wert ist nicht die Menge, sondern der Gedanke dahinter."

Sie streckte die Hände nach ihrem Geschenk aus, das auf dem Tisch gelegen hatte.

Jenna biss sich nervös auf die Lippe, während Neela

330

das Geschenkband abzog und auspackte. Dann starrte sie eine Weile auf die Karte, ehe sie zu kapieren schien. Auf ihren Lippen erschien ein strahlendes Grinsen. Jenna atmete erleichtert aus.

„Ein Gutschein für eine Runde auf dem Trainingsgelände", erklärte sie, auch wenn alles darauf zu lesen war. „Und wenn es dir gefällt, kannst du es dir immer mal überlegen, ob du nicht doch den Motorradführerschein machst."

Neela sah auf. Nun stand Überraschung in ihren Augen. „Du … weißt das noch?"

Jenna grinste. „Ich bin ein Cop. Ich achte auf Details, weißt du?" Und dann fügte sie mit einem mysteriösen Lächeln hinzu: „Und falls du irgendwann einmal Interesse daran hast, wie man mit einer Waffe umgeht … kann ich das auch einfädeln."

Neela lächelte sie eine ganze Weile nur an. Jenna wurde erneut bewusst, wie wundervoll sie doch war.

Auf einmal riss sie die Augen auf. „Ach, ich habe noch etwas. Etwas Kleines."

Jenna seufzte. „Neela, nein!"

Ihr Gegenüber grinste. „Halt den Mund. Du hast es dir verdient." Sie küsste sie auf die Lippen und drückte ihr das letzte Geschenk in die Hand.

Es war eine kleine, dunkelblaue Box mit einer silbernen Schleife darauf. Jenna verkniff sich den Witz, ob Neela ihr einen Verlobungsring schenken wollte, und öffnete stattdessen den Deckel. Darin lag ein hübscher, silberner Anhänger, der die Form einer Hand hatte. Dessen Inneres war mit verschnörkelten Mustern ausgefüllt. Irgendwie kam ihr bekannt vor, als hätte sie ihn schon einmal gesehen. Er maß

331

etwa 1,5 Zentimeter.

„Das ist die Hamsa-Hand. Ein Glücksbringer, der zu einer Polizistin passt. Er soll dich beschützen. Vor dem Bösen und all dem Schlechten, das du bekämpfst."

Neelas Worte drangen an ihr Ohr und sie sah auf. Sie sah in diese wundervollen, braunen Augen, in denen Jenna das sehen konnte, wonach sie eine Ewigkeit lang gesucht hatte. Obwohl – wenn sie ehrlich war, hatte sie ihr ganzes Leben lang danach gesucht.

. . .

Diesmal hatte Jenna darauf bestanden, dass der Neujahrsschmauß bei ihr Zuhause stattfinden würde. Glücklicherweise half Neela ihr beim Aufräumen.

Auf Gregs Anweisung hin hatte sie vor wenigen Tagen Grace und Anthony von ihrem Überfall erzählt. Wie vorhergesagt waren die beiden erst einmal entrüstet, dass sie das nicht schon früher berichtet hatte, aber sie kannten ihre Tochter – und das Wichtigste war letzten Endes ja, dass nichts Schlimmeres passiert war.

Es gab Fondue mit Baguettbroten und Salaten. Victoria war bei ihren Eltern, sie würden sich erst später um Mitternacht treffen. Isabella wollte unbedingt mit Greg mitkommen. Mit einem Schmunzeln fragte Jenna sich, ob sie eifersüchtig werden sollte. Ihre Nichte schien Neela zu lieben. Und Neela liebte Isabella. Aber sie konnte es beiden auch nicht verübeln.

332

Um elf Uhr gesellten sich Victoria und ihre Eltern dazu. Isabella aß beinahe alle Süßigkeiten leer, die ihr mitgebracht wurden, aber die Übelkeit vergaß sie sofort wieder, als sie Ablenkung mit dem alten Geschenkpapier fand. Sie spielten ein paar Runden Bleigießen – wobei Isabella wohl den Tisch und den Boden versaut hätte, wäre Anthony nicht gewesen - und unprofessionelles aber unterhaltsames Sing-Star-Karaoke, in dem Victoria als ehemalige Schul-AG-Sängerin weit am besten abschnitt und sogar den Rekord knackte.

Um viertel vor Zwölf packten sie sich alle warm ein und bezogen das Dach eines naheliegenden, kleinen Hochhauses. Greg kannte den Hausmeister, und dieser hatte ihnen erlaubt, die Terrasse zu nutzen.

Dort oben angekommen wurden sie von der eisigen Kälte begrüßt, aber keinem machte es etwas aus.

Der Straßenlärm war beinahe komplett verstummt. Es war, als hielte die ganze Stadt den Atem an und warte nur darauf, dass das neue Jahr endlich beginnen würde.

Jenna linste immer wieder auf die Uhrzeit auf ihrem Handy. Sie war aufgeregt wie ein kleines Kind – das einzige, das sie von Isabella unterschied, war, dass sie nicht mit einer Wunderkerze in der Hand wie wild durch die Gegend hüpfte und dabei „Ich bin die Glücksfee, wünscht euch was!" rief.

Und dann war es so weit. Wenige Sekunden vor zwölf schallte auf einmal Gregs Stimme durch die Stille.

„Zehn!", rief er laut.

Und sogleich stimmten alle mit ein und zählten den Countdown.

„Neun!"

„Acht!"

„Sieben!"

Jenna griff nach Neelas Hand und drückte sie fest.

„Sechs!"

„Fünf!"

Neela warf ihr einen Blick zu, dann richtete sie ihre Augen gen Himmel.

„Vier!"

„Drei!"

„Zwei!"

„Eins!"

Und schon schossen die ersten Raketen in die Luft, gleichauf mit jedermanns Johlen.

„Frohes neues Jahr!", brüllte Jenna über den Lärm hinweg. Die darauffolgenden Antworten bekam sie nicht mit, denn Neela und ihr war der Kuss viel wichtiger.

Kaum hatten sie sich voneinander gelöst, beide grinsend und mit hochroten Wangen, kam auch schon Isabella angerannt und warf sich an sie. Jenna umarmte ihre Eltern, Victoria, Evelyn und William. Bei ihrem Bruder verharrte sie am längsten. Sie lagen sich eine Weile einfach nur in den Armen und genossen die Anwesenheit des Anderen.

„Danke, dass du da bist", flüsterte Jenna in sein Ohr. Gregs Antwort war eine noch festere Umarmung.

„Immer doch, kleine Schwester", sagte er. „Für immer."


Nach der Umarmungsrunde und den guten Wünschen schickte Jenna die vorgespeicherten Nachrichten an ihren Kollegen- und Freundeskreis.

Diese beendet war Neela noch immer dabei, auf ihrem Handy herum zu tippen. Jenna schlang ihre Arme um deren Taille und schaute über ihre Schulter.

„Wem schreibst du so lange?", fragte sie.
Neela lächelte und warf ihr einen kurzen Blick zu. „Gillian. Sie hat uns alles Gute gewünscht."

Jennas Inneres wärmte sich bei dem Gedanken an die blonde Frau, die sie bereits liebgewonnen hatte.

„Schreibe ihr von mir auch alles Liebe. Und auch an ihre Tochter. Dass sie den Beruf ausüben kann, den sie sich wünscht."

Im nächsten Moment ploppte ein Foto auf. Neela klickte es an und starrte erst einmal eine Weile darauf, so, als glaube sie nicht, was sie sehe.

„Wow. Ich erinnere mich noch an Zoey als Baby", sagte sie bedächtig. Sie schüttelte den Kopf. „Unglaublich, dass aus solch einem kleinen Wesen nun diese junge Frau geworden ist."

Jenna guckte sie erstaunt an. „Du kennst sie?"

Neela nickte. „Gillian hatte sie bei unseren Schulfesten dabei. Und ich saß die ganze Zeit bei ihr."

Jenna lächelte. „Wir werden die Beiden bestimmt nochmals sehen. Unsere Wege werden sich in der Zukunft noch kreuzen, da bin ich mir sicher." Dann hielt sie inne, noch einmal das Foto betrachtend. „Sie würde eine großartige Polizistin abgeben", meinte sie. Und auf Neelas fragenden Blick antwortete sie: „Na, sie hat dieselben Augen. Genau wie Gillian."

Neela nickte bedächtig. Dann schrieb sie noch einmal etwas. Jenna sah über ihre Schulter und lächelte, als sie es laß, noch bevor Neela ihr Handy wieder einstecken konnte.

Du bist eine Mutter und Freundin, wie ich sie niemals hatte

„Das ist so rührend, das wird sie zum Weinen bringen, ist dir das bewusst?", fragte Jenna.

Neela guckte sie an. „Es ist die Wahrheit", sagte sie. „Man kann ein neues Jahr nicht besser beginnen, als dankbar zu sein für die besten Dinge des Lebens." Sie verpasste Jenna einen Kuss auf die Wange und kuschelte sich in deren Umarmung.

Andächtig nickte Jenna, während sie den Kopf hob und das bunte Lichtermeer über sich betrachtete.

„Wenn das Leben eine Farbe hätte", sagte Neela auf einmal. „Welche würdest du ihm geben?"

Jenna schloss die Augen, als würde ihr das bei der Entscheidung helfen. „Hättest du mich das vor zwei Monaten gefragt, dann hätte ich Dunkelblau gesagt." Sie sah in den Himmel. „Wie der Horizont. Oder das Meer. Endlos und unberechenbar. Man weiß nicht, wo es endet oder anfängt, oder, was auf dem Weg alles geschieht."

Neela lächelte sie gespannt an, als schien sie genau zu wissen, dass noch etwas kommen würde.

„Und was sagst du jetzt?"

Jenna ließ sich Zeit, ehe sie antwortete. „Silber", sagte sie.

Als Neela nichts entgegnete, senkte sie den Kopf, um sie anzusehen. Ihre Freundin hatte verwirrt die Augenbrauen zusammengezogen. „Silber? Wieso Silber?"

336

Jenna stellte eine Frage zurück. „Dein Name bedeutet Mond, richtig?"

Neela nickte, sah aber noch immer verdutzt aus.

Jenna lächelte verträumt, aber ihre Sinne waren klar. „Der Mond. Wunderschön und geheimnisvoll. Er leuchtet durch die Dunkelheit. Er ist immer da, auch wenn man ihn nicht sehen kann. Genau wie du."

Sie machte eine kurze Pause und ließ Neela ihre Worte verarbeiten. Eine weitere Rakete schoss in die Höhe und tauchte den Himmel in rotgoldenes Licht. Sie hörte Isabella glücklich lachen.

Schließlich entließ sie Neela aus der Umarmung, drehte sich zu ihr und nahm ihre Hände.

„Du bist mein Mond. Du scheinst in meinen dunkelsten Zeiten." Sie intensivierte ihren Blick, sah Neela tief in die Augen und lächelte. „Die Farbe meines Lebens ist Silber."

Über ihnen schoss eine nächste Rakete in den Himmel. Die bunten Farben spiegelten sich in Neelas dunklen, wunderschönen Augen wieder. Jennas eigene begannen, zu funkeln.

Ja, es stimmte. Sie konnte für so vieles dankbar sein. Und am meisten für diese Frau, die in diesem wichtigen Moment vor ihr stand.

„Silber wie der Mond", fügte Jenna hinzu.

Sie lächelte. „Genau wie du."

# Danksagungen

Es ist ein bisschen wie einkaufen – wenn man etwas Spezielles braucht oder danach sucht, findet man es nicht.

Beim Schreiben geht es mir ab und zu – okay, meistens - genauso. Wenn ich an eine Geschichte rangehe mit dem Vorsatz „Die muss fertig werden, ich will sie veröffentlichen", kommt nichts Richtiges dabei raus, geschweige denn wird sie fertig. Vielleicht sind meine USB-Sticks deshalb mit hundertmillionen Fanfictions gefüllt.

„Die Farben des Lebens" sollte eigentlich eine Kurzgeschichte werden. Ich habe sie angefangen, als ich in einer der stressigsten Phasen meines Leben gestanden hatte – ein paar Monate vor dem Abi, Bewerbungsgespräche, tausende Arbeiten. Ein Berg voll Verpflichtungen. Ich hatte sogar einen halben Nervenzusammenbruch.

Und es war in der Zeit, als der Regenbogen zu einem bedeutsamen Symbol für alle wurde, die anders waren als der Rest. Vielleicht liegt es daran, dass ich selbst noch nie in einer Beziehung, geschweige denn ernsthaft verliebt war (hier werfe ich ein, das wurde im Jahre 2018 geschrieben). Vielleicht aber auch daran, dass ich mal einen völlig anderen Blickwinkel ausprobieren wollte. Vielleicht habe ich dieses Buch aber auch geschrieben, weil ich etwas zu einem Thema beitragen wollte, das so viele Menschen betrifft. Weil ich damit meinen Standpunkt verdeutlichen wollte, der lautet, man solle Menschen, die nicht in die „Norm" passen, nicht niedermachen. Ich hoffe, dass die Menschheit vielleicht irgendwann versteht, dass wir alle eine Nation,

338

eine Spezies sind. Dass wir uns akzeptieren, wie wir sind, und aufhören, zu verurteilen - aus genau diesem Grund habe ich das Zitat dieser ganz bestimmten Schauspielerin am Anfang meines Buches ausgewählt.

Es gibt vier Menschen – gut, fünf, wenn ich mich selber mit einberechne – ohne die diese Geschichte niemals entstanden wäre, oder ohne die sie im Mindesten nicht hätte so gut werden können. Und deshalb beginne ich mit genau diesen vier.

(Achtung, es folgen jetzt einige Seiten)

## Jordana Spiro und Archie Panjabi

Ich bin die Art von Autorin, die immer eine Inspiration braucht – sei es für eine Handlung oder für eine Person. In ihrem Charakter oder ihrem Aussehen. In diesem Fall fiel alles zusammen.

Ohne Jordana und Archie, die meine Inspirationen für Jenna und Neela sind, hätten diese Beiden niemals zu den Personen werden können, die sie jetzt sind. Jordana ist ein Sonnenschein und hat mir durch genau diese Art die perfekte Vorlage für Jennas lebensfrohe Persönlichkeit geliefert. Archie ist mit ein Grund dafür, dass ich nun für immer indische Schriftzeichen auf meiner Haut eingraviert trage, die mir helfen, nach vorne und nicht zurück zu schauen.

*Karin Tröller*

Ohne dich wäre dieses Buch niemals entstanden. Du warst meine Testleserin, als die Geschichte noch in vollem Gange war. Eigentlich warst du sogar noch mehr - du hast mir Ideen geliefert, kleine Details, die ich selber wohl vergessen hätte. Ich bin mit dir durch die Höhen und Tiefen dieser Geschichte gegangen. Du hast mich korrigiert, ermutigt und angespornt wie es noch nie in meinem Leben irgendjemand getan hat. Ich bin dir unendlich dankbar dafür – für deine aufmunternden Worte, die mich dazu gebracht haben, nicht aufzugeben oder aufzuhören. Du glaubst nicht, wie viel mir das in genau dieser Zeit bedeutet hat.

Um es mit Jennas Worten zu sagen - jeder braucht mal einen Mond. Du warst mein Mond. In so vielen Situationen. Beispielsweise bei unseren Autofahrten. Oder damals, als du Freitagabends vor meiner Tür gestanden und mir Schokolade gebracht hast, weil ich schlecht gelaunt gewesen war. Oder deine Kommentare in meinem Script, die mich zum Schmunzeln gebracht haben. Für das alles und auch mehr bin ich dir auf ewig dankbar.


*Gillian Anderson*

Neela brauchte jemanden, der ihr zugehört und sie akzeptiert hatte, wie sie war. Der sie aufgebaut hat. Und ich konnte/kann mir niemand Besseren als Inspiration vorstellen als diese Schauspielerin.

Gillian ist das perfekte Beispiel dafür, dass es gut ist, ein wenig verrückt zu sein. Sie hat ein wundervolles hysteri-

340

sches Lachen, das einem jegliche schlechte Laune vertreibt. Diese Frau ist ein Charmbolzen mit einer riesen Portion an Humor, Toleranz und Ehrlichkeit. Es gibt so viele Gründe, weshalb ich sie zu den besten Schauspielerinnen der Welt zähle. Es ist nicht nur ihr Können, sondern insbesondere ihr Charakter. Ihre aufbauenden Worte, ihre Rollen Dana Scully und Stella Gibson, ihre Bücher – insbesondere „WE" kann ich jedem weiblichen Wesen empfehlen, das in einer kleinen Krise steckt. Gillian ist der Grund, dass es Neela und mir selbst gelungen ist, an unsere Träume zu glauben und zu uns selbst zu finden.

## Nicole Schilling

Ich bin in meinem Leben noch nie jemandem begegnet, der mich in so vielen Dinge so sehr versteht wie du es tust. Du bist meine „Sister-in-Spirit" auf der Ebene der Schreiberlinge, du kannst mir die Worte aus dem Mund nehmen. Du verstehst, warum ich bin wie ich bin. Mit dir kann ich über Dinge reden, die andere Leute in den Wahnsinn treiben würden. Ich drücke dir alle Daumen, dass auch du bald dein Werk als Buch in den Händen hältst. Ich werde die Erste sein, die es kauft. Danke dir für deine immer währende Ehrlichkeit, deine Hilfen, deine konstruktive Kritik. Und dafür, dass ich dich immer als die Person sehen kann, der ich alles anvertrauen kann.

## Lisa Binkert

Meine beste Freundin. Was gibt es dazu mehr zu sagen? Danke, dass du diese Story gelesen hast, auch wenn das nicht dein Genre ist. Ich wollte irgendwo auf schwarz und weiß verewigen, wie wichtig du mir bist und wie viel du mir bedeutest. Unsere Insider. Unsere Witze, die niemand versteht. Und auf die Gefahr hin, dass das hier als Plagiat gelten sollte: du bist meine LLBFF. Und ich werde für immer dein Kaktus sein. And you are the Scully to my Reyes.

## Rebecca Dotzler

True friends are never apart, maybe in distance but never in heart. Kein Satz könnte unsere Freundschaft besser beschreiben. Du bist eine echte Freundin, eine der sehr wenigen wahren, die ich in meinem Leben habe. Du und deine wunderbare Familie bringen mich jederzeit zum Lachen, ihr habt nur das Allerbeste verdient. Du wirst auf ewig in meinem Herzen bleiben.

## Julia Münnich

Meine Coverdesignerin – was hätte ich bloß ohne dich getan? Ohne deine Hilfe und dein Talent wäre dieses Buch nicht zu dem geworden, was es jetzt ist. Dein Inneres ist genau so fröhlich und positiv wie deine Zeichenkünste. Ich hoffe, noch viele weitere Leute werden dich und deinen Charakter zu schätzen wissen.

342

Danke auch an meinen Designer Nummer 2, Joel Mojtahedi, der noch das I-Tüpfelchen auf das Sahnehäubchen gesetzt hat.

Ich danke meinen Eltern, die mir so vieles ermöglicht haben und ohne die ich niemals dort wäre, wo ich jetzt bin. Mit denen ich so vieles erlebt habe. Ich hoffe nur, dass in unserem Haus keine versteckte Kamera eingebaut ist. Denn sonst hält man uns für komplett verrückt. Naja – das sind wir auch.

Danke an meine „Erwachsenen-Lektoren", denen ich diesen Schatz anvertraut habe – meine Ethiklehrerin Ulrike Sanden und meine Großeltern.

Es gibt kein schöneres Geschenk für einen Autor, als ihm zu zeigen, dass man sich für das, was er schreibt, interessiert. Ein großes Dankeschön geht hier an alle, die diese Story oder zumindest einen Teil davon gelesen haben.

Danke an Anika Kubiak und Sofia Fridel – dafür, dass ihr nachgefragt habt und nach Jahren noch davon wusstet. Und ich wünsche dir, Sofia, viel Glück, dass auch du eines Tages deine Geschichte als Buch gebunden in deinen Händen hältst.

Und last but not least: An meine Klasse auf dem SG und insbesondere an meine engsten Freunde (ihr wisst, wer gemeint ist): Ihr habt mir die Schulzeit versüßt. Die drei Jahre mit euch waren die besten in meiner ganzen Schullaufbahn. Lilli und Karin: mit niemandem macht Autofahren so viel Spaß als mit euch. Euer Gesangstalent ist einfach einzigartig – ich werde Kapitel 23 niemals ernst nehmen können. Und ich werde euch verdammt vermissen, aber ihr werdet mir immer als einige der wundervollsten Erinnerungen bleiben, die ich je erlebt habe.

Und nun endet dieses Buch, ebenso wie es beginnt, mit einem Zitat von Gillian Anderson:

*„I believe people are in our lives for a reason. We're here to learn from each other."*

Daran glaube ich auch.
Und ihr alle seid wahre Geschenke.